JN038122
水沢夢
イラスト：春日歩
双神のエルヴィーナ
4

「わたくしは咲寺運命芽……
あなたの許嫁ですわ！」
社員(?)
咲寺運命芽
さてら　さだめ

「照魔から離れなさい、
これは命令よ」
女神
エルヴィナ
社長
創条照魔（そうじょうしょうま）

射手座
ファルシオラ
双子座
ディスティム
乙女座
エルヴィナ
天秤座
ハツネ
牡羊座
リィライザ
蠍座
トランジェリン

蟹座
シェアメルト
水瓶座
アレクルノ
牡牛座
プリマビウス
山羊座
バルセラフィー
獅子座
クリスロード
魚座
ルナムシュメ

「人間界にお前のような
英雄なんて必要ない！
そんなものを
祭り上げるから、
救いようのない
絶望が生まれる!!」

「俺は英雄じゃない、
社長だ！
デュアルライブスは、
俺のかけがえのない
誇りなんだ!!」

CONTENTS

Design:Junya Arai+BayBridgeStudio

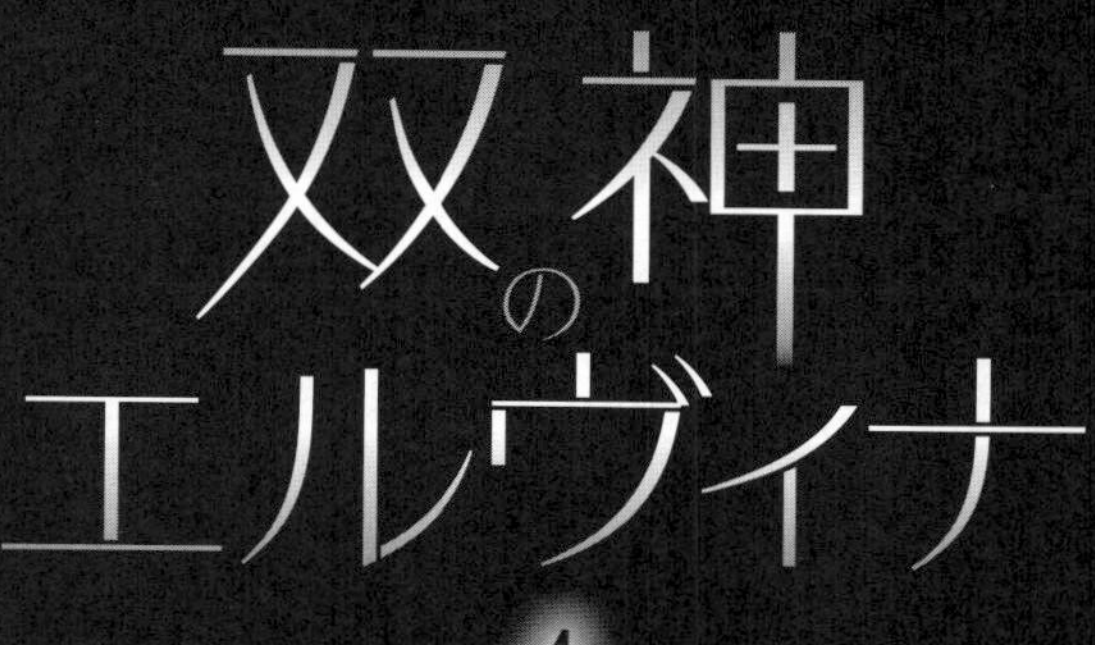

双神のエルヴィナ 4

水沢夢　イラスト：春日歩

創条照魔（そうじょうしょうま）
創条コンツェルンの御曹司。
女神に初恋をした少年。

エルヴィナ
天界に君臨する最強の女神。
照魔と契約を結ぶ。

マザリィ
天界の最長老。神聖女神の
代表を務める温和な女神。

エクストリーム・メサイア
天界の門番を務める光の鳥。
エルヴィナの監視役となる。

斑鳩燐（いかるがりん）
照魔の専属執事。
特技が非常に多い頼れる青年。

恵雲詩亜（えくもしあ）
照魔の専属メイド。
ノリは軽いが仕事は確か。

創条将字（そうじょうしょうじ）
照魔の父親。
創条家の婿養子。

創条猶夏（そうじょうなおか）
照魔の母親。
創条コンツェルンの女社長。

双神のエルヴィナ
これまでのあらすじ

幼い頃に偶然女神と出逢い、恋をした少年・創条照魔。彼は二二歳の誕生日、神々の国『天界』に迷い込む。そこで照魔は最強の女神・エルヴィナを自分の生命を共有して救い、天界の真実を知る。邪悪な女神から人間界を守るため、照魔たちの戦いが幕を開けた。

順調に事業拡大する女神会社デュアルライブスに、バーチャルアイドル女神・リィライザが挑戦してきた。彼女の動画を観た全ての人間に影響する世界規模の神略に照魔も囚われるが、悲しい過去を振り切ってリィライザを撃破する。しかしそこへ、一挙に三人の六枚翼が現れ……。

人間界

女神会社デュアルライブス

創条照魔が起業した特別な会社。
女神は同じ女神か女神の力を持つ者しか干渉できないため、
照魔とエルヴィナが中心となって人間界で起こる
女神の起こす事件や災害に対処する。

侵攻

社長：創条照魔

女神：エルヴィナ

エクス鳥

斑鳩 燐

恵雲詩亜

天界

邪悪女神

人間を強引に支配することで
天界の繁栄を取り戻さんと
画策する武闘派。
戦闘力に優れ、
天界最強格の一二人の
女神は全てこの勢力に
属している。

対立

神聖女神

人間の在り方を尊重しながら、
天界と人間界双方の
調和の道を模索する穏健派。
心優しき聖なる女神たちだが、
女神である以上みんな普通にヤバい。

最長老:
マザリィ

側近の近衛女神

PROLOGUE とある女神の想い

人間は自分ではどうしようもない事態に遭遇した時、神に祈る。

超越存在に救いを求め、奇跡に縋(すが)る。

その祈りを受けて神は——私たち女神は、権能(ちから)を振るう。

そうすることで、並行して無数に存在する人間の世界は調和が保たれる。恒久の平和が約束されるのだ。

嗚呼、なんと理想的な関係だろう！


——この欺瞞は、いつから始まった？


女神が人間界に対してできるのは、ただ「人間界そのものを存続させる」ことのみ。そこには救いも奇跡もない。

あるのは、無機質で事務的な〝管理〟だけだ。

それなのに何故、人間の祈りを——心を女神が自分の力として操り、人間界を調和するなどと、回りくどい循環が構築された？

誰がそうした。先代の創造神か。それとも、あらゆる女神の始祖……原初の女神がそうしたのか？

人間が神に祈りを寄せるのは、世界の存続などという漠然とした事象のためではない。ただ目の前の危機をどうにかして欲しいだけだ。

長く続く大雨に苦しみ、藁にも縋る思いで天に祈る人間たち。やがて厚い雲の切れ目から、光が差し込む。

しかし、大雨が止んだのは偶然だ。私たちは何もしていない。

それでも人々は奇跡が到来したと信じて歓喜に沸き、神に心から感謝する。

そうしてくれている間は良かった。

だが初めから完全な女神と違い、人間は少しずつ知恵をつけ、種として進化してゆく。

知恵がつけば、奇跡などないことを知る。神は自分たちに何もしてくれないと悟る。

災害。争い。病。

降りかかる理不尽に自分たちで対処するようになるのは当然のことだ。

次第に目に見えない不確かなものへの信仰は薄れ、人間にとって「神頼み」はまじない程度の気休めとなっていく。

神に心からの祈りを捧げる人間はいなくなっていく……。

そんな簡単に予測できる避けえぬ破局に誰も考えを巡らせようともせず、天界の女神たちはいつまでもやり方を変えようとしなかった。

自分たちが完全な存在だと驕（おご）り、今の制度こそが完璧なのだと信じて疑っていなかった。

天界の頂点である六枚翼（エクストリーム）ならば、なおのことだ。

けれど私はその六枚翼（エクストリーム）の女神でありながら、ずっと危機感を募らせていた。

天界の調和システムはいつか破綻する、何とかしなければ……。

誰に相談するでもなく、一人でそんなことばかり考えていた。

そんな変わり者の私だからこそ、人間界に起こり始めていた異変をいち早く察知できたのだろう。

人間から神への畏敬の念、信仰が薄れている——それだけが原因にしては、天界にもたらされる心の総量があまりにも急速に減りすぎている、と。

だからといって人間界に調査に行っても、天界に戻る時その記憶は消去される。

無駄なことととわかってはいても、私は人間界に向かわずにはいられなかった。

そうして知ってしまったのだ。おそらくは天界の女神の中で、一番最初に。

ほんの少しずつ、祈りという形で天界に捧げられるべき、人間の心。

それを根こそぎ食らう、〝魔獣〟が密（ひそ）かに誕生していたのだと。

天界がカビの生えた制度に甘んじているうちに。神をも謀り人間界を侵略する怪人たちが、堂々とその勢力を拡げていたのだと。

私が降り立った人間界は、すでにその怪人たちの侵略を受けた後だった。

誰もが気力を失い、心の輝きをなくした、灰色の世界だった。

その光景を目にして——駄目だな、と思った。

人の心から生まれ、人の心を糧に生存する怪人。理に適った食物連鎖が、神と人間の間に割って入っていた。

これが無数の並行世界、全ての人間界に拡まっていくのだろうと。

もはや問題を解決する気にもならない……もう、天界も人間界も終わりだと実感した。それでも構わないと思った。

天界の……女神の怠慢が招いた、自業自得なのだ。

けれどその世界で私は、出逢ってしまったのだ。

自分の全てを懸けるに値する、大切な人間に。

一度滅びた世界には不釣り合いな、純真な子供だった。

そして、私に心を開いてくれた。

背に六枚の翼を持つ、その子供からすれば恐ろしい怪異であろう私に、自然体で接してくれた。

人間から一方的に祈りを捧げられることが当然である女神にとって、対等に心と心を触れ合わせる日々は、あまりにも心地良くて。

女神として誕生し、無為に数万年生きてきた私はその時ようやく、生きる目的を得た。

この子が生きていく世界は……こんな灰色ではだめだ。もっと鮮やかに色づいていなければならない。

幸せでなければいけないのだ。

私はその無垢（むく）な微笑（ほほえ）みに誓った。

この子を救うために……今の天界、そして人間界の在り方全てを破壊し、新たな世界を創造する。

女神大戦に勝利し、創造神になると。

その子とある約束を交わし、天界に戻ってから……時を費やして準備を進めた。

そしてついに、天界で女神大戦を勃発させた。

女神たちの誰も、開戦の原因を作った張本人が私だとは気づいていないだろう。

私は嗤（わら）った。心の底から大笑（わら）った。

傲慢（ごうまん）な女神たちよ。潰し合い、破滅するがいい。

この醜き争いの果てに、新たな創造神が誕生し、創生の光を賜わすだろう。
我が最愛の人間に祝福あれ——と。

私はかつて人間界へと舞い降りた、六枚の翼の女神。
・・・・・・・・・・・・・・・・・・・・・・・・・・・・
その時の記憶は今も、私の中で色褪せることなく息づいている——

MYTH：1　異界の来訪者

動画配信という、現代人にとって身近なツールを用いた【神略】を繰り出す六枚翼の邪悪女神――リィライザとの戦いは、熾烈を極めた。

幻覚による翻弄。執拗な物理攻撃。さらには照魔のアキレス腱である身近な人間……詩亜や燐を人質に取ることすら厭わない、徹底的なまでの攻勢。

次の創造神の座を決めるための、神々の戦争。女神大戦は、正々堂々たる決闘ではなく、ルール無用の殺し合いなのだと――照魔は否応なしに思い知らされた。

死闘の果てに照魔とエルヴィナは強く心を繋ぎ、かつてない力で逆襲を開始。敵であるシェアメルトの気紛れな助力もあり、ついにリィライザを撃破した。

ところが勝利の安堵に包まれる暇もなく、天界から新たな刺客が出現した。それも一人ではない。

幼い外見ながら好戦的で行動の読めない危険な女神、ディスティム。

常に微笑みを絶やさない母性溢れる女神、プリマビウス。

銀髪褐色肌でお調子者の後輩系女神、クリスロード。

天界の頂点である六枚翼女神が、一挙に三人降臨したのだ。しかも、四枚翼と二枚翼の数十もの配下を付き従えて。

リィライザとの戦いで全ての力を使い果たした照魔とエルヴィナは、絶望的な延長戦に臨むこととなる。

しかし――。

「なるほど……この世界は今、こういうことになっていたんですね」

しかしそこへ、さらなる未知の勢力が介入してきた。

突如として戦いの舞台である森林の中に響く凛とした声に導かれ、照魔とエルヴィナと相対していた邪悪女神たちが一斉に背後の木々を振り返る。

一際目を引く大木の半ば、逞しい太枝の上に、一人の少女が立っていた。

少女は巨木の枝から飛び立ち、軽やかに着地すると、まとっていた白衣をマントのように翻す。

そして不敵な笑みとともに、高らかに名乗り上げた。

「我が名は夏休みなので世界をわたる旅行者！　ドクター＝ツインテール!!」

その場にいる全ての者——照魔とエルヴィナ、そしてディスティム、プリマビウス、クリスロードの三人の六枚翼女神だけではなく、彼女たちに付き従い現れた無数の配下たちまでもが、磁力に引かれたかのように白衣の少女へと意識を留められていた。

「誰だ……!?」

その場の誰に問うでもなく独りごちる照魔。少女に名乗られてなお、それしか言葉が出てこない。

美しい銀髪。何物をも恐れないような、不敵な微笑み。グラマラスな肢体。

クリスロードは、このドクター＝ツインテールなる少女から女神力を感じないと言った。ただの人間なのだと。

確かに照魔とエルヴィナの戦いを見物しに戦闘現場へとやって来る一般人は後を絶たないが、この少女がそんな野次馬の類いにはとても思えない。

それに彼女はさっき「この世界は今こうなっているのか」というような意味深なことを口にしていた。天界と人間界の事情を何か知っているのかもしれない。

かといって、この場にいる誰かの知り合いというわけでもなさそうだ。謎は深まる。

「ドクター………ツインテール……?」

ディスティムが目を細め、嚙みしめるようにしてその名を唱える。

常に無邪気で奔放な態度を崩さず、それでいて他者の思考の一歩先を読んでいるかのような余裕に溢れている彼女にしては珍しく、隠しきれない困惑が見て取れた。

照魔やエルヴィナもただ呆気に取られているだけなのを見て取り、クリスロードがふん、と鼻を鳴らした。

「エルヴィナパイセンたちも知らないなら、そのコは空気の読めない部外者ってことでいいっすね？」

そして自分の楽しみを邪魔した無法者を、力で排除することに決めたようだ。これ見よがしにごきり、と指を鳴らす。

クリスロードが本気だと悟り、エルヴィナがきつい口調で釘を刺す。

「やめなさい。理由なく人間を殺傷すれば天界の規律に触れるわ……帰る場所をなくすわよ、クリスロード」

「理由ならあるっす。その女は私たち女神にはっきりと敵対の意志を見せた……天界への反逆者っすからねぇ!!」

クリスロードは歪んだ笑みを口許で固めたまま、その野獣のように獰猛な双眸をさらに大きく見開いた。

その瞬間。彼女の全身から、地上の全てを流し去る颶風にも似た、凄まじい勢いの闘気が周囲に放射される。

だがドクター＝ツインテールは微動だにしない。

美しき銀髪がたなびき、白衣の裾がはためき、そして乳が揺れただけ。まさしく涼風をその身に受けたも同然の佇まいだった。

これにはさしものクリスロードも、幾許かの感慨を覚えたようだった。

「へぇ～、キツめに殺気ぶつけたのに。我慢強いんすねえ、ドクターちゃん」

ドクター＝ツインテールは埃を払うように白衣を手で擦りながら、笑みを返した。

「これが殺気……？　笑止な。こちとらこの一〇〇倍は濃厚な殺気を四六時中向けられながら一年以上過ごしてきたんですよ」

何を見え透いた虚勢を、とクリスロードは冷ややかな言葉を返す。

「そんな環境で一年も……？　はん、あり得ない。気がふれてしまうっす!!」

「普通はそうでしょうね。そもそも私は威嚇だけで済んでません、殺気がそのまま乗った拳や脚が無警告で飛んでくる毎日です。平均して一八時間に一回は壁や天井や床に頭から突き刺さってきた日々……あなたに想像できますか？」

「……………ただの人間じゃあなさそうっすね……」

その不敵なまでの自負心を前に、クリスロードはとうとう唇を一文字に結んだ。

「そんな修羅の人生を半笑いで語って聞かせてくるなんて、すごいメンタルねえ」

プリマビウスも頰に手をやりながら苦笑する。

度の過ぎたハッタリだろうと一笑に付すには、ドクター＝ツインテールの目には疑いようのない現実感が宿っていた。

日常が大戦だった戦士の顔であった。

そんな中ディスティムだけが先ほどから黙り込み、心なしか放心して俯いているようにさえ見える。

クリスロードは引くに引けなくなり、握った拳をドクター＝ツインテールへと突きつけた。

「けどそれなら、殺気じゃなくて直に拳をあげてもいいって解釈になるっすよねぇ？」

これを今からお前に撃ち込む、という予告だ。

「よせっ……」

照魔がよろめきながらも一歩踏み出し、それを止めようとするより先に――

「やめなさーい、クリスちゃん」

プリマビウスが頬に手を添えたまま、穏やかな口調でその蛮行を制止した。そして、意味ありげな眼差しを背後に向ける。

「・・・・・」

「もう一人いるわ〜」

ドクター＝ツインテールの現れた巨木のさらに奥――繁り重なる木の葉の向こうから、恐ろしく禍々しい殺気が放たれてきていた。

クリスロードもその殺気に気づくが、プリマビウスからワンテンポ遅れたのには理由があった。

「どうやらあっちの殺気は、プリマビウスパイセンのおっぱいに向けて注がれているようっすね」

森の奥に潜む殺気の主は、何故か凶行に及びかけたクリスロードではなく、傍観しているプリマビウスに敵意を向けているようだった。

「あらあら、うふふ……」

しかしさすがは邪悪女神（ゾディアクス）最強の胸を誇る六枚翼女神（エクストリーム）、プリマビウス。

穂先鋭き槍（やり）となって自分に向けられた——それも胸という一点集中で突き刺さる巨大な殺気をものともせず、むしろそのカップ数という名の比類無き防御性能で受け止めている。

なぜなら彼女は、数万年前に生誕したその瞬間からすでに凄（すさ）まじい乳を備えていた。

胸への憧れこそ我が人生。乳への妬みこそ我が歴史。

よく胸の大きな女性は「自分の胸に向けられた視線にはたちどころに気づく」と言うが、その由来は天界に住まうこの女神、プリマビウスにあるのだろう。

「余裕の正体は、そこの伏兵ってわけっすか」

面白くなさそうに森を一瞥（いちべつ）するクリスロード。ドクター＝ツインテールが、隠し持った戦力を笠に着て余裕ぶっていると思っているのだろう。

しかし一連のやり取りをただ見ていることしかできなかった照魔（しょうま）は、クリスロードのその臆測に疑念を抱いていた。

目の前の白衣の少女の底知れない不敵さは、そんな他人任せのものではないように思える。

何より、彼女が言葉を発する度に奇妙な親近感を覚え始めていた。

（何でだ……初めて会うはずのこのお姉さんに、自分に近しい何かを感じる――）

そんな照魔の困惑を余所に、ドクター＝ツインテールは涼しい顔で背後に繁る森を軽く振り返る。

「……まあ、ひどく私的な殺気を放っているゴリラは引き続きあの森の中に棲んでいてもらうとして……」

そしてあらためて邪悪女神たちへと向き直った。

「私はあなたたちに敵対するつもりはありません。むしろおおよその予想が間違っていなければ、私たちの行動目的はそう変わらないはずです」

一時の静寂が辺りを包む。

明らかに自分に敵意を向ける数十からの上位存在に相対しながら、全く物怖じしない大胆不敵な態度。三人の六枚翼を除く邪悪女神たちに至っては、むしろ逆に気圧されかけているほどだった。

甲虫の特色を身体に備えた二枚翼の邪悪女神の一体が思わず後退り、砂利の擦れ音が殊に大きく響く。それが合図となったように、

「――――目的は変わらない、か～」

ディスティムが大きく嘆息して顔を上げ、ドクター＝ツインテールと視線を交わした。その口許にはやっと普段の笑みが戻っているが、まだどこか固さを感じさせる。

「……お前の言う『世界をわたる』ってのが、〝並行世界として存在する人間界〟を移動することを指してる、って前提で教えてやるけどなー……」

ドクター＝ツインテールは小さく首肯し、相違ないことを示した。

「その並行世界を維持しているのは、私たち女神だ。人間の神への祈りを権能に変えてな」

ディスティムが一呼吸置くのに合わせ、背後の木々が葉を揺らしてざわめかせる。

「けれど、人間が祈りを……心の力を私利私欲のために転用しだした影響で、あらゆる世界の調和が乱れ始めているんだ」

ディスティムにしては珍しく饒舌に、そして丁寧に状況を説明している。クリスロードとプリマビウスは、物珍しそうに見守っていた。

「私たちはその状況を変えるために、次の創造神を決める戦いをしている最中だ。けどさ、この世界は心の力の乱用が度外れて酷いんだよ。だから最優先で誅を下そうとしている――そういうわけさ!!」

「心の力の、乱用……」

ドクター＝ツインテールは静かな口調で繰り返す。

「それを邪魔する物好きな女神もいるけどなー」

そう結ぶと同時、ディスティムは不機嫌な顔つきで自分たちを見ているエルヴィナへと視線を送った。

リィライザとの大きな戦いを終えた後の不意打ちの強襲——戦うためには女神力(めがみりょく)の回復が必要だ。

謎の闖入者(ちんにゅうしゃ)が期せずして時間稼ぎをしてくれているのは歓迎すべきだが、かといって自分たちが蚊帳の外の状態で話が進むのは、エルヴィナにとって面白くない展開だった。

「順序が逆ですね、女神さま」

今度はドクター＝ツインテールが反論を始める。

「そもそも人間は自分たちの文明だけでは、あなたたちの言う『心の私的利用』の技術まで辿(たど)り着けません。まず並行世界に人間の心を食らう怪人が誕生し……人間はその侵略に立ち向かうために心を力に変えて戦うようになった」

「そこまでは私たちも突き止めたわ～」

不満を挟むプリマビウスに構わず、ドクター＝ツインテールは続けた。

「私はその人の心を食らう——エレメリアンと呼ばれている怪人と、長きにわたって戦い続けています。おそらくあなたたち女神が並行世界の異変に気付くより、ずっと前から」

ドクター＝ツインテールの言葉に聞き入っていた照魔(しょうま)は、はっと息を呑(の)んだ。

彼女に感じていたシンパシー……それは、侵略に立ち向かう人間が持つ使命感のようなものを見て取ったからなのだろうか。

「——そしてそのエレメリアンの中でも最強の力を持つ存在を、私の彼ピ……仲間が倒しました。遍(あまね)く人間界の調和が女神の使命だというのなら、私たちはこれ以上なく天界に貢献していると思いますが？」

彼ピッピと言いかけたところで森の奥からの殺気に身を竦(すく)ませ、慌てて言い直したように見えたが……。ドクター＝ツインテールはそこまで理路整然と説明した後、

「あなたたち女神がそういった世界の不和の根本を無視して、ただ人間を滅ぼしたいだけ、というのなら話は別ですけれど」

余計な挑発を最後に加え、目の前の邪悪女神(ゾディアクス)たちを一望した。

一触即発の雰囲気。

クリスロードのみならず、いつもおっとりとした雰囲気のプリマビウスすらも笑顔のまま敵意を立ち昇らせ始めている。

照魔は今度こそ避けえぬ激突を覚悟し、両拳に力を込める。

少なくとも、呼吸を整えることはできた。三ラウンドを全力で相手と殴り合ったボクサーが、ものの一分のインターバルを挟めた程度の心許ない休息ではあったが……。

しかし意外なことに、面と向かって挑発されたディスティムだけが怒気を見せず、むしろ微かな困惑を顔に張り付かせていた。

「……最強の怪人を倒した……だと？　まさか、お前の世界は……」

「ええ。今私のいる世界は侵略に打ち勝ち、守り抜いた平和を享受しています」

誇るでもなく、謙遜するでもなく……ドクター＝ツインテールが淡々とそう返した瞬間。

「────ッ……」

ディスティムは胸をきつく押さえて蹲り、息を荒らげ始めた。

「ディスティムパイセン？」

「どうしたの、ディスティムちゃん!?」

突然のことに、クリスロードとプリマビウスの口調に焦りが交じる。

「お前……パイセンに何しやがったっす」

それは仲間意識からの言葉ではない。人間風情が女神に盾突いたという、種としての怒りからだった。

もはやいかな制止があろうと止まるつもりはない。クリスロードが地面を蹴り砕かんばかりの勢いで踏みしめた、まさにその瞬間。

ディスティムはバネ仕掛けで跳ね上げられたかのように勢い良く上体を起こし、にかっと笑った。

「──よしっ！　私は天界に戻るっ!!」

「あら」「はあ!?」

そしてお前たちも好きにすればいい、とばかりに、呆気に取られるプリマビウスとクリスロードを一瞥した。

「ドクター＝ツインテールって言ったな。世界をわたって現れたお前の存在が、私に最後の確信を与えてくれた。今日はそれで十分さ!!」

ディスティムは、無邪気さと獰猛さの同居した笑みをドクター＝ツインテールへと向ける。

「この世界にはもう……いつでも来られるんだからな」

決断してからの行動に迷いはなく。今一度振り返ることすらせず、ディスティムは背後に出現させた転送ゲートの中へと消えていった。

「……」

クリスロードが苛立たしげに歯噛みする。

謎の第三勢力を相手の頭数に勘案してなお、自分一人で照魔とエルヴィナを始末できる。その自信があったが——妙に冷めたのも事実だった。

このまま好きに暴れても、かえってフラストレーションが溜まりそうだ。

クリスロードは子供の駄々のように大仰な足踏みでゲートの中に入って行き、あらあら、とプリマビウスも後に続いた。

おそらくは上司たる六枚翼女神の命令で帯同してきたであろうに、取り残されそうになった四枚翼と二枚翼の女神たちは、照魔とエルヴィナをバツが悪そうに見やりながら一人、また一人と転送ゲートの中へ連れだっていく。

邪悪女神(ゾディアクス)の最後の一人まで入ったところで、極彩色の転送ゲートは空気に溶け込むようにしてかき消えた。

後に残ったのは、照魔(しょうま)とエルヴィナ、そしてドクター＝ツインテールの三人だけだった。

「……撤退した……。助かった、のか？」

絶対に切り抜けられないと覚悟した窮地。その危機を脱した安堵(あんど)感で全身から力が抜け、照魔は地面にへたり込んだ。

そして不意に目の前の何もない地面を見やり、声を震わせる。

「……リィライザ……」

そこはほんの少し前、微笑(ほほえ)みとともに光となって消えたリィライザがいた場所だ。

エルヴィナは照魔にそっと歩み寄って屈み込むと、

「前にも言ったはずよ。女神の消滅は、完全な死ではない……あなたが気に病むことではないわ」

抑揚のない声でそう言って、照魔の肩に触れた。

「でも、リィライザは俺を助けてくれた。俺の身代わりに消えたんだ……」

「逆よ、照魔。あなたはリィライザにとどめを刺さず、手を差し伸べた。その結果、リィライザがあなたを庇った……リィライザを助けたあなたが、あなたを助けたのよ」

照魔はその言葉を噛みしめるように目を伏せ、肩の上の細指に自分の手を重ねた。

「お前がそんなふうに慰めてくれるなんて、珍しいな」

「……あなたに気落ちされると困るからよ。ディスティムたちはまたすぐにでもやって来る。戦いは……始まったばかりなのだから」

エルヴィナの言う通りだ。邪悪女神たちは恐れを為して逃げ帰ったわけではない。むしろ、ディスティムは意味深な言葉さえ残していた。

しかし今の照魔には、ディスティムが発した言葉が何を意味するか、その片鱗すらも理解できていない。

「……俺だけが、俺の生きている世界についていけていない気がする。いったい何がどうなっているんだ……邪悪女神たちは何を知って、これから何をしようとしているんだ……」

「それを知る者に、直接聞けばいいわ。……ちょっとあなた、どこへ行くつもり」

エルヴィナは胸の下で腕組みをし、振り返りもせず背後に向けて一声飛ばす。

あれだけこれ見よがしで派手な登場をしておきながら、ドクター＝ツインテールは背を丸め、抜き足差し足でその場を離れようとしているところだった。

「私、『自分が好きな人にイチャつくのはいくらでも見て欲しいけど他人のイチャイチャ見るのは苦手系女子』なんですよね」

背を丸めたまま首を回し、ジト目でエルヴィナを見つめる。彼女は恐ろしく細分化された系統に属しているらしかった。

照魔は慌てて立ち上がるとドクター＝ツインテールに駆け寄り、行儀良く頭を下げた。

「ありがとうございます、おかげで助かりました」

「別世界の戦いに不用意に干渉しないという約束で、異世界を巡っていたのですが……到着早々近くで修羅場っているのを見かけて、つい。悪い癖ですね」

余計なことをした、とばかりに肩を竦めるドクター＝ツインテール。

「いえ。あなたが現れなければ、どうなっていたか……」

「どうなっていたかって、私と照魔であいつらを蹴散らしていたってだけでしょう」

エルヴィナの強がりも、ここまでくるといっそ清々しい。苦笑する照魔。

いやむしろ、強がりではなく本心なのだろう。そんな彼女が隣にいてくれたからこそ、照魔は先ほどの絶望的な状況に耐えられたのだ。

エルヴィナはドクター＝ツインテールに歩み寄ると、値踏みするように全身を見わたした。

「伏兵とか色々理由をつけていたけど、ディスティムたちは間違いなくあなた自身に何らかの脅威を感じたはず。けれどあなた、やっぱり普通の人間にしか見えないわ。六枚翼の女神三人を撤退させるほどの力はとても感じない」

「……まあ、普通の人間ですよ。今の私に戦闘能力はありません……か弱い乙女ですから」

ドクター＝ツインテールは胸の前に右腕を持ち上げ、視線を落とす。手首に不思議な形をした白いブレスレットが嵌(は)められていた。

そのブレスレットをしげしげと眺めていたエルヴィナだが、視線を切るや背後の森を見やり、聞こえよがしに尋ねた。

「奥に控えているボディガードは、そろそろ出てこないの？」

「まだ状況を見極めているのでしょうね。戦いは好きだけど、関わっていいラインを自分で考えているんでしょう」

「十分関わってしまったと思うのだけれど？」

ドクター＝ツインテールは小さく首を振り、それを否定する。

「本当に戦うべき時であれば、相手が神だろうと……いいえ、神だからこそ喧嘩(けんか)売るような蛮族ですから」

その優しい微笑に、照魔は目を奪われた。

先ほど邪悪女神(ゾディアクス)と舌戦を繰り広げていた時もずっと笑顔だったが、柔らかさが全く違う。

おそらく、心から信頼している人にしか向けないであろう笑みだった。

「それでは」

軽く会釈をした後、ドクター＝ツインテールが再びそそくさと立ち去ろうとしたため、エルヴィナは強めの歩みで肉薄し、

「休日を利用して世界を巡っていると言ったわね。あなたどうやって、何の目的でこの人間界へとやって来たの？」

絶対に逃がさないという強い意志を込めて問い詰めた。

ドクター＝ツインテールは観念して立ち止まり、エルヴィナへと向き直った。

「……仕方ありません、情報交換といきましょうか。この世界で立ち寄っておきたい場所、会っておきたい人がいるのですが……あなたたちなら何かわかるかもしれません」

照魔はそんな二人を交互に見やると、何か言わなければと急き立てられるように言葉を探しながら提案した。

「じゃあ……とりあえず、俺の会社に来てください！　みんなで話せる部屋を用意します!!」

「ええ、お任せします」

その返事にほっとし、照魔は元気良く名を名乗った。

「俺は創条照魔です。よろしくお願いします、ドクター!!」

「………創条……」

ドクター＝ツインテールが自分の名前に何か引っかかっている様子には気づかず、先導するように歩きだした照魔。しかし数歩進んだところで、不意に足を止めた。

「えと……その前に、一つ聞きたいんですけど……」

そして控え目な挙手をして、ドクター＝ツインテールに尋ねる。

「ツインテールって、何ですか……？」

聞き慣れない言葉である、恩人のコードネームの由来を知りたいという……ただの純粋な好奇心だった。

けれど照魔のその何気ない質問を受けた瞬間。

「――――」

ドクター＝ツインテールは、天界の頂点たる六枚翼女神(エクストリーム)たちを前にしても崩さなかった微笑を、寂しげに歪(ゆが)めた。


人類再興の象徴であり、ELEM(エレム)の運用の要である巨塔セフィロト・シャフトが、邪悪な女神の侵攻によって半壊し、世界に甚大な被害をもたらした事件。

【アドベント＝ゴッデス】から、四か月あまりが経過した。

時に神世暦(しんせいれき)一〇年、八月一八日。

何故(なぜ)この世界はかつて、全人類が無気力になるという厄災に襲われたのか。

何故(なぜ)滅亡の危機に瀕した世界が、少しずつ、しかし確実に復興の道を辿(たど)ることができたのか。

その謎が今、解き明かされようとしていた。

遥(はる)か彼方の別世界から現れた、一人の少女によって――。

○●

神秘で広大な天界においても指折りの、峻厳(しゅんげん)な岩山の頂上にそびえる居城。

禍々(まがまが)しさと神々しさを等しく兼ね備えた紫水晶に似た輝きを放つ、邪悪女神(ゾディアクス)の本拠地たる大神殿。

その中心に燦然(さんぜん)と輝いているのが、邪悪女神(ゾディアクス)最強の一二人が集うための天球型の会議場だ。

広大な内部には壁一面に数多(あまた)の星々が刻まれており、中央付近には円柱形の椅子が上下左右不等間隔に一二脚浮かんでいる。

人間の世界でいうところの黄道一二星座のシンボルマークに似た紋様がそれぞれの椅子に描かれており、様々な色に光り輝いている。

これまでは天界を放逐されたエルヴィナの分、乙女座の紋様だけが輝きを失っていたが――

たった今、牡羊(おひつじ)座の紋様が静かに消えていった。

邪悪女神(ゾディアクス)十二神の一人、リィライザが消滅した証であった。

今、会議場の椅子に座っているのはただ一人だけ。和装のテイストを取り入れたような変わった女神装衣をまとう女神・ハツネは、牡羊座の光が消えていく様を目の当(ま)たりにし、たまらずに目を逸らした。

　照魔たちの人間界から帰還した三人の邪悪女神が会議場の扉を開けたのは、その直後のことだった。

「……えっ……？」

　同僚たちのあまりにも早い帰還に虚を衝かれ、思わず声を上げるハツネ。

　常に無邪気で剽軽な振る舞いを崩さないディスティムが、妙に昏い顔つきをしている。

　プリマビウスが心配そうに声をかけた。

「ディスティムちゃん、もう大丈夫～？」

「ああ。別にあの妙な科学者が何かしたわけじゃない」

　体調を確かめるように、拳を握り、開き、と繰り返すディスティム。先ほど発作のように苦しんだ理由は、彼女にもわかっていないようだった。……おそらくは。

「それともリィライザが最期に何か反撃してたか、だなー。だったら嬉しいけど」

　ディスティムの言葉から牡羊座の紋様が消えた本当の理由を悟り、ハツネは血相を変えて立ち上がった。

「あなたがリィライザちゃんを消滅させたの!?　どうしてっ!!」

「よく言うよ」

　煩わしそうに一蹴するディスティム。何故かハツネはそれ以上追及しようとせず、彼女にしては珍しく不機嫌を露わにした顔つきで椅子に座り直した。

今し方閉じたばかりの出入り口の扉が、再び開かれる。

「ほう、リィライザを消滅させたのか、ディスティム」

艶やかな藍色の長髪を掻き上げながら入室してきたのは、シェアメルトだった。

宙を歩いてディスティムの前にやって来ると、腰に手を当てて威圧的に見下ろした。

「女神は基本的に何でもアリだ。だからお前がリィライザに不意打ちをしたことも、私は咎めるつもりはない」

「咎めはしないけど、言いたいことはありそうだなー？　お前だってエルヴィナに手を貸してリィライザを潰したくせにさ？」

ディスティムの挑むような眼差しに、同等の強い双眸で見返すシェアメルト。

「そんなに私の友達ポイントを貯めたいのか？　そのリィライザとの百合営業が不完全燃焼気味なのでな……。続きをお前でしても構わんのだぞ？」

「お前の啖呵はいつも面白いなー、シェアメルト。潰し甲斐がある……‼」

一秒後にでも凄惨な死闘が始まりかねない極限の機微を縫って、ハツネが語気を強めて窘める。

「もう、やめてよ二人とも！　今は邪悪女神同士で戦っている場合じゃないでしょっ‼」

シェアメルトは一瞬だけハツネを見やると、無言でディスティムの右斜め上に浮いている椅子へと向かい、どっかと腰を下ろした。

「あの坊やに挨拶代わりに一発かましてやろうと思ったら、リィライザに当たったってのは本当さ。けど仮に私が誰に不意打ちしようと、文句を言われる筋合いはないよな｜？」

ディスティムが補足するようにそう言ってきたので、シェアメルトは意外そうに目を瞬かせた。普段の彼女ならば、そんな述懐は弱者のすることだと厭うはずだ。

「うちら仲良しごっこしてるわけじゃねえっすから。よく考えたらさっきディスティムパイセンが具合悪くなった時、チャンスだったっすねえ、先にヤッときゃよかったっす」

今度はクリスロードがディスティムを挑発する。

「おかげで今もそうして減らず口を叩けてるんだ、ちゃんと踏み留まれた自分の臆病さに感謝しとけよ｜」

もし挑んできていれば返り討ちにしていた、と皮肉交じりに返すディスティムに、クリスロードはこめかみをひくつかせた。

あちらで終わればこちらで始まる。次から次に険悪な空気を作り出す同僚たちに、さすがのハツネもうんざりした様子で声を上げた。

「……わかった、そんなに戦いたいなら後で好きにしてっ!!」

「うふふ」

そんな様子がおかしくて、プリマビウスは薄く声を伴って笑う。

「けれど今は、みんなで情報を共有しておくべきだよね？　天界のためにも……女神大戦のためにも」

ハツネが真面目な面持ちでそう結ぶと、ディスティムは嘲(あざけ)るように一笑。

「ふふん、女神大戦のために、か……そうだなー」

ハツネとシェアメルトに、改めて事の顛末を語って聞かせた。

「人間が……別世界からやって来ただと？」

ドクター＝ツインテールの存在とその言動をつぶさに聞かされ、さしものシェアメルトも眉を顰(ひそ)めた。

「あの女が嘘ついてる可能性はねえんすかねー？」

たまに横からディスティムの話を補足していたにもかかわらず、未だにクリスロードは半信半疑のようだった。プリマビウスも同様だ。

「そうね……数多(あまた)の人間界を飛び越え移動するのは、それを調和する女神の特権よ。彼女の能力は、人間の限界を逸脱しているわ」

「つまりその科学者は創条照魔(そうじょうしょうま)少年と同じく、女神の力を身に宿した人間ということか？」

六枚翼(エクストリーム)の中で一番最初にその照魔と相対したシェアメルトが、いち早くその推測に辿(たど)り着いた。

「それなら私たちが気づかないはずないっすよ。あいつからは女神の気配はこれっぽっちも感じなかった……ただの人間て自己申告だけはフカシじゃねえはずっす」

後頭部で手を組み、吐き捨てるように否定するクリスロード。

「どうかしら～？　彼女がつけていた腕輪、認識攪乱の力を備えているようだったわ」

プリマビウスが反論する。おっとりとした笑みの裏で、ドクター＝ツインテールのことを身につけた装飾に至るまで油断なく探っていたのだ。

「女神の認識を謀るなど、それこそ人間の力ではあり得んが……」

顎に手をやり、思案顔になるシェアメルト。

皆の疑問に反論したのは。ディスティムだった。

「あの女の言ってることは嘘じゃない……それだけははっきりしてる。あいつは人間の心を食っちゃう怪人と戦い続けてきた……戦士だ」

「はーん？　何でパイセンに断言できるんすかー？」

反感を隠さないクリスロード。

「だんまりっすか。知ったかはバレた時恥ずいっすよ？」

クリスロードの見え透いた挑発も、いつもより可愛げがない。そして先輩が胸を貸すように挑発を悠々と捌いていたディスティムからも、どことなく普段のゆとりを感じられない。

ピリつくのが常の六枚翼会議だが、今日は輪をかけて最悪の雰囲気だ。

リィライザは別に際立ってムードメーカーだったというわけではなかった。しかしいつもの会議の面子から一人消えただけで、こうもひどく鬱屈した空気になってしまうのか。

邪悪女神でも常識人枠のハツネが、場の空気に負けずに議論を続ける。

「その女の子が世界を超える力を持っているのは、とりあえずいいよ。問題は、その子が自力で怪人と戦っていたってことでしょ？」

「そうっすね。人間の心を食う怪人……あの科学者は『エレメリアン』とか呼んでたっすけど、その一番デカい組織を潰したみたいなこと言ってたっす」

「でも並行世界全域で、かなりの規模で繰り広げられているその争いに、私たち女神は今の今まで気付くことができなかった……。それって由々しき問題だよ」

膝の上で拳を握り、神妙な面持ちになるハツネ。

先ほどシェアメルトが女神の認識を謀った、と表現したが、エレメリアンという怪人たちの所業は天界そのものの認識を攪乱していたことになる。

「解せんな。そのドクター＝ツインテールなる女が、あの人間界に我々女神が侵攻し始めているタイミングで出現したのは……本当に偶然か？」

シェアメルトの発言を呑み込むのに、一拍置いて聞き返すハツネ。

「どういうこと？」

「いや、まだ臆測の域を出んが……私は前々から疑問に思っていたことがある。その疑念が、今回の一件で深まった」

ハツネ、ディスティム、クリスロード、プリマビウス……四人の視線を一身に受け、シェアメルトは厳かに口を開いた。

「――――此度の女神大戦……本当に天界の総意で始まったのか？」

シェアメルトは以前、照魔やエルヴィナに似たようなことを仄めかした。

人間界を調和するという天界のシステムに限界を感じ、次の創造神を創出すべく神聖女神と邪悪女神の同意の上で始まった神々の戦争、女神大戦。

だがそれは本当に、天界の意思に従って始まったものなのか。

尖兵である配下アロガディスの報告を聞き、自分の足でも人間界を調べ歩くに至って――

シェアメルトは疑問を持ち始めていたのだ。

その疑念が今回の報告で、さらに強まった。

「この女神大戦を陰で仕組んだ女神がいるかも――ってことか!!」

にやけ交じりのディスティムの言葉に頷くと、シェアメルトは周囲に浮いている星座の紋様が輝いたままの空席に視線を移ろわせていく。

「……例えば、何度招集をかけてもこの場に来ない他の六枚翼。協調性に欠ける連中だと捨て置いていたが、実は――」

「個々に暗躍している、ってこと～？」

プリマビウスがのんびりとした口調で言葉を継ぐ。

あり得る話だ。天界の変革を迎える大事な時期である今、邪悪女神（ゾディアクス）を束ねる六枚翼（エクストリーム）が一度もこの会議場に揃（そろ）わなかった理由。

それは群れるのを嫌うなどの単純な要因ではなく……すでに女神全体の意思に反した行動を取り始めているから、だと――。

「あの人間界にもう一度攻め入るよりも先に、調べるべきじゃないかな。女神大戦のこと……天界のこと」

ディスティムたちの先走りを牽制（けんせい）するように、ハツネが提案する。

シエアメルトは頷（うなず）きながら、会議場の床へと視線を落とした。

この天界の遥（はる）か下方に存在する、人間たちの世界を見つめるように。

「天界を裏切ったやもしれぬ下手人（げしゅにん）。それは私たち邪悪女神（ゾディアクス）の誰かか。それとも――」

○　●

「――ああ、照魔（しょうま）くん！　よく無事で!!」

　照魔とエルヴィナがデュアルライブスのビルに戻ると、エントランス前の広場でマザリィが待っていた。

　創条神樹都(そうじょうかみきと)ツインタワービル。通称〝メガミタワー〟。

　神樹都内のオフィス区画に燦然(さんぜん)と屹立(きつりつ)する、二つの棟が最上階付近で繋(つな)がった地上六五階・全高三二〇メートルの巨大建造物。

　創条照魔を社長とする「女神会社デュアルライブス」の自社ビルだ。

　ここまで帰って来ると、恐ろしい難局を乗り切ることができたという実感が湧いてくる。

「ほえー」

　ドクター＝ツインテールは腰に手をやり、眼前の巨大ビルをのんびりと見上げる。

　一般人を連れて会社にどう帰還しようか考えた照魔だったが、彼女は何やらペンのようなデバイスを使って瞬間移動が可能なようで、女神の力で空を飛ぶ照魔とエルヴィナを視認しながら楽々追いついてきた。

　その見知らぬ白衣の少女の姿を認めるや、怪訝(けげん)な顔つきになるマザリィ。

　誤魔化すわけではないが、照魔はマザリィの体調を気にかける。

「マザリィさんたちは、大丈夫でしたか？」

「……はい。わたくしも、部下の女神たちも……急に桃源郷のような世界に迷い込んで……。

あれはリィライザの能力ですね？」

無言で頷（うなず）く照魔（しょうま）。

女神リィライザは動画配信者として人間界で人気を集めた上で、自分の動画を観た人間全てを幻覚の空間に閉じ込めるという度外れた神略を行使した。

マザリィたちもリィライザの動画を観ていた。照魔の心配通り彼女ら神聖女神（セイヴァリド）もリィライザの能力に囚（とら）われたのだろう。

しかし照魔とエルヴィナがリィライザの生み出した空間・讃美空間（リイフィールド）を破壊したことで、マザリィたちとこの世界の全ての人間は幻覚から解放されたのだ。

「燐（りん）と詩亜（しあ）は、先に戻ってきているんですよね？」

「ええ。今はビル内の医務室で休息を取っているようです」

ほっと胸を撫（な）で下ろす照魔。今回の戦闘では、従者の二人をリィライザに人質として囚われ、怖い思いをさせてしまった。

だがエルヴィナには、照魔とは別の懸念があるようだ。マザリィの心を覗き込むように、怪訝（けげん）な顔を近づける。

「……あなたはどんな幻覚を見たの？　マザリィ」

「え」

マザリィは言葉に詰まり、無意識に照魔へと眼差しを送る。しかし何故か妙に後ろめたそうに、身体ごと視線を逸らした。

「マザリィ？」

エルヴィナの詰問に、湿度の高い感情が籠もる。

ドクター＝ツインテールはマザリィの顔を見るや、漏れ聞こえた会話の中の僅かな情報から答えを導き出した。

「よくわかりませんがさては貴女、エッチな幻覚を見ましたね？　そんな顔してます」

「ぶぶぶぶぶ無礼な！　天界の最長老であるこのわわわたくしが、そんなふしだらな……いえあれは違います、照魔くんは嫌がっていませんでしたしあああああああああああああ違、というか貴女たちは何者です、当たり前のように照魔くんと一緒にいますが!!」

自分で答え合わせをしながら、動揺に身を焦がすマザリィ。

しかしさすがは天界の最長老にして気高き賢者。エルヴィナが追及という名の殺気で地面の石畳にヒビまで入れているのをスルーし、ドクター＝ツインテールへと話を逸らした。

「……たち？　あ……」

背後を振り返る照魔。マザリィが指摘するまで忘れていた。ドクター＝ツインテールには、未だ姿を見せない帯同者がいたことを。

見わたす限り、人の姿はない。気配も察知できないが……おそらく、自分たちの後をちゃんとついてきているのだろう。

エルヴィナは純白の女神装衣から、瞬時にダークグレーのスーツに装いを変える。そして首から提げた社員証を摘み上げ、背後へと声をかけた。

「あなたもいい加減で姿を見せなさい。このビルは入り口でピッてやらないと入れないのよ」

やああって、ビル敷地の入り口にある石柱の陰から、小柄な人影が現れた。

黄昏に包まれ始めた歩道に、濃い影を落としながら進んでくるのは、エルヴィナより少し年下ぐらいの、若い女の子だった。

「えつ……ボディガードって……人間の、女性⁉」

呆気に取られる照魔。

話術ではなく、殺気だけで六枚翼女神を怯ませた人間……ドクター＝ツインテールの安全を護るのは、大木のような豪傑だと勝手に想像していた。

左右でそれぞれ結んだ少女の長髪が、神樹都の風に撫でられ優しくたなびく。

ただそれだけの光景を目にしながら、照魔は何か新しい神話の扉を開いたような──言葉にできない未知の昂揚に包まれていた。

照魔の感動を余所に、少女は観念したように肩を竦め、微笑みかけてきた。

「……津辺愛香よ。そこのドクター＝ツインテールとか名乗ってる女とは腐れ縁で、旅行についてきたの。よろしくね」

C H A R A C T E R

役職：女神（六枚翼）

ハツネ

女神真名
「偽証の円と真実の輪」

邪悪女神の六枚翼の中でも一番常識的な感性を持ち、恋への憧れも純粋。荒れるのが常の邪悪女神会議でまとめ役を務める。しかしディスティムから懐疑的な目を向けられることが多く、何か裏がありそうだ。

MYTH：2 それぞれの世界

石柱の後ろから現れた少女が、照れくさそうに津辺愛香と名乗った直後。

照魔たちは言葉を失い、辺りを静寂が包んだ。

理由は各々ある。照魔はドクター＝ツインテールのボディガードがこんな華奢な少女だとは思わず、呆気に取られたから。

エルヴィナは彼女たちの持っている情報が欲しいだけなので、どんな人間が現れようと興味がなく、何の関心も感想も無いがゆえ。

「────────」

意外なのはマザリィだった。常に温和な彼女にしては珍しく、愛香へ警戒心丸出しの厳しい視線を向けている。

しかも何故かその視線は、愛香の髪の毛へと向けられているように見えた。

「壁と見間違えるのも無理はありませんが、彼女は一応ギリ人間です」

沈黙の理由を勘違いしたドクター＝ツインテールは、愛香の胸を手の平で示しながら説明する。

「だから私と一緒のタイミングで姿を現せば良かったんですよ、完全に滑った感じになってるじゃないですか。そりゃこの少年だって『えっ勿体つけて姿見せたくせに何この人おっぱい小っちゃ』って肩透かし食うのも当ぜ――」

「子供の前じゃ見せたくないやり取りってのがあるでしょ!!」

「ぐわああああああああああああああああSPが警護対象に危害を加える炎上必至案件!!」

愛香の拳で、ドクター＝ツインテールがペットボトルロケットのようにスコーンと空に飛んでいく。

人間が一人天高く打ち上げられるのを目の当たりにし、ぎょっと身を固くする照魔。

ドクター＝ツインテールはそのまま慣性に捕獲され、受け身も取れず大の字で歩道の石畳に墜落した。

「うわあああっ、大丈夫ですかっ!?」

血相を変えて駆け寄ろうとした照魔の前で、ドクター＝ツインテールは何事もなかったかのように起き上がり、慣らすように腕を回した。

「えええええ……」

目を丸くする照魔。ギリ人間、という謎の称号が、この白衣の女性にも適用されたように思えた。

「結局普通にレーティング無視で蛮行を公開してるじゃないですか、本当に何で頑なに姿を現さなかったんです？」

ジト目で追及され、愛香は指と指をつつき合わせながらもじもじし始めた。

「…………だって、そーじの目の届かない異世界で知らない男子と会話したら、ちょっと浮気になるじゃん……」

「ペッ」

照れ顔で吐露された乙女の不安に、真顔で唾棄するドクター＝ツインテール。

「こんな年下の男の子を浮気対象として見てる方がよほどヤバいんですよ!!」

「そこまで意識してない！　カノジョとしてのけじめなの!!」

「下から数えた方が早いくらい下層の愛人風情が一丁前に正妻ヅラで頬染めてんじゃありませんよ!!」

二人のやり取りに呑まれていた照魔だが、浮気、という単語が聞こえてギクリとする。敵の女神に真顔で「私と浮気しよう」と持ちかけられたことがある彼にとって、トラウマワードの一つであった。

「二人揃うと不審さが格段に増す女たちね……照魔、離れて」

ぐうの音が根絶するレベルの正論とともに、エルヴィナが庇うように照魔の前に進み出る。

だがそうしてエルヴィナと照魔が二人並んだのを間近で見たことで、愛香は軽い既視感に囚われたようだった。

「………あれ？　君たちって、もしかして……」

そしてエルヴィナともども、照魔をしげしげと観察する。やがて何かに得心がいったのか、声を明るくして何度も頷いた。

「そっかそっか、君なら話しても大丈夫ね!!」

「……？」

何故か気にしていた「浮気」に当たらない、と判断したようだ。

元々浮気カテゴリには擦りもしないのだが……自分とエルヴィナを間近で見るや、態度を豹変させた愛香を見て照魔は困惑を隠せない。警戒心のようなものが霧散したのは、歓迎すべきなのだろうが。

「じゃ、じゃあ改めてよろしくお願いします、愛香さん」

「うん、よろしく！　照魔くん」

エルヴィナはさらに深く照魔に身を寄せ、近づく愛香を牽制した。

「それ以上近づいては駄目。照魔、この女たちは危険よ」

「何言ってんだ、この人たちは恩人だろ!?」

「………」

照魔が窘めると、エルヴィナは少しむくれた顔をふいと逸らした。

エルヴィナの不機嫌の理由が察せられず、照魔は困惑するばかりだ。

「「ああああああああああああああああああああああああああ」」

そんな二人のやりとりを見た愛香とドクター＝ツインテールは同時に地面に倒れ、勢い良く転がり回った。

「なんかすっごい良い……何あれ、歳の差だから⁉ 歳の差だからなの⁉」

「くっ……そりゃあ私は出逢ったその日の夜に夜這いかける系女子ですけど、こういう甘酸っぱい日々だって過ごしたかったんですよお‼」

照魔の与り知らぬ理由で精神的ダメージを受け、愛香たちは敷地の広場を転がり続ける。

「……とてつもなく個性的で変わった人たちを迎え入れたようですね……」

阿吽の呼吸でぎゃいぎゃい騒ぎ続ける来客を前に、マザリィはオブラートで過包装した印象を呟いた。

しかしそんな賑わいなど何のその。

女神会社デュアルライブスは、新興ながら歴戦の風格漂う会社。奇人変人超人が客としてやって来る率の高さは、他企業の追随を許さない。

今回も異世界からの珍客を、ビルの真新しいエントランスが気持ちよく迎え入れる。

エントランスホールにあるレセプションデスクから、ダンディズム溢れる声がかけられた。

〈大きな戦いを終えたようだな……。大事ないか、少年〉

赤いボールにマジックペンで落書きしたような簡素な顔のおもしろ生物は、（一応）鳥型の女神、エクストリーム＝メサイア。

天界の門番を務めていた高位の存在であり、エルヴィナのお目付役として人間界に下りた後、紆余曲折を経てデュアルライブスの受付嬢に落ち着いている。

「ただいま、エクス鳥さん。俺は全然元気だよ！」

〈……そうか……〉

照魔の返事から何かを悟ったように、声音の優しさを深めるエクス鳥。それ以上何も聞こうとはしなかった。

「二人ともそこで止まりなさい。いい？　この会社ではこういうカードを使って入り口を通るのよ」

エルヴィナが今一度首から提げた社員証を摘み上げながら、ドクター＝ツインテールと愛香に振り返る。異世界からの来訪者である二人は、このカードでピッてやらないと奥に進めないのを知らない。女神の威厳を見せつける時だ。

しかしエルヴィナの視線の先にすでに二人の姿はなく、自発的に受付のレセプションデスクへと向かっているところだった。

「なっ……にをしているの……!?」

「いえ、だって人様の会社に来たら、まずは入館証発行してもらいますよね？」

当然のようにそう返され、エルヴィナは愕然(がくぜん)とする。

人間を遥(はる)か超越した上位存在・女神であるエルヴィナは、会社でもとにかく人の上に立ちたい生き物だ。

しかしデジタルに疎(うと)い彼女が他者に取れるマウントは限られており、それすらも照魔(しょうま)たちの気遣いがあって初めて成立する。大事なのは子供と戦いごっこをして負けたフリをしてあげるパパの慈愛だ。

むろん異世界からの来客にそんな忖度など期待できるはずもなく、エルヴィナのプライドは危機を迎えていた。

総身を戦慄かせるエルヴィナの前で、ドクター＝ツインテールが入館の手続きを進める。

〈では、ゲスト用の入館証を発行する。この来館記録帳に、名前と連絡先を記入するがよい〉

「……連絡先は……移動戦艦スタートゥアールの通信周波数でも書いておきましょうか」

「名前はドクター＝ツインテールさんと、津辺愛香(つべあいか)さんで……」

隣で記帳法をフォローする照魔に、愛香が横から口を挟んだ。

「こいつの名前はトゥアールよ。そんな仰々(ぎょうぎょう)しい名前で呼ばなくていいわ」

「ちょっと愛香さん!!」

唐突にドクター＝ツインテールの本名を教えられ、驚く照魔。

　ともあれ、それぞれ本名でスムーズに入館証が発行された。エクストリーム＝メサイア……エクス鳥は、そのおもしろ生物然とした風貌とは裏腹に、仕事は確かなのだ。

「…………」

　首から入館証を提げたトゥアールと愛香を、エルヴィナの恨めしげな視線が襲う。

　理由を察した二人は互いを軽く見合い、その一瞬で茶番の擦り合わせを済ませたのだった。

「…………こ、このカードどう使うのかな～？　わかる？　トゥアール」

「いえ、さっぱりですー。一瞬、愛香さんの胸を象ったキャラグッズが発行されたのかと思いましたー」

　照魔ですら気遣いであることを察する二人の棒読み演技に、エルヴィナはまんまと乗せられ、気高き自負心を取り戻した。

「――――仕方がないわね、ついてきなさい。使い方を教えてあげるわ」

　美しき長髪を大仰に掻き上げ、颯爽とセキュリティゲートへ向かって歩いていくエルヴィナ。そのドヤ顔が何とも微笑ましく、愛香は笑みをこぼしながら後に続く。

「あたしあの女神さま、けっこう好きかも」

「力で何でも解決しそうな雰囲気がありますので、愛香さんがシンパシーを感じるのも無理はありませんが……」

　トゥアールは愛香の横に並びながら、意味深な言葉を継いだ。

「……彼女は私たちのことを知らなかった……ということは――」

○●

セキュリティゲートの奥にあるエレベーターホールでは燐と詩亜が揃って立ち、笑顔で照魔を出迎えた。

二人ともどこか怪我をしたような様子はない。ほっと胸を撫で下ろす照魔。

「詩亜、燐！　よかった、無事で……」

「無事に敵性女神に勝利なさったようですね。お疲れ様です、社長」

燐の優しい微笑みに、照魔は罪悪感を覚えた。

「二人には迷惑を――」

照魔が言おうとしているのが謝罪だと認識した瞬間。燐は一文字でもその先を紡がせまいと言葉をかぶせた。

「社長。僕も恵雲くんも、この女神会社デュアルライブスの一員となったその瞬間から、危険は覚悟の上です」

「詩亜たちのこと心配してくれるなら、この話はもうおしまい！　コレヒキでよろです」

これ以上引きずらないで、という独特の造語を交えつつ、努めて明るく言葉を継ぐ詩亜。

照魔は従者の気遣いに胸を熱くし、深く頷く。

長い長い一日がようやく終わり、日常へと戻った実感に包まれた。


しかし創条家の御曹司である照魔の従者を長年務めている詩亜は、何よりも先に照魔の周囲に増える女性を警戒するのだった。

「詩亜的には、急に知らねー女が二人増えてることの方がめちゃギガ問題なんすけどー」

「さっきの戦いでお世話になった人たちだよ。これから情報交換の会議をするから、会議室に通してくれ」

照魔はあえて詳細は省き、二人をそう説明した。

「承知致しました。ではトゥアール様、津辺様、こちらへ」

恭しく案内する燐に案内され、愛香とトゥアールはエレベーターに乗る。

その間も詩亜は、二人の挙動をつぶさに観察していた。


燐がトゥアールと愛香を案内したのは、レフトタワー一二階にある会議室だ。

部屋の形に沿って長方形に設置された机。その議長席四席へ左からエルヴィナ、照魔、燐、詩亜が順に座る。

そしてエルヴィナに一番近い長辺席にマザリィと、その直属護衛女神の六人が。

詩亜に近い長辺席に、トゥアールと愛香が着席する。

今回、マザリィの他の部下である十数名の女神は列席していない。

女神会社デュアルライブス初の、他組織との合同ミーティングだ。

「あたしは口を出さないから、あんただけでお願いね」

「わかっています」

愛香は単に面倒だからそう言っているのではない。積極的に他世界には関わらない、というスタンスを崩すつもりはないと釘を刺したのだ。トゥアールもそれを心得ている。

「まずは、俺たちの世界がどうなっているのか……俺たちが今何をしているのか、それから話します」

照魔は普段記者会見などでスピーチをする時のように、燐のアシストを受けながらこの世界の現状を説明していった。グラフィカルな情報の提示が必要な場合は、壁のモニターも活用する。

トゥアールは時折頷きを交えながら、照魔の話に熱心に耳を傾けた――。

「人々がやる気を失う奇病に見舞われた世界。先進技術ＥＬＥＭによる復興……。天界で女神が異常発生。次の創造神を決める女神大戦が勃発……。そしてこの人間界は、その神々の争いに巻き込まれた――。おおよその経緯はわかりました」

照魔がペットボトルを手にし、水で喉を潤す。

実に二〇分は喋り通しだったが、その甲斐あってトゥアールは照魔たちの現状の仔細を理解したようだった。

「そして最強の女神と生命を共有することで……創条照魔くん、あなたにも女神と同等の力が宿ったという事情も」

無表情で照魔の話を聞いていたエルヴィナに、トゥアールは意味ありげな視線を送る。

「遍く並行世界……特に私が今いる世界では、2という数字は戦士にとって特別な意味を持ちます。二人で一人の戦士であるあなたたちがこの世界の守護者であることに、運命のようなものを感じますね」

淡々と情報を整理していくトゥアールに、エルヴィナが横から物言いを挟む。

「違うわ。私は照魔と二人で一人の女神よ」

戦士ではない。戦う者を戦士と呼ぶ、人間の作った在りようを超えて、あくまで自分は女神。照魔と二人揃うことで完成する神なのだと。

エルヴィナが言葉に込めた思いを受け止めるように、トゥアールは深く頷いた。

「――――双神のエルヴィナ……というわけですね」

おそらく何気なく呟かれたであろうその呼び名を、照魔は噛み締めるように受け止め、胸に抱いた。

「そういう意味だと私はエルヴィナさんと同志かもしれませんね……私も自分の生命に等しいものを、大切な男性と繋いだのですから……まあいずれ物理的にも繋がるつもりですが……とか言い続けてはや一年以上……」

トゥアールの声音に艶が宿ったのを察し、詩亜はカードを掲げる仕草をする。

「イエローカードでーす。うちの社長は小学生なんで、エッチな話題はご遠慮しやがれくださーい」

「フッ……無駄な警告ですね。私の溢れ出るエロさはイエローカードを何百枚累積しようと排斥することはできません」

詩亜が眉を八の字に歪める。審判に従わない系の厄介な選手であった。

「うちのダーリンは鈍感とかの括りじゃなくマジで女の首から下に興味ない難物ですから、周りの女が常にエッチじゃないとバランスが取れないんですよ。ねえ愛香さん」

「何であたしに振るのよ!?」

反応に乏しいだけで、愛香もちゃんと話は聞いている。トゥアールはそれを確認したのだった。

リアクションに困り、燐と顔を見合わせる照魔。

周りの女性が女性特有の話題で盛り上がる時、いたたまれなくなった照魔が頼るのは燐だった。そして燐も、そんな照魔の戸惑いを全身全霊で受け止める。執事という男性従者としての大切な務めだと認識していた。

「あの……トゥアールさんは世界をわたって来たと言いましたよね。つまりここことは違う、他の人間界から」

折を見て話題を変える照魔。トゥアール側の話を聞く前に、こちらから尋ねておきたいことがあった。

「ここ以外の人間界で……女神と逢ったことはありますか？」

別の人間界へ向かった女神は存在するのか。狙われているのは自分たちの世界だけなのか。照魔の問いに、トゥアールは迷うように目を伏せる。

「……あります」

それでも、ぼかしたりはせずはっきりと事実を伝えた。

「仲間……いえ、友達に女神がいて、何度も助けられました。そしてあなたたちが女神と認識する存在とは少し異なるかもしれませんが、神や女神の名を冠する敵とも交戦しました。私もそこにいる愛香さんも、女神を倒した経験があります」

また不意に話題を振られた愛香は身動ぎ程度の反応は見せたが、今度は特に何か言葉を添えたりはしなかった。

「あなたたちが何と戦っているかはこの際関係がないわ。私たちが知りたいのは、あらゆる女神が察知できなかった『並行世界の真実』とやらよ」

エルヴィナは脚を組み替えながら、ややもすれば威圧的に取れるような厳しい口調でトゥアールを問い詰めた。

「それは……」

トゥアールは声を萎め、真実を語ることを躊躇する。

「私たちが戦っている天界の女神は、この人間界への侵攻がきっかけでようやくその情報を掴んだようだった。けれど勿体つけていつも核心を口にしようとしないのよ」

エルヴィナの声に苛立ちが交じるのも無理はない。

彼女は戦闘至上主義——あらゆる苦難艱難は己が力で撃破して祓うポリシーのため、敵や世界の情報など細かな調べ物を嫌うというのもあるが、それ以上に人間界での戦いは常に防衛戦を強いられ、後手に回って余裕がないことが大きい。

デュアルライブスの面々が敵性女神の【神略】の特性を突き止め、それに対処している間に、当の女神たちは悠々とこの人間界について調べて回ることができる。

そこでいざ正面から相対した時、相手の女神は決まって言ってくるのだ。

そんなこともわからないのか。お前は何も知らない。まだ気がついていないようだな——。

ドヤ顔で知ったふうな口を利くわりに、自分たちが突き止めた情報を小出しにしか教えようとしない。

これは女神は基本的に他者にマウントを取る、という特性に依るものだろう。

マウントでも後手に回り続けるエルヴィナは、フラストレーションが溜まっていた。

「この際洗いざらい教えて欲しいものね。あなたがこの場で言わなくても、いずれ必ず辿り着く情報よ。なら戦闘中にドヤ顔の敵から聞くより、今この場で知る方がいいわ」

トゥアールはまだ逡巡で項垂れたままだ。

エルヴィナは追い打ちをかけるように、語気を締めて言った。

「経緯はどうあれ、あなたは私たちの事情に首を突っ込んだ。その最低限の責任は果たして欲しいわね」

その言葉で、トゥアールの腹も据わったようだった。

「……その通りですね」

おもむろに席から立ち上がり、テーブルに両手をつくトゥアール。無論その動作は胸を自然に揺らして想い人へアピールを欠かさない彼女の基本ルーティーンの一つに過ぎないが、何も知らない照魔は息を呑み、神妙な顔つきになった。

だがその備えが無駄になることはなかった。それほどまでに、照魔にとってトゥアールの告白は衝撃的なものだったからだ。

「私は——照魔くんたちの住むこの世界と同じ、『人間が急にやる気を失う』という奇病に見舞われた人間界の出身です」

○●

同僚の六枚翼女神たちとの話し合いが終わり、ディスティムは邪悪女神大神殿を後にした。

女神は基本的に楽観的だ。真面目な話は長続きせず、すぐに脱線する。

最後にはまた彼氏持ちのエルヴィナがいかに許せないかと糾弾しまくる嫉妬大会に変わり、ディスティムも参加していた。

しかし地平の果てまで続く無機質な岩石地帯を一人歩く今の彼女からは、同僚たちの前で見せていた不敵なまでの余裕が感じられない。

思い詰めたように唇を引き結んで岩々の中を進んでいたディスティムだが、唐突に歩みを止めてその場に立ち止まった。

「……」

そしてやおら後ろ髪を無造作に握り、眼前に持ち上げた。

この世ならざる艶を宿した、淡い黄色の髪。金でも白でもないその煌めきは、太陽に照らされて輝く月の明かりを思わせる。

だがそんな細い髪の束を握っているだけだというのに……女神装衣に包まれたその腕は、まるで無理な重さのダンベルを強引に持ち上げているかのように激しく痙攣する。

「くっ……」

ディスティムは歯噛みし、握った髪を振り払った。

宙を舞う髪の毛が、殺伐とした岩の世界に星の輝きを散らす。

しかしディスティムの顔つきは、そんな輝光とは無縁に昏く淀み始めていた。

「…………世界を護った、だと……」

謎の介入者が口にした言葉を不意に唱えるや、ディスティムの全身が徐々に震えを帯びてゆく。

「ふざけるなああああああああああああああああああああああ!!」

ディスティムの全身から立ち昇った女神力が破壊の波となって放射され、天地をもろともに呑み込んでいった。

空は雷鳴轟き、大地は周囲の大岩が砕けて舞い上がる。

「そんな人間が……いるはずがないんだ……!!」

絶叫を終えて息を荒らげる頃、ディスティムの周囲は巨大な擂り鉢状に陥没していた。

その時だった。

「――――!!」

ディスティムの鼓動に合わせるように、彼女の全身から残像めいたシルエットが浮かび上がった。

「っ……これは……!!」

その輪郭のぶれた二重身がディスティムから離れては重なり、それを繰り返す。

「……そうか、お前も許せないか……?」

己(おの)が裡(うち)に語りかけるように独りごち、自ら抉(えぐ)り砕いた大地を睥睨(へいげい)するディスティム。

絞られた双眸(そうぼう)はその先にある人間の世界を、そこに在る全ての生命を見据え、何かを訴えている。

その時、発作めいた律動が収まりかけていた二重身が、ディスティムの全身から大きく飛び出したように見えた。

○

●

ただ戦いをこよなく愛し、無邪気な行動で周りをかき乱す一方、常に他者の思考を読んでいるかのような油断ならない理智の面も見せてきた六枚翼女神(エクストリーム)・ディスティム。

しかし照魔(しょうま)たちの人間界を訪れて以来、彼女は明らかに変調をきたしていた。

「私の生まれ故郷たる人間界を滅ぼした怪人の名は、エレメリアン。その怪人たちによる侵略が、かつてこの世界を見舞った〝奇病〟の正体です」

マザリィの部下たちを含め、会議場にいる全ての者が、各々に怪訝な顔つきに変わっていた。顔色を変えず黙っているのは、トゥアールの隣に座る愛香だけだ。

「エレメリアン……。リィライザが『人間の属性から生まれた獣』と呼んでいた怪人が、それね」

エルヴィナは、今一度トゥアールから語られた『エレメリアン』なる怪人の名を深く噛み締める。

これまで戦った邪悪女神たちから断片的な情報として聞かされ想像してきた怪異が、一気に現実のものとなったようだった。

「待ってください、一ついいですか。世界に何か起これば、それは歴史として後世に語り継がれるはずです。けど俺たちの世界には、そんな怪人が暴れていたなんて記録はどこにも残ってないんですよ!?」

興奮から早口になる照魔。

リィライザに似たことを尋ねた時は、彼女も全容を知らないからか、少しはぐらかされた回答だったが――

「簡単なことですよ。エレメリアンが、記録が残らないように侵略するからです」

全てを知るトゥアールの答えは、極めてシンプルなものだった。

「エレメリアンの説明をするにあたり、切っても切り離せない要素があるのですが……」

トゥアールが遠慮がちに視線を送ると、愛香（あいか）は何も言わずに立ち上がった。

謝意を伝えるように微笑（ほほえ）むと、トゥアールは愛香を手の平で示し、

「彼女のように左右で結んだ髪型のことを、ツインテールと言います」

ドクター＝ツインテールのコードネームの由来をようやく知り、照魔（しょうま）は深く頷（うなず）く。

しかしそれならば何故、トゥアールはツインテールにしていないのだろう。

その理由はこの先に、本人から語られることとなる。

「そしてそのツインテールを『好きだー！』っていうシンプルな思いが極限まで高まり結晶した力こそが、〝ツインテール属性〟です。このように人間が何かを愛する心から生まれる力の総称が、属性力（エレメーラ）。エレメリアンが生きるために求めるエネルギーであり、エレメリアンと私たち人間が戦うためのパワーソースでもあるのです」

「属性力（エレメーラ）……髪型への愛が力に……」

初めて聞く言葉だらけなので、照魔はしっかり記憶しようと努める。

「趣味嗜好（しこう）ですから、髪型限定じゃありませんよ？　例えばほら、彼女はヤギが登るのを諦めるレベルの断崖絶壁ですが、ああいう無（む）っぱいを好きな属性を『貧乳属性（ひんにゅうぞくせい）』と呼びます」

「ここ一二階だったっけ？　勢いつけて落とさないとダメージ入らないかな……」

愛香に凶々しい目で睨まれ、トゥアールがヒエッと身を竦ませる。

これだ……！　女神を怯ませた凄まじい殺気。壁にヒビが入りそうなくらいビリビリ来る。

「わかりやすいように属性の例を増やしただけですから！　っていうか私の頑丈さ買い被りすぎじゃないですか!?」

先ほど高空に吹き飛ばされて墜落してもノーダメだったのを直に見ている照魔は、買い被りじゃないよなあ……と内心思ってしまった。

胸の例は聞かなかったことにして、照魔は愛香のツインテールをまじまじと見た。

「ツインテールか……。初めて見ました、そういう髪型……」

「……それが先ほどの照魔くんの疑問の答えになるのですが――」

属性力の説明を終えたことで、トゥアールは何故この世界に侵略の形跡が残っていないのかという話へと戻した。

「例えば私は自身のツインテール属性を失っていますが……それによってツインテールという髪型に自らの意志でするることができなくなりました。するとどうなると思います？」

先を促されても、照魔には見当もつかない。そもそも淡々とした語り口なので流してしまったが、彼女は今、あまりにも悲痛なことを口にしなかったか。

しばしの沈黙の後、トゥアールは恐るべき事実を明かした。

「――私がかつてツインテールにしていたというあらゆる情報が、世界から消えるのです。

ツインテールの私が過去に撮った写真、映像……その全てが改竄され、今のこのような髪型の私に置き換わります」

「なっ……!!」

思わず息を呑(の)む照魔(しょうま)。トゥアールはなおも淡々と続けた。

「だからこそ、エレメリアンたちに完全に滅ぼされた世界には侵略の痕跡がほぼ残らない……。残そうとする気力も湧かない。彼らの侵略行動は徹底して効率化されているのです」

そういえば確かにリィライザも、そんなふうに予想をしていた。女神が謎の怪人たちの存在にずっと気づけなかったのは、対策をされているからかも、と。

「信じがたいわね……時間を操るのは女神にとってすら禁忌(きんき)。六枚翼(エクストリーム)の中にも、そんな権能の使い手が存在するかどうか。その改竄、明らかに時間に干渉しているわよね?」

自分たちがいかに超常の存在であるか自負しているエルヴィナでさえ、時間という概念が絶対、不可侵のものであることは理解している。

だがそれは、卓抜した科学者であるトゥアールにとっても共通の認識だった。

「その通り……時空流にさえ干渉してしまう恐ろしい現象ですが、術者の強さは関係ありません。これは属性力(エレメーラ)という力そのものが持つ特性ですから」

その点については一応の納得をするエルヴィナだが、疑念はまだある。

「けれど私たち女神を煙(けむ)に巻いて好き勝手に行動できているのは、属性力(エレメーラ)とやらの特性は関係ないでしょう。エレメリアンとは、そこまでの存在なの？」

　女神たちは当初、天界に捧げられる人間の祈りが急減した原因を、人間が神への畏敬の念をなくしたから……そして照魔の世界のELEM（エレム）のように、心の力を人間が自分たちで勝手に運用するようになったからだと決定づけていた。

　エレメリアンたちは人間界を調和する女神たちを易々と謀（たばか）り、数多（あまた）の人間界を巡っていたことになる。

「エレメリアンが統率された大組織で行動し、しかも人間の心を奪う侵略すらもがシステマチックにマニュアル化された作戦として部隊毎に行われていることを、天界の誰も知らなかったのでしょう」

　トゥアールのその説明は、特定の誰かに向けられたものではないが……天界の最長老である自分の不甲斐（ふがい）なさを悔やんでか、マザリィが僅かに肩を震わせる。

「作戦で……奪う？　人の心を!?」

　穏やかではない単語の羅列に、照魔は顔つきを険しくする。

「エレメリアンのやり方はこうです」

　トゥアールは極めて事務的に、エレメリアンの常套作戦を解説していった。

　まず侵攻を開始するにあたり、エレメリアンはその世界で一番強い属性力（エレメーラ）を持つ人間を選出する。その属性はたいていの場合、ツインテール属性だ。

何故なら原初のエレメリアンがツインテール属性だったこともあり、本能としてツインテールを好むため、彼らのエネルギー源として最も適した属性の一つだからだ。

エレメリアンはツインテール属性を持つ少女に、属性力を使って自分たちと戦う術をあえて教える。使えるようにわざと導く。

そうして一人の少女は世界を守る戦士へと変わり、エレメリアンとの戦いの日々が始まる。

最初は勝たせる。まるで賭け事で沼に引き込む前準備のように、エレメリアンは戦士に敗北し続けるのだ。

当然、世界中の人々は強く美しい少女への憧れで、様々な属性力を育てる。

そうして世界に属性力が芽吹ききったところで、強力なエレメリアンが出撃して戦士をあっさりと倒し、一挙に侵攻して全ての属性力を奪う。

そしてまた別の世界へと旅立っていく――。

それがエレメリアンとその組織『アルティメギル』が用いる、必勝の作戦だ。


「……そん、な……」

話を聞き終わった照魔は、怒りで熱を持った息を言葉と共に吐いた。

「いや、普通にエグくないすか……普通に侵略しろよ……して欲しくないけど……」

ドン引きしているのを隠しもしない詩亜。発言が散らかるのも無理はない。

無言で瞑目し聞き入っているが、燐ですら嫌悪感を隠せていないほどだ。

「──つまりかつてこの人間界にも、ツインテールの戦士として戦った少女がいたということです」

トゥアールの話をそこまで聞いて、照魔にふと疑問が浮かんだ。

「その話が本当なら……この世界が侵略を受けた後、巨大な力を持った人間が一人残されたはずですよね。その戦士は今、どうしているんでしょうか」

「どう、とは？」

トゥアールに予想だにしない厳しい視線で射返され、動揺する照魔。

「……え？　あの、その人は力を持ったままこの世界に残されたはずだから……」

「救世主と祭り上げられ、青春を犠牲にして戦い続け……敵にまんまと利用されて、結果的に世界を護るどころか滅ぶ一因を担ってしまった。そんな残酷な仕打ちを受けた者に、間髪容れずに立ち上がって世界の復興に尽力しろと──そういうことでいいですか？」

棘を含んだ語調で捲し立てるトゥアール。

照魔は呆気に取られた後、その言葉を嚙みしめて深く項垂れた。

「……そう、ですよね……」

「いえ、私も言葉に私情が入ってしまいました。ごめんなさい」

本人の言う通りかなり照魔への当たりが強い反論だったが、それに対してエルヴィナや詩亜が抗議する様子はない。

その話は、単なる例示ではなく。本人が体験談を語っているのだと……理解してしまったからだ。

しかしあえて反論しなかったが、照魔もそこまでひねた考えで質問したわけではない。

ただ純粋に気がかりなだけだ。

そんなつらい思いをした人は今、この世界で何をしているのだろう――と。

そこまで物静かに聞き手に徹していたマザリィが、溜まりきった内心の苦りを吐気と一緒に押し出した。

「私たち女神に不甲斐なさを感じていますか？　トゥアールさん。女神がいち早く原因に気付いて対処していれば、自分たちが戦う必要はなかったのだと」

返答に迷い、沈黙するトゥアール。

代わりに口を開いたのは、やはり今まで無言を貫いていた愛香だった。

「それって結果論でしょ。あたしも、仲間も……神さまにお祈りして叶わなかったから、仕方なく戦わなきゃいけなくなったわけじゃない。みんな自分の意思で戦うことを選んだ。大切なものを守るために」

自分の心に従い戦いを選んだこと、その果てに平和を勝ち取ったことは、自分たちの誇りだ。勝手に上から目線で反省しないで、と、熱を込めた眼差しで糾弾する愛香。

「ぶっちゃけあたしたち、女神さまと一緒に学校行ったりしてるし。助けも助けられもしたから……一方的に頼る存在じゃないんだよね、女神さまって」

遺憾と感心の同居したような複雑な微苦笑で、小さな首肯を重ねるマザリィ。

「…………愛香さんが今仰ったことが、天界の現状の全てなのかもしれませんね……」

もはや一部の人間は、女神への信仰が無いどころか友達や仲間という感覚でさえある。自分たちへの信仰を取り戻すことが天界再興の道だと考えてきた神聖女神、その長であるマザリィにとっては色々なことを考えさせられる言葉だった。

自分たち女神の与り知らぬところで、人は人の身のままで凄まじき戦いを繰り広げていた。

それを今まで知らなかったことは天上の存在として恥ずべき失態だが、大事なのはこの先どうするかだ。

マザリィの表情にはある種の決意のようなものが見え、部下の女神たちはそんな彼女から目を離せずにいた。

「世界の誰も知らない、世界の真実……また一つ、すごく重い物を背負ったという自覚はあります」

我知らず自分の肩に触れる照魔。原因が病と侵略では、世界にもたらされた結果が同じだろうと、そこに住む人々の背負う辛さが全く違う。

この世界は一度、大いなる奇病を乗り越えて復興を果たした。それが正史だ。

しかし実は、怪人に侵略されて崩壊していた――。

この真実は、墓場まで持っていくつもりだ。

「だけど前進もしたと思うんです。人間界の調和が乱れる本当の原因が判明して、それをトゥアールさんが証明してくれた……ただ女神と戦い続ける以外の解決方法が見つかるかもしれない!!」

「ええ、きっと」

「ですです!!」

昂揚で拳を握り締める照魔に、燐と詩亜が笑顔で頷く。

「そう？　私が女神大戦の勝者となって創造神になれば全て解決――それは特に変わらないと思うのだけれど」

「お前はまた……」

こんなに話し合いを重ねてなお通常営業のエルヴィナに、照魔は呆れてしまう。

その時、会議室内にけたたましいアラートが鳴り響いた。

いち早く小型端末を手に取って状況確認をした燐が、照魔へと報告する。

「……社長、当Ｏブロック内に敵性ディーギアスが出現。セフィロト・シャフトへと侵攻中のようです……!!」

「何だって……!?　とにかく周辺の避難指示を!!」

照魔の指示と、それに従い市民への避難警報を発令する燐。

端末の画面を見ずとも「戦闘準備」がいかにスムーズに行われているかを察し、トゥアールは感心して呟いた。

「驚きました……敵勢力が出現した際の一般市民の避難シークエンスが無駄なく構築され、しっかりと世界に浸透しているんですね」

「敵性女神の侵攻から世界の平和を守ることが、弊社の業務ですので」

「てかこれ、一番大事なことじゃないですか？」

燐に続き、端末で何らかの作業をしている詩亜も凛々しい顔つきで応じる。

「私たちが戦っているエレメリアンは、人間を殺傷しないという点でだけはある意味信頼すら置ける変人たちですので、避難周りはある意味自己責任で……もちろん一刻も早く倒さなければ大きな被害が出るという点は、この世界と共通していますが」

にわかにはトゥアールの言葉の意味を噛み砕けないが、急がなければならない照魔たちの世界特有の理由はもう一つある。出現したのが超巨大な女神「ディーギアス」だという点だ。

「急ぐぞエルヴィナ！　早く行って倒さないと、街が破壊される!!」

「そうね、トゥアールたちとはまだ話し足りないこともあるし」

席を立った照魔は、愛香たちの方へと振り返る。

「あたしたちここで待ってるから、気にしないで行ってきて」

愛香に言葉の先を読んだように答えられ、照魔は頷きを返した。

エルヴィナの要望で主要フロアに設置された、非常時に直で外へ飛び出すための大型開閉窓が、この会議室には備わっていない。

手近な設置箇所に移動するため、照魔はエルヴィナを伴って速やかに部屋を退出した。

○　●

左背から三枚の翼を出現させた照魔、右背から三枚の翼を出現させたエルヴィナ——左右合わせ六枚の翼を輝かせ、二人は神樹都の空を舞う。

〈————〜〜〜〜〜〜〉

ビルの合間を縫って飛翔を続けると、言語化できないような奇妙な高音を発しながら、数十メートル以上の巨大飛行物体が街の上空を進んでいるのが視認できた。

進行方向にあるのは、天を衝く巨塔……セフィロト・シャフトが狙いなのは間違いない。

U字に近い見た目、淡く緑がかったメタリックな体色、ボディフレームの内側には光の線で形成された弦が幾条も張られている。

「琴の形……ディーギアス＝ライラか!!」

視認した瞬間に、敵性ディーギアスの形象を認識する照魔。

「でもどうして今……邪悪女神（ゾディアクス）はほんの少し前に大挙して押し寄せてきて、撤収したばかりじゃないか!!」

「撤収していなかったやつがいたんでしょう。天界に戻るに戻れなくなったモブメガが自棄（やけ）を起こした、といったところかしら」

冷静に推察するエルヴィナとともに、歩道に着地する。

あり得る話だ。とかく邪悪女神（ゾディアクス）は縦社会の側面が強く、六枚翼女神（エクストリーム）の配下は功を焦るあまり暴走することがままある。

とにかくディーギアスと相対した時は、速やかに倒すことだけを考えなければならない。その巨体ゆえ、被害の規模が通常の女神の侵攻とは桁違いなものになるからだ。

「いくぞ、エルヴィナ……！」

「ええ、照魔」

照魔は膝を曲げて屈んだエルヴィナと向き合い、金色の右瞳（みぎひとみ）に互いの姿、互いの世界を写し取った。

重なる意識とともに、二人の肉体が金色の光の中に吸い込まれていく。

立ち昇った光が天を貫き、徐々に巨大なシルエットに凝縮されていった。

光が弾けた後、黒鉄の巨神・ディーギアス＝ヴァルゴが顕現する。

拳を構えて戦闘態勢を取ると身体の各所から蒸気が噴き上がり、髪とも翼ともつかぬ後頭部の帯状パーツが空高く舞った。

ところが、その勇姿とは裏腹、ヴァルゴに早くも異変が起こっていた。

女神力の残存量、活動時間の限界を示す頭部のエナジーリング——十全な状態なら三画存在する光のツノが、いきなり一画しかなくなっていたのだ。

ディーギアスに変身して即この状態なのは、初めての経験だ。

〈……エネルギーがカツカツだ……!!〉

〈ディーギアス＝エアリズとの戦いのダメージが、まだ回復しきっていないようね。速やかに終わらせるわよ〉

照魔はエルヴィナに促され、ヴァルゴの両腕を大の字に広げる。そのまま抱き締めるように前面にかざした両腕の中心に、光の種が結晶。発芽して光の柱めいた樹となった。

握り締めたその魔眩樹の光が、大剣のシルエットへ凝縮されてゆく。

〈ディーアムド、オーバージェネシスッ!!〉

白き聖剣を手にした黒き巨神は、一気呵成に攻め込むべく道路を蹴り砕いて疾走した。

迎え撃つべく全身を発光させるライラ。爪弾く指もなく弦が独りでに震え、波動がドーム状に形成されているのが目視できるほど強烈な音波が放射された。

周囲のビルの窓ガラスが、音の力で粉々に砕けてゆく。

〈うわああっ！　ひってえ音だ……!!〉

ディーギアス＝ヴァルゴはヒトガタをしているが、五感の在りようが人間のそれとは違う。放たれる音を前にして耳を塞いでも意味はないのだが、照魔は反射的に耳の位置を手で押さえてしまっていた。

〈ただ不快なだけではない、破壊力を伴った音の波動よ。見なさい〉

ライラの周囲のビルが、時間差で次々と倒壊していく。ガラスどころかコンクリート、鉄筋までをも等しく粉砕してのけた。まさしく音の震動兵器だ。

砕き舞わせた窓ガラスを雨粒のように浴びながら、ライラは街中を悠々と移動してくる。

本来であれば人々の心を癒す美しき旋律を奏でるはずの琴が、恐るべき破壊の兵器として立ち塞がる。

〈……燐、『メガクル』で女神情報を更新！　避難範囲も広げてくれ!!〉

照魔は会社に残っている燐に向け、敵性女神出現警報アプリ『メガクル』を通じて警報レベルを上げるよう指示した。

ディーギアスになっている最中に燐に直接連絡する手段はないが、街の各所に設置された集音装置が自分の言葉を拾ってくれているはず。一方的なものだが、抜かりなく遂行されるという絶対の信頼を込めての指示だ。

天気予報で避難勧告のレベルを段階的に設定しているのと同じ。このディーギアス＝ライラは、危険指数をかなり上げなければならないと判断した。

無論、広げた避難範囲が杞憂に終わるほど速やかに決着できれば問題ないが——

〈くっ……！　跳ね返される……!!〉

突進を阻まれるだけではない。音波は攻防一体の結界としてヴァルゴを苛み、その黒鉄の肉体を傷つける。

聖剣の刃の腹を眼前にかざして防御態勢を取るも、じりじりと後退していく。休みなく音波を放射し続けるライラを前に、ヴァルゴは迂闊に近づくことすらできない状態だった。

○　●

ヴァルゴとライラの戦闘現場から数百メートル離れた位置のビルの屋上で、トゥアールが白衣を風にたなびかせている。

手刀で額に庇を作る仕草で、戦闘を見守っていた。

「ほっほー、あれがディーギアスですか」

彼女の隣には、不満げな顔で腕組みをした津辺愛香が。会議室で「ここで待っている」と自己申告した直後、トゥアールに強引に引っ張り出されたのだ。

「巨大ロボット……？　ああいう戦い方が基本なの？　照魔くんたち」

「単純なロボットではなさそうですし……おそらく戦闘の基礎ではなく最終局面でしょう。小学生の男の子と年上のお姉さんが合体して完成する巨神……素敵じゃないですか」

それに関しては反論せず、愛香も素直に羨ましそうに眺めている。

力を合わせて戦う形の極致。想い人との共闘としてこれ以上の理想はないだろう。

もっとも愛香から見ても、照魔とエルヴィナの関係は大いに複雑を極めているようだが。

愛香は眼前の黒き巨神の中にいるであろう二人の男女の像を思い描きながら、確信を込めて呟いた。

「間違いない、ツインテール大戦の時にいた二人よ。あたしは遠くから見かけた程度だけど、レッドは一緒に戦ったのよね」

「やはり……彼らはすでに総二様たちの世界へとやって来ていたんですね」

「そこは『私たちの世界』って言いなさいよ」

愛香に不器用な優しさからの念押しをされ、苦笑いを浮かべるトゥアール。

自分基準での浮気を気にして照魔との接触を避けていた愛香が、心変わりしたかのように急に「君なら大丈夫」と太鼓判を押した理由がこれだった。

あえて本人たちには伝えなかったが、津辺愛香は……創条照魔、そしてエルヴィナと面識がある。

愛香が想いを寄せる少年に至っては、短い間とはいえ照魔たちと一緒に戦場に立ったこともあるほどだ。

「なのに二人は私たちのことを知らなかった……となると、エルヴィナさんたちが私たちの世界を訪れたのはこの先の未来から……正規の方法で世界をわたったわけではなさそうですね。時間の流れにズレが生じています」

「未来から……よかった。それってあの二人が、この先の戦いを勝ち残って無事でいられる何よりの証拠だよね！」

安堵から、ストンと胸を撫で下ろす愛香。

トゥアールは何も答えないが、二人が生き残ることが確約されたわけではない。何故ならトゥアールたちは、未来の照魔がどんな理由で、どうやって世界をわたったかを聞いていないからだ。未来といっても今から数日後程度の可能性すらある。

もっともそんなネガティブな考察は、照魔の奮戦を見ていれば払拭される。

「敵性女神との戦いが始まって、まだ数か月足らずと言っていましたが――」

トゥアールは言いながら、街中を撮影用ドローンが浮遊しているのを見て取った。おそらくは戦闘映像を一般市民に公開するためだ。

本来であれば世界を守るための戦闘をショー紛いに見せるなど言語道断だが、トゥアールは照魔の会社が築き上げたシステムを高く評価していた。

「……女神会社デュアルライブス……すごい人たちですね。現在進行でエレメリアンと戦っているわけではないのに、心を力に変えて戦うための土壌を整えている。人の心を巡る戦いでの最適解を導き出しているのです」

狙いがセフィロト・シャフトというELEM製造装置とはいえ、戦いの中心になるのは人間の心だ。極言すれば敵性女神の狙いは人間の心ということになる。

人間の心を狙う敵と戦う時、世界を守る戦士が取るべき行動は何か。

自分たちがアイドルのように矢面に立つ……そうすることで世界の人々が抱く不安が払拭されることを、トゥアールは身を以て体験している。

優秀な従者たちの力添えあってこそとはいえ、まだ小学生の男の子がそんな効率的なプランに辿り着いたのは、頼もしくもあり……悲しくもあった。

ヴァルゴが破壊音波に跳ね飛ばされ、ビルの外壁に激突する。

トゥアールと愛香の立つビルも激しい揺れに見舞われたが、二人は狼狽えることなく戦いを見守り続けた。

「苦戦しているようですね……愛香さん、ちょっと巨大化して加勢してきてあげてください」

「何であたしまで敵に合わせて巨大化してやんなきゃいけないのよ。直にボコれば済む話でしょ」

「うーん世界をわたっても不変の脳筋」

相棒を茶化す声にも活気がない。街を、世界を守るため奮戦するヴァルゴの勇姿を見て、トゥアールの顔が悲愴に翳ってゆく。


エルヴィナが生まれてこの方、戦闘に明け暮れたように。楽園のような光景を夢想される神々の国・天界が、その実暴力と破壊の絶えない危険な場所だったように。

このトゥアールという少女の人生も、戦いに彩られた日々だった。

幾度となく挫折を重ね、その度に愛香をはじめとする仲間とともに起ち上がり、やっとの思いで最強の敵を倒した。完全な終わりを迎えることはないにしても、戦いに区切りをつけた。

そんなトゥアールが願ったのは、彼女がまだ独りで復讐者として活動していた頃……憎き組織を壊滅させるだけの力を持つ戦士を求めて彷徨している時に巡った世界を、もう一度見て回りたいというものだった。

親友の津辺愛香は、当初反対した。やっと安息を得たのに、一度滅んだ世界のその後を見て回ってもいたずらに傷つくだけだと。その可能性を十分に承知した上で、トゥアールはこの旅を切望した。

しかし実際にアルティメギルに滅ぼされた世界をいくつ巡っても、愛香の危惧通り状況はほとんど変わっていなかった。変わらず気力を失った人々が辛うじて生きているだけの、灰色の世界を目の当たりにするばかりだった。

帰還すべきだと言う愛香を説得し、最後にもう一箇所だけとやって来たのが、この照魔の世界だった。

移動戦艦のモニターに映る、明らかに自分が知る光景から遥かに文明の進んだ街並みを見て、当初は涙が零れるほど喜んだのだが——実際にそこで行われていたのは、未知の勢力同士の戦いだった。

希望と絶望を同時に味わったトゥアールは、いけないとわかりつつも彼らと関わることを止められなかったのだ。

「この世界では女神大戦が起こってますし……どこもかしこも大戦だらけですね……」

激突音と破壊音の間断を縫い、トゥアールは弱々しく落胆の言葉をこぼす。

照魔たちとの会議中には決して見せなかった、疲弊と失意の滲んだ横顔だった。

「ったく……」

愛香は鼻を鳴らすと、軽いスイングの平手でトゥアールの胸に気合いを注入した。

「おっぱ」

痛った、のアクセントで呻くトゥアール。

「そんなの、並行世界だからどうって話じゃないでしょ。あたしたちの世界だって、エレメリアンが来る前から地球上のどこでも争いは起こってたんだから」

胸を手で擦りながら、愛香へと振り向くトゥアール。

「けれど私は……まだ戦い始めたばかりの照魔くんに、余計な希望を持たせてしまったんじゃ——」

愛香は強い意志の光を湛えた瞳で、弱気に縮こまるトゥアールを真っ直ぐ見つめ返した。

「この世界だって、あたしたちの世界と同じ。トゥアールがやって来なかったら、人外の侵略者に滅ぼされて終わってたの」

トゥアールが介入しなければ、照魔とエルヴィナは確実に三人の六枚翼に敗北していた。

どんなに無力感に打ちひしがれようと、トゥアールが多くの世界を救った英雄であることは疑いようのない事実だ。

そして今、そのまばゆい精神の一欠片を、小さな少年が受け継ごうとしている。

「……あんたが気にする必要なんてないのよ」

「えー何ですか、急に優しくしてきて。やめてくださいよ、旅先で好みのショタ見つけて気分が良くなってるんですか?」

眉を八の字に歪める愛香。一途な恋に誇りを持っている彼女は、他の男に目移りしていると茶化されるのは冗談でも我慢ならないことであった。

「あんたをロケットにしてこっから発射して、照魔くんたちを加勢してもいいのよ？」

「私の構成成分、未知の超金属か何かと勘違いしてませんか⁉」

トゥアールは怯えるふりをして身を丸め、白衣の袖の奥で口許を優しく緩めた。もう一人旅はできそうにないな――と微苦笑しながら。

何かを見て、悲嘆に崩れ落ちそうになった時。支えてくれる人がそばにいる幸福を知ってしまったから。

○　●

《神断！　アークジェネブレイダー‼》
ディーギアス＝ヴァルゴの必殺の一刀が唸りを上げる。
残された力が少ない以上、敵の攻撃を見切って攻略する余裕さえない。破壊音波を総身に被弾しながら、一撃に賭けるほかなかった。

ライラのボディに、袈裟懸けに光の斬閃が疾る。全ての弦を絶ち斬られ断末魔の音を出すことすら叶わず、光とともに消滅していった。

必殺剣の一撃で力を使い果たし、膝から崩れ落ちるヴァルゴ。

その黒鉄の頭頂から、ピクセル状にほつれてゆき——

直後。それまでヴァルゴの足があった道路にへたり込む照魔と、毅然と立つエルヴィナのシルエットが像を結んでいた。

息を乱す照魔の目に、ライラの音波で無惨に破壊された街並みが飛び込んでくる。

また一人、女神が消えた。自分の手で、憧れの女神を消した。

そして仲良くなれそうだった女神が、自分を庇って消えた——。

リィライザの人を見下したような、それでいて無邪気なあの笑顔が……廃墟の中に一瞬だけ像を結び、そしてすぐに消えた。

疲労からか、照魔の上体がぐらりと揺れる。

倒れかけたところをエルヴィナに抱き留められ、その温もりがわけもなく恋しくなった。

屈んだままのエルヴィナの胸に飛び込むように、力なく抱きつく照魔。

「照魔……？」

困惑するエルヴィナを余所に、照魔は思わず弱音を吐いてしまった。

「……エルヴィナ……お前はずっと、俺と一緒にいてくれるんだよな……？」

「……。当たり前でしょう、でなければ戦えないのだから」

照魔を抱き締め返しながら、ドライな声音で返すエルヴィナ。無機質な返答だが、それが今の彼には心強かった。

何故か抱き締め返す力が際限なく高まっていくので、照魔はエルヴィナの腕を軽く叩き、「もう大丈夫」と示した。傍(はた)からは関節技にギブアップしてタップしたようにも見える。

「そうだな、負けるもんか……。トゥアールさんの言うことが真実なら、俺たちのしてきたことは正しかったんだ……胸を張って世界を護り続けるだけだ!!」

「……そう、私は戦えれば何でもいいわ。でも『負けない』という意志は大事よ、照魔」

エルヴィナらしい賛同に苦笑しながら、照魔は力強く立ち上がった。

そして背後を振り返り、健在のまま天地を分かつ巨塔へと万感の籠(こ)もった眼差しを送るのだった。

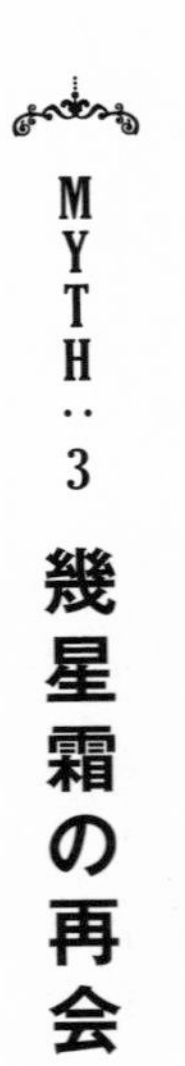

MYTH：3　幾星霜の再会

ディーギアス＝ライラとの戦闘を終え、メガミタワーに帰還した照魔とエルヴィナ。

エルヴィナは挙動不審気味にそそくさと離れていってしまい、仕方なく照魔は一人で会議室へ戻ろうとした。

しかし何故か、会議室で待っているはずのトゥアールと一階のエレベーターホールで遭遇した。

「ああ、照魔くん。ある人物とアポイントメントを取りたいのですが、協力していただけますか？」

ちょうどよかったとばかりに声をかけてくるトゥアール。

「それはもちろん、俺が連絡できる人であれば……」

「セフィロト・シャフト……そして、先進技術ＥＬＥＭの開発者である女性です」

悪戯っぽい笑み。全てを承知した上での希望だった。

「それって……」

「そう、あなたの御母堂——創条猶夏さんに」

○　●

帰還直後のエルヴィナは諸事情あって照魔と別行動し、自販機などが設置されているレストエリアを訪れていた。

「………」

何度も何度も空気を抱き締め、その度に落ち着きなく廊下を行ったり来たりしている。

この挙動不審、照魔に見られるわけにはいかない。

「何を浮かれているのか知りませんが、あまり奇行が過ぎると照魔くんに見放されますよ」

しかし通りすがりのマザリィには見られてしまった。

だがさすがは天界最強の女神・エルヴィナ。言い訳ご無用の奇行をバッチリ目撃されておきながら微塵の動揺も見せず、華麗なターンでマザリィへと振り返った。

「何って……照魔を抱き締める練習だけれど？　何せ先ほど、照魔の方から抱き締められてしまったものだから。そう、あなたには奇行に見えるの……憐れね」

相当に気を使って例えてもやはり奇行だが、マザリィは苦笑を禁じ得なかった。

「フッ……天界最強と謳われたエルヴィナも、随分と冗談が上手くなりましたね」

「冗談？　あなた風情では照魔の温もりは遠い虚構の存在かもしれないけれど、私ははっきりと覚えているわ。腕が、胸が、身体の全てが、照魔の温もりを記憶している。私は他者との触れ合いに興味はないのだけれど、仕方がないわよね……照魔は年頃の少年ですもの。まあ戦いを頑張っているのだし、私も照魔の希望に応えるのは吝かではないわ」

摩擦係数が壊滅したかのように、口が滑る滑る。エルヴィナらしからぬ軽快なトークが廊下に小気味良く反響する。

マザリィは動揺で口許をひくつかせながらも、天界の最長老としての矜持を胸に、毅然と窘めた。

「照魔くんの気の迷いということもあります。あなたは天上の存在として、人間の一時的なふしだらな願望をむしろ律してあげなければならないのですよ」

ふしだらが知恵をつけたような存在が何か言っているが、エルヴィナは意にも介さない。

「ふしだら？　抱き締め合って温もりを共有しても何の問題もないでしょう……私と照魔は恋人同士なのだから」

「それは人間界で生活していく上での建前でしょう!!」

「マザリィ……人間界にこんな言葉があるそうよ。『嘘から出た実』――人間らしい、面白い言い回しね」

「くっ……う、うううううううう……!!」

完全勝利を確信し優雅に髪を掻(か)き上げるエルヴィナ。

「……照魔は今、かつてないほど精神的に参っているのよ。あなた彼がリィライザの讃美空間(リイフィールド)でどんな残酷な世界を見て、どんな思いでそれを破壊したか、知らないでしょう……」

「エルヴィナ……」

そこまで他者を慮(おもんぱか)ることができるようになるとは……少し前のエルヴィナでは考えられなかった。嫉妬に歪(ゆが)んでいたマザリィの美貌が、穏やかさを取り戻す。

「ところでマザリィ……あなた、トゥアールの話を聞いてどう思った？」

意外そうに見つめるマザリィに不意打ちを仕掛けるように、エルヴィナは鋭い言葉を投げかけた。

「どう、とは？」

「あなたは知っていたのでしょう？　この人間界に過去、何が起きたのか」

以前、会議でこの人間界の歴史が話題になった時、マザリィは調査結果の発表を濁した。

エルヴィナは彼女の態度を不審がっていたが……今日のトゥアールの話を聞いている時の反応を見るに、予想は間違っていなかったようだ。

「あの時は神聖女神(セイヴァリド)の方針を決めかねていると言っていたけれど……これからどうするつもりかしら」

「……さすがにトゥアールさんが仰(おつしや)っていたほどの情報は摑(つか)めていませんでした。しかし急にどうしたのですエルヴィナ、そもそもあなたにわたくしたち神聖女神(セイヴアリド)の行動指針を細かに教える道理はないはずですが」

マザリィは有耶無耶(うやむや)になったとはいえ、一度女神大戦の勝者となった女神だ。

そのため今は邪悪女神(ソディアクス)たちとはまた別個の思惑(おもわく)を持って人間界で活動しているし、そのことだけはエルヴィナに最初からはっきりと伝えている。

だからエルヴィナが今になって妙に訝(いぶか)しんでくる理由が、彼女にはわからなかった。

……わからないふりをしていた。

「……まあいいわ。どんな真実があろうと、それを知った他の女神たちが何をしようと、私のやることとは変わらない。照魔(しょうま)と一緒に女神大戦を勝ち抜く……そして創造神になる」

ふいと逸(そ)らされたマザリィの目を追いかけるように、エルヴィナは顔を近づける。

「誰が、どんな奸計を弄(ろう)していようが——力で叩き潰す。それだけよ」

まるでマザリィ自身に言い聞かせるように凄(すご)みを利かせた声で宣言すると、エルヴィナは顔を離し、颯爽(さっそう)と歩き去って行った。

鮮やかな蒼髪(そうはつ)が視界から消えて十分に経(た)った後、マザリィは大きく嘆息するのだった。

○
●

エレメリアンの侵略によって故郷の世界を滅ぼされた少女、トゥアール。

彼女は普通の戦士にはない、卓越した科学力があった。

復讐の炎で金属を打ち、並行世界間を移動する戦艦を完成させ——ともに戦う仲間を探すべく世界を巡った。

しかしすぐに、それが過ちだったことを悟る。

自分と同じように力を持ったまま放置されていても、元戦士たちは二度と立ち上がろうとはしなかった。できなかった。

照魔に語って聞かせたように、利用され絶望した戦士にそれ以上の戦いを強いるのは、あまりにもむごい仕打ちだったのだ。

何度も、何度も何度も何度もそんな少女たちと出逢った。

失意に打ちひしがれながら立ち寄ったとある世界で、トゥアールは微かな光を見た。

その世界はエレメリアンに滅ぼされた後も、懸命に復興しようとしていた。

そして元戦士ではないにもかかわらず独力で属性力に近い技術を研究し、復興に必要な次世代のエネルギーとして完成運用しようと足掻く女性がいた。

それがこの照魔の人間界、そしてその女性こそが照魔の母・創条猶夏だ。

トゥアールは猶夏に自分が持つ技術の一端を託した。

この世界を後にしてからしばらくしてトゥアールは方針を変え、滅ぼされた世界ではなく今から侵略される可能性のある世界に当たりをつけて巡ることになるのだが……それが彼女の運命を決定づけることになった。

それからまた別の世界で、とあるツインテール好きの少年と出会い、そして――


同ビルの応接室のソファーに座りながら、トゥアールは窓の向こうに輝く街並みを飽きることなく見つめ続けていた。

ディーギアス＝ライラとの戦いが終わった時点で日が暮れていたため、メガミタワーの居住エリアで一泊に与(あずか)り、今はその翌日の早朝だ。

控え目なノックに意識を引き戻され、ドアの方へと向くトゥアール。

「お待たせしてしまったね」

入室して来たのは、深赤(クリムゾン)に染め抜かれたタイトなビジネススーツを凛(りん)と着こなす女性。創条猶夏(そうじょうなおか)だった。

奥に控えていた詩亜(しあ)が、外から静かにドアを閉めるのが見える。

二人が邂逅(かいこう)を果たした瞬間。新築特有の香りが抜け切らない応接室の空気が、明らかに変質した。

次元のステージが一つ上昇したような、不可思議で神聖な雰囲気に包まれていた。

「時間を作っていただいてすみません――創条猶夏さん」

「今日はたまたま暇だっただけさね。もっともあんたが面会を求めてくれたとあっちゃあ、大統領との会談だろうとブッチして身軽になるがね」

口調こそ軽いものの、創条猶夏はこの世界で最も多忙な女性。実の息子とも滅多に会えないほど、日々仕事に追われている。

前日のアポイント申し込みなど、本来受理されるはずがない。おそらくは本当に、大統領との予定をキャンセルするレベルの無理を通して時間を作ったのだろう。

猶夏はトゥアールの対面に座ると、あらためてまじまじと見つめてきた。

「……それにしても、驚いたよ。あれからもう何年も経ったのに、あんたは初めて逢ったあの時と何も変わらない……」

「何十倍何百倍もの差が生まれるケースは稀ですが、並行世界間で時間の流れ方が異なることがありますから。私たちの間に、数年の時空格差が生じているかもしれません」

「数年の時差で済んだだけ、温情ってことか……」

並行世界の在りようは複雑だ。別々の二つの世界が限りなく似通った文化文明を備えていることもあれば、まさしく異世界と呼べるほど全く異なる場合もある。

時間の流れ方にしても同様に、ピッタリ同じ時を進むケースも存在するし、何百倍も速く歴史を重ねる例も存在する。

ややもすれば二人は並行世界間の時空格差のせいで、生きている間にもう一度出逢うことはできない可能性もあったのだ。

この再会は、遥かな時を超えて叶った一つの奇跡なのかもしれない。

猶夏は自分の肩を揉む仕草をしながら、おどけるような口調で言った。

「あたいだけおばちゃんになって、さみしいよ」

「あなたも全然変わっていませんよ、猶夏さん。一二歳のお子さんがいるとは思えない若々しさです」

「そうかい？　ま、忙しくてもアンチエイジングには気を遣っているからねえ」

場を和ませる冗談を挟んだところで、猶夏は本題に移った。

「『世界をわたる復讐者』——は、廃業したみたいだね？　えっと……」

ドクター＝ツインテールというコードネームはこのビルへ来る前に伝わっているだろう。

その名で呼ばれるより先に、

「トゥアールです」

トゥアールは微笑みながら名乗った。

「トゥアール……」

「ええ、私の名前です。トゥアールと呼んでください、創条猶夏さん」

かつてこの世界で出逢った時、猶夏がどれほど望んでも教えてもらえなかった名前を。

その声音の優しさに、猶夏は一つだけ前言を撤回する。

「何も変わらない、ってのはちょっと違うか……素敵な女の子になった」

そして娘の結婚式前夜の親にも似た万感を込め、しみじみと呟いた。


「――好きな子ができたんだねえ」


「そうですね……。恋と……友情が、私を救ってくれました」

ぎこちなく肩を竦めながら、トゥアールは恥ずかしげに答えた。

「だから私は復讐の仮面を捨てることができた。あなたの言う通り、私の復讐は廃業ったのです。私の故郷を滅ぼした、人の心を糧に生きる怪物たちの超巨大組織――その首魁が堕ちましたから……」

「あんたが倒したのかい？」

トゥアールは小さく首を振り、しかし誇らしげな笑みをこぼす。

「……私の愛を引き継いでくれた、私の愛する人が倒しました」

「そうか……!!」

猶夏は喜色を深め、感嘆の溜息を漏らした。

「女の子からの誘惑よりも、自分の好きなものの方に夢中になってしまうような……純粋で、一途な男の子です。あの少年に出逢わなければ、復讐の旅の半ばで私は朽ち果てていたことでしょう」

トゥアールの説明は、聞いただけで全てを察することができるほど詳しいものではない。

しかし猶夏には十分だった。

一番知りたかったことが、十分すぎるほどに理解できた。

「よかった。トゥアールちゃんは今、幸せなんだね……」

「……はい!!」

不思議な二人だった。

かなりの歳の差がありながら、それでいて学友のように距離が近い。

猶夏は言葉を探して落ち着きなく周囲を見わたし、やがて全面窓の壁に視線を停めた。

「この街は見てくれたかい？　ようやくここまで復興が進んだ……けれどまだ、道半ばってところさ。トゥアールちゃんのおかげで世界が再生を始めたっていうのに、天の神さまから物言いが入っちまった」

沈鬱な面持ちに変わるトゥアール。

猶夏は席を立って窓へと歩いていくと、ガラスに悄然と項垂れて映る自分に向けてぽつりと呟いた。

「……あたいのやり方が、間違っていたのかねえ……」

その弱音には、彼女が苦闘を重ねた長い年月が、年輪のように深く刻まれていた。

トゥアールもまた席を立つと、猶夏の一歩後ろまで歩み寄り、

「私も自分の後悔に振り回されてだいぶ周りに迷惑をかけたクチですので、あまり偉そうなことは言えませんが……」

前置きとともに毅然と表情を引き締め、強い語調で反論した。

「誰にだって幸せになろうと努力する権利はありますし、理不尽な侵略に立ち向かう権利もあります。たとえ相手が神であろうと、遠慮する必要なんてありません!!」

それらは決して義務ではない。しかし権利だからこそ、自分自身で選ばなければならない。

「……そうだね」

猶夏は頷きながら振り返り、童女のように屈託のない笑みを浮かべた。

「母ちゃんがこんなことじゃあいけない。小さな息子が頑張ってるんだから!!」

自分よりももっとずっと、つらい思いをしながら戦い続ける息子がいる。

照魔がいつか、目の前のトゥアールと同じ安堵の笑顔になれるように。自分もまた、戦いを止めない。母の強さだった。

そしてそれはトゥアールも、自分の想い人の母に幾度となく見た強さなのだ。

「あんたはどうして、自分の幸せじゃなく復讐を選んだんだい？　怪人の組織をブッ潰すこと

に人生を捧げるより、残った力で他人よりは楽に生きる道もあっただろう?」

不意打ちのような質問に、トゥアールは腕組みをして考え込んだ。

「さあ……聞かれてみると確かに謎ですが、でもほら! おかげで今私、幸せですから!!」

そして両の拳を握り締め、はにかんでみせた。理不尽な侵略に立ち向かい、そして幸せになった自分を、うんと見せつけるように。

「ぷっ……あはははははは、なるほど二つとも権利を行使したってわけだ! いいとこ取りだねえ!!」

猶夏(なおか)は声を上げて笑った。

どんなデトックスよりもアンチエイジングよりも、今この時の語らいが十数年分の疲労をきれいに洗い流してくれたようだった。


再び席についた二人は、猶夏の指示で運ばれてきた紅茶を飲みながら話を続ける。

「自分の戦いが一区切りついて、また並行世界を回ってるってことは……ここでやったように世界の復興の手助けをしていくのかい?」

「確かに、この世界の現状を見て希望は増しましたが……エレメリアンに滅ぼされた世界の復興は、容易なことではありません」

ティーカップに張られた琥珀(こはく)の鏡に揺れる自分の顔を見下ろしながら、トゥアールは申し訳なさそうに続けた。

「私の世界に侵攻した部隊は、組織でも最強クラスの怪人が隊長を務めていました。だからこそ侵略も苛烈で、徹底的で……全てが終わった後は、とても復興を望めるような状態ではありませんでした。この世界の侵略はまだ、浅かった方ですから……」

「これで浅瀬かい……。だいぶ地獄を見たつもりだったんだがねぇ……」

さしもの猶夏も、その言葉には大いに動揺した。カップの取っ手を支える指が、微かに震えている。

「少し言いづらいことですが、この世界では人間の属性力（エレメーラ）があまり強くは芽吹かなかったのでしょう。侵攻部隊が見切りをつけて撤収することはままあります」

「そのおかげで復興できたと考えれば、救いもあるか。しかし、ひどい話だね。世界に生きる人間たちに活力が増せば増すほど、より強力な怪人に狙われるなんて」

猶夏の言う通り。出る杭は打たれる——とはよく言ったもの。理不尽な話だ。

そしてこの世界は今、急激すぎる復興が災いして、あらためて大いなる力に狙われている。

「猶夏さん……あまり励ましにならないかもしれませんが、企業活動として世界を守るデュアルライブスの在り方、私はベストだと思っています」

トゥアールはディーギアス＝ヴァルゴの戦いを見つめながら愛香（あいか）と話したことを、今度は猶夏にも伝えた。

「あえて世界中の人間のアイドルとなって戦う……それはエレメリアンの常套作戦と同じですが、私の愛する人はその方法をむしろ完遂したことで全ての人間の心を繋ぎ、最強の敵に勝利を収めることができました。照魔くんの戦いも、いつか必ず報われる日が来ます!!」

猶夏はしかと頷くと、凛々しい笑みで謝意を示す。

「大いに励みになったよ。もりもりやる気が湧いてきた！　やっぱり先駆者の言葉ってのは大事だねえ!!」

猶夏は晴れやかな顔でそう言うと、元気を持て余すかのように平手を拳で打った。

「さて！　小難しい話はこれぐらいにして……あんたとダーリンの馴れ初めでも聞かせてもらおうかね!?」

「えっ、お時間大丈夫ですか？」

猶夏は席を移動してトゥアールの隣にどっかと座ると、肩を組むように腕を回した。

「だーいじょぶだいじょぶ、予定なんざ詰まった分だけ後で頑張りゃ帳尻は合うもんさ!!」

トゥアールは観念したように笑うと、自分の初恋について語りだした。

「……何気なく訪れた世界で、一番ツインテール属性の強い人を探したら、それが何と男の子で……一目見ただけでときめいてしまって」

「ほうほう！　運命だねえ!!」

時空を超えて再会した二人が、競うように笑顔を咲かせる。

他愛のない女子トークは宝石のように光り輝き、異なる世界の時間を結び合ったのだった。

○
●

照魔はトゥアールを応接室に案内し、母が到着するまで待ってもらうように伝えた後、自分は従業員用の個室が多く並ぶメガミタワー六〇階へと向かった。

日課である、麻囲里茶(あさいりさ)の私室を訪ねるためだ。

静かに部屋に入り、机の上に置かれた写真立てを見やる。中に飾られた写真で、生前の里茶が嫋(たお)やかな微笑(ほほえ)みを浮かべている。

その横には、いつものように燐(りん)か詩亜(しあ)が淹れてくれたのだろう、まだ紙コップから湯気の立っている珈琲が供えられていた。

毎日足を運んでいるとはいえ……リィライザとの戦いを終えた直後である今は、この写真立てに抱く感傷も普段とは別格だった。

その者にとっての理想郷、望む世界を動画の形を借りて半実体化し、そこへ閉じ込める……リィライザの神略で照魔が見たのは、里茶が生きているまま時間が流れた未来だった。

最も大切で、最も繊細な記憶を踏みにじられたのだ、決して許せることではない。

その怒りと悲しみを力に変えて照魔は幻覚の世界を脱出することができたが——一方で、里茶に再び逢えた切ない喜びがあったのも確かだった。

照魔はいつものようにしばしの間、里茶の写真を見つめ、

「……俺、今日も頑張るよ、婆ちゃん」

やがて気持ちを切り替えるように笑い、部屋を後にした。

弱音を吐くためでなく弱音を吐かないため、大切な家族の霊前に立って気を引き締める。

一二歳の少年が日々の習慣とするにはあまりにも哀しいルーティーン……それは今もまだ続いている。

○

●

トゥアールと猶夏が会談をしている間、愛香は暇を持て余していた。

まさかこの世界で一泊することになるとは思わなかったのだが、トゥアールがどうしても会いたい女性がいるというのだから仕方がない。

そこで燐があらためて愛香に会社ビルを案内すると提案したのだが、執事の男性とサシで話すのが愛香基準で浮気にあたるためNG。やんわりと断った。

案内が不要であれば好きにビル内を見て回っても大丈夫と気遣いを受けたのだが、それはセキュリティ的に大丈夫なのだろうか、と逆に心配になる。

目的もなくビル内を歩いていると、照魔と遭遇した。

「愛香さん……？　そうか、トゥアールさんが母上と一緒だから」

察しのいい少年に感心しながら、愛香は相方の事情を打ち明けた。

「あいつ、あたしたちの世界に来る前に一度この世界に立ち寄ったことがあるんだって。照魔くんのお母さんとは、その時に知り合ったのね」

「そうだったんですか……!!」

照魔も久しぶりに会った母親と挨拶もそこそこに別れたのは寂しいが、トゥアールが母の知り合いだと聞かされれば是非もない。

せっかくの機会なので、照魔は思い切って愛香に頼み事をすることにした。

「愛香さん。離れた場所から六枚翼女神(エクストリーム)を怯(ひる)ませるほどの威圧感……感服しました。俺に稽古をつけてください!!」

「？　いいわよ、どうせ暇だし」

駄目もとの願いであり、断られても食い下がるつもりだったのに、あっさりとOKされて照魔は拍子抜けした。

照魔は知る由(よし)もないが、愛香は基本的に訓練が……言葉を選ばずに言うなら殴り合いが好きなのだった。

照魔が愛香とともに訪れたのは、ライトタワー二四階にある特殊トレーニングルーム。

体育館ほどの広さがあるが運動機器は設置されておらず、四方をひたすら丈夫な建材で固めただけの部屋だ。照魔とエルヴィナが実戦形式で訓練をすることに特化している。

その部屋の中央で、二人は向かい合っていた。

照魔は軽量で柔軟性のある模造刀を手にしている。これはエルヴィナとの訓練で真剣を当てることに抵抗のある照魔が考えた妥協案で、竹刀ほど硬くはないが思いきり当てたら普通に痛いという塩梅だ。

何より女神の力を発動した照魔のオーバージェネシスと体感上の重さを同じに再現しているので、十分な剣術の訓練になる。

一方愛香は何も持っていない。訓練用の武器を勧めたが、使おうとしなかったのだ。

「じゃ、じゃあ……お願いします」

模造刀を正眼に構える照魔を見て、愛香は感心したように頷いた。

「きみ、ちゃんと鍛えてるね」

「わかるんですか?」

「わかるよ、身体がしっかり仕上がってるもん」

照魔は筋肉質ではないし、むしろ小柄で華奢だ。スーツの上からでは細かな体型を判別はできないだろう。愛香はもっと総合的な、創条照魔の佇まいそのものに顕れる仕上がりを看破したのだ。

「女神にふさわしい男になりたくて……ずっと努力してきたんです」

強さや立場を褒められることはよくあるが、こういう目立たない努力の跡を見て取って褒めてくれる人は、そういない。

珍しい体験に浮かれて頬を赤くし、照魔は所在なく頭を擦った。そしてそんな人を相手にするならば、一層気が引き締まる。

一礼のあと一気に踏み込み、模造刀で愛香に斬りかかる照魔。

「たくさん習い事もしました……この剣術も!!」

「……そっか！　型もけっこう綺麗だよ!!」

しかし愛香はその場から一歩も動かず、ウィービングだけで照魔の剣を躱していく。

剣速を上げれば今度は手の甲でやすやすと刃を弾いていき、柄を握った手がしびれるその重さに照魔は驚愕した。

「愛香さんも、何か武術を……？」

「子供の頃からね。遠慮しなくていいってわかったでしょ？」

「はい!!」

ところで剣を大振りした弾みで入り口の方を振り返った時、凄まじい迫力で目を見開きこちらを凝視しているエルヴィナが見えたのだが、ぎょっとして二度見したら誰もいなかった。気のせいだと思いたい。

「あ、一個わかった。きみ、我武者羅さが足りない。習い事で武術やったせいかもだけど」

「がむしゃら……？」

「攻撃が当たりませんでした。防がれました。……そこで一回思考が止まっちゃってるのね。次はどうしようかって考えに入ってる」

それは、当然のことでは……？　指摘されたそばから照魔は考え込み、中途半端な打ち込みをして弾かれてしまった。

これまで一度も反撃してこなかった愛香が、大仰に拳を振りかざして殴りつけてくる。

普通に防御が間に合い、剣の腹で受け止めた照魔だが、

「右手を防がれたら――――!!」

愛香は逆に右拳で剣を押さえつけて制し、左のアッパーを照魔の脇腹に当てた。右拳がわざとらしいほど予備動作が大きかったのもあって、防がれてすぐ放った左が間断なく繰り出されてきたのがわかりやすい。

しかも左のアッパーは明らかに、腹に当てる直前で急激に減速した。手加減をされたのだ。

「必ずしもこの戦い方だけが正解ってわけじゃないけど、ね」

「手段を選ばずに追撃する、ってことでしょうか……？」

「ちょっと違うかな、うーん……」

いい例が思いつかず、照魔は指でピストルを象(かたど)った。相棒の武器の形だ。

「例えば俺が、剣だけじゃ勝てないからって、こっそり銃火器を持ち出すとか？　違いますよね……そんなことされたらどう対応します？」

照魔と距離を取り、愛香は可笑しそうに肩を震わせた。

「あたしの友達と同じようなこと言ってる。そんなの好きなだけ使えばいいじゃん。むしろその方があたしも気兼ねなくやれるから」

本気だ。彼女の言葉に嘘はない。

矢や鉄砲でも向けられる方が、気楽に相手をぶちのめせる、と。

いったいどれほどの修羅場を潜(くぐ)れば、カフェで級友と談笑する女子高生めいた笑顔でこんな恐ろしい宣言ができるようになるのだろう。

ちなみにこれはかつて愛香が、トゥアールと出会ったその日のうちに彼女に対して口走ったことである。

「言い換えればハングリーさっていうか、野性味っていうか……？　若いんだから、山ごもりとかしてみれば？　するっと身につくと思うわよ」

「山ごもりは……母上が学生の頃にやって、熊に襲われて大変だったって話を聞いて……」

「えっ。襲われたら倒せばいいじゃん、熊」

けろっとした顔でとんでもないことを言う。訓練を始めてまだ十数分だが、照魔の愛香に対するパーソナルデータの書き換え回数が半端ではない。

「ええっ……！　だって、母上が遭遇した熊は見上げるくらい大きくて……」

動物園で愛嬌を振りまいているような小熊を想像しているのではと、ジェスチャーを交えて体格を表現する照魔だが、愛香は手を振って笑い飛ばした。

「いやー幼体よそんなの、普通普通。あたし初めて野生の熊倒したの、一〇歳の頃よ？」

自分が年上のお姉さんへの恋心に身を焦がし精進していた歳の頃に、野生の熊との闘いに身を焦がしていた女の子がいると知り、世界の広さを痛感する照魔。

「それに熊だって、真っ正面からぶつかり合って負けた相手にはちゃんと敬意を表してくれるのよ？　だから特訓になるんだし」

冗談めかした愛香の言葉を、照魔は深刻に受け取ってしまった。踏み込みに気迫を込め、特訓を再開する。

「……俺もそう思ってます。心がある生き物が相手なら、種族や境遇が違っても、話し合えばわかり合えるはずだって……！」

ままならぬ戦いの日々を送る照魔にとって、それは見果てぬ願いの一つだった。それが初めて叶いそうだと思った、矢先の出来事だったのだ。リィライザの消滅は。

「……仕方ないよね、見た目普通の女子が相手じゃ――」

愛香は振り下ろされた刃の腹に、横から右手を突き出す。

時間差で刃の反対側に左手を添えて、梃子の原理で照魔を刀ごと投げ飛ばした。

「うわっ……!!」

白刃取りよりも難易度の高いであろう返し技に翻弄され、照魔は尻餅をついた。

「だからあたしは仮想敵として最適でしょ？　君が戦う相手、普通の女の子の姿をしてるんだから」

結構な頻度で手がカマだったり尻から糸を発射してくるような個体に遭遇するが、愛香の言う通り女神は普通の女性と同じ見た目だ。

またとない機会だというのに、目に見えてこんな遠慮をされていては効果が薄い。

「あの、愛香さん……本気になってもらっていいですか」

そこで照魔は自分を追い込む意味で、愛香にさらなる要望を伝えた。

「戦いへのハングリーさがもっと必要っていうのは、何となく理解できました。けど俺には他にも足りない物があります」

模造刀を床に置いて一歩進み出ると、照魔は自分の足元に女神力で形成した光の種を落とした。

「ディーアムド！　オーバージェネシスッ!!」

成長に伴って自分一人だけで顕現できるようになった白き聖剣を魔眩樹から引き抜き、照魔は軽く空薙ぎをした。

「トゥアールさんが言ってましたよね。『好きなものを守るためなら、その好きなものとも迷いなく戦う覚悟を持たなければいけない。私の愛する人は、今もそうして大切なもののために戦い続けている』って」

戦場に現れてコードネームを名乗る前に、トゥアールが照魔に向けて伝えた言葉だ。

あまりにも印象的な台詞だったため、照魔は淀みなく諳んじることができるほどしっかり暗記していた。

「その覚悟って、今の俺に一番必要なことだと思うんです」

「照魔くんは、女神に恋して強くなって、女神と戦っているんだもんね……」

愛香は観念したように頷くと、右拳を顔の横まで持ち上げて構える。すると、手首に青いブレスレットが出現した。

「────テイルオン」

愛香がそう唱えた瞬間、彼女の全身がまばゆい閃光に包まれる。

思わず腕で目を庇った照魔が一瞬の後に目撃したのは、蒼き装甲に身を包んだ愛香の姿だった。

「ホントならこの姿をあたしだって認識できないはずなんだけど……最初から君の目の前で

変身したから、問題ないみたいね」

女神のまとう装衣とはまた違う、完成された戦士の闘衣――照魔の目は釘付けになった。

「これはテイルギア――君たちがディーアムドっていう武器を手にして戦うように、あたしたちはこの装甲を身にまとって戦うの。今からあたしは、『テイルブルー』よ」

○　●

トゥアールと猶夏が会談している応接室にほど近いレストエリア。

燐と詩亜が、一つの長椅子に座って待機していた。

猶夏に同席することは憚られる雰囲気だったのだが、何かあればすぐ駆けつけられる場所にいなければならない。

それにいち世界を侵略から守り抜いたというトゥアールが一緒ならば、自分たちがついているよりも猶夏はむしろ安全だろう。

自販機のカップコーヒーを手にしている燐は、詩亜の意外な報告に反応した。

「津辺さまと照魔さまが、模擬試合を？」

「照魔さまが望んだんですよ、なんかあの異世界ガールズのことすっごいリスペクトしてるみたいで」

照魔が憧れを抱くのも無理はない。

愛香は、トゥアールとはまた別種のただならぬ雰囲気をまとっていた。気配や殺気といったものの察知が得意ではない詩亜でさえ、会議室で愛香の威圧感は十二分に感じていた。

穏やかな顔で、自然体で座っているのに、目を向けた側が勝手に気圧されてしまうような……ああいう空気を無意識にまとえるのが、歴戦の戦士というものなのだろうか。

「けれど珍しいですね。恵雲くんが、照魔さまが女性と……ましてエルヴィナさま以外の方と二人きりになるのを止めないのは」

燐に茶化された詩亜は一瞬思案に耽り、すぐ納得したように頷いた。

「まあ、あの子らが照魔さまに色目使うことはないですし。いんじゃねっすか」

「確信があるのですか？」

意趣返しとばかりに、得意満面の笑みを燐に寄せる詩亜。

「だって普通の女子なら、初見の燐くんにぜーったい見とれるはずっしょ？　何なら彼氏持ちだろうと。あの子ら全然そんな素振りありませんでしたもん」

どれほど恋人を愛していようが、際立った格好良さ美しさを持つ異性に視線を惹かれるのは人の性。こと斑鳩燐に関して、詩亜は女性が憧れの目を向けなかった例を知らない。信頼できるバロメーター扱いだった。

燐は苦笑し、革張りの座面に両手を突いて覗き込んでくる詩亜から顔を背けた。

「相変わらず恵雲くんの冗談は異次元すぎて反応に困りますが……まあ、僕もそれは感じていました。案内をやんわりと固辞されたのですが、異性との関わりを極力律しているからでしょうし」

「今時なんじゃそりゃって思いますけど……憧れますよね。素敵な恋してるんだろうなあー」

燐の美貌に一瞥も向けない理由は一つ。

他のあらゆる男性が目に入らない、いや全て同じものとして視認されるほどに、自分の好きな人に夢中だということだ。詩亜が憧れるのも無理はない。

「……恵雲くんも、照魔さま一筋ではないですか」

眼鏡の奥の目を伏せ、優しい声音でフォローする燐。

「いやーでも詩亜の目標は玉の輿だからなあー……しかもそれ見抜かれてワルモノ女神に利用されてちゃ世話ねっす」

詩亜はメイドから創条家のファーストレディーになることを夢見てきた。その努力は誰にも否定させないし、自分で卑下するつもりもない。

これが自分の青春であり恋愛なのだと、堂々と胸を張って生きてきたつもりだった。

けれど邪悪女神リィライザに取引を持ちかけられた時、心が揺らいでしまったのも事実だった。

主人と従者という小さな溝から、女神の力を宿した超人と一般人へとクレバスが広がり、しかもその超人の横には、数万年にわたり美貌を誇る正真正銘の女神がいる。

夢を叶えたければお前も同族に……女神の眷属になるしかないぞ。

私が変えてやるぞ――。

リィライザの甘い囁きに、詩亜は最終的に屈してしまった。

裏切りと呼ぶにはあまりにも些細なアシストとはいえ、自分の行動が照魔を窮地に追い込む一因を担ったことは確かだ。

戦いが終わり帰還した今も、詩亜の胸からは罪悪感が消えずにいた。

「…………」

そんな心中を察するも、かける言葉を探し倦ね小さく項垂れる燐。

先に口を開いたのは詩亜だった。

「燐くん……ありがとね。リィライザに捕まった時、励ましてくれて」

はっとして振り向く燐に、詩亜は座面の尻を跳ねさせて傍に近づいた。

罪の意識から自分ごとリィライザを倒して欲しいと懇願する詩亜を、燐が普段の彼からは想像もつかないほどの剣幕で必死に説得したのだ。「絶対に死んでは駄目だ」と。

「燐くんの言う通り。詩亜たちが死んじゃったら、照魔さまが悲しむもんね」

紙コップを両手で包みながら、燐は含みを抱いた笑顔とともに頷いた。

「……ええ、だから生きてください、恵雲くん。何があっても」

応接室に気を張ったまま、二人は歓談に興じる。

唯一互いの素面を晒し、気兼ねなく語り合える関係。

完璧な執事とメイドにとって、この他愛のない談笑は掛け替えのない時間だった。

一つだけ小さな、切ない秘め事を執事が持っていることに、メイドは未だ気付くことがないままに。

○　●

テイルブルー……愛香が変身した姿に、照魔は目を奪われる。

成層圏まで到達する巨大な壁が、目の前に出現したかのような迫力だ。

装甲といっても一部の箇所を覆っているだけで、肌の露出が多いアンダースーツ部分がほとんど。見た目に圧倒されるほどの大きな変化を遂げたわけではないのに、今までの愛香とは威圧感が桁違いだった。

おそらく迫力の根源は、色が薄く変化したあの青い髪にこそある。

テイルブルーは右の髪束を手の平で掬い、照魔に示した。

「トゥアールが説明したよね。ツインテール属性……その力で、私は変身したの」

「愛香さんと会うまで、俺はツインテールを見たことなかったし、聞いたこともない。この世界から奪われてしまったんですね、エレメリアンに……」

自分に置き換えてみれば、世界からある日女神という言葉、概念が忽然と消えたに等しい悪夢だ。

会議室でトゥアールから聞いた世界の真実が、一層の実感を伴って照魔の胸を締め付ける。

「別世界で変身はしないようにしようって、心に決めてたんだけどね……」

照魔の動揺を見て取ってか、テイルブルーは本心を告げた。

「君には知っていて欲しいんだ。異世界では、いろんな人間がいろんな戦いをしてるんだって。君は一人じゃないって――」

「……ありがとうございます!!」

その心遣いを胸に染み入らせ、オーバージェネシスを構える照魔。

「いきます!!」

照魔は力強く宣言すると、テイルブルーの返事を待たずに床を蹴った。

手にしているのは模造刀ではない。乗用車をも軽々と真っ二つにする、人智を超えた斬裂性能を誇る聖剣だ。

しかしテイルブルーのやることは変わらない。徒手のみを恃んで武器を用いず、涼しい顔で攻撃を見切っていく。何だったら剣の刃の腹をはたくだけで余裕で弾いてしまう。

先ほどまでと決定的に違うのは、激突の度に轟音（ごうおん）が鳴り響き、衝撃が波紋となって周囲に拡散していることだ。

（これが、ツインテール……。これが、一度世界を守り抜いた戦士——）

一撃を繰り出すごとに、戦慄（せんりつ）と憧憬（しょうけい）が等しく交ざって全身を走り抜ける。

属性力（エレメーラ）——ツインテールという髪型への愛だけで、これほどまでに凄（すさ）まじい力を身につけた女性。

その存在は女神が好きだという一念で戦い続ける照魔（しょうま）にとって、これ以上ない励ましとなるのだった。

魔眩斬閃（まどうざんせん）——オーバージェネシスの剣閃（けんせん）を実体化させて空間に固定し、第二第三の剣と変えて敵を追いつめる照魔の得意技。

それを繰り出すや、テイルブルーはチラ見した程度で回避行動すら取らず、拳骨（げんこつ）でブン殴って粉微塵（みじん）に砕いていってしまった。

照魔はもはや笑うしかなく、遠慮なく攻撃を続けた。

閃光（せんこう）のようなひとときだった。

気遣いの必要もなく、テイルブルーは照魔の攻撃を鮮やかに捌いてくれる。

受けに留まらず、たまに巧妙な角度、絶妙な力加減で拳足が飛んでくる。

まるで「こういう攻防の最中にはこういうやり方が効果的だよ」とレクチャーしてくれているかのようだ。

いつしか照魔は忘我の只中で剣を振るい続け、ついに――

「うおおおおおおおおおおっ!!」

「っ……と」

軽く驚いた声をこぼすテイルブルー。彼女の左腕に、照魔は一撃を入れていた。

装甲に覆われていない、肌の露出している二の腕。全身を包む光膜によって防護されていて刃が通ることはもちろんないが、それでも一本取ったことは確かだ。

「ぐ……」

同時に照魔は鳩尾を押さえながら崩れ落ちた。テイルブルーの拳と相討ちだったのだ。

いや、もしかすると、花を持たせてくれたのかもしれない。

「……あ、りがとうございました……」

「無理しないで。照魔くんは十分強いよ」

慰撫の言葉をかけられるも、照魔は大きくかぶりを振った。

「〝十分〟止まりだと、十分じゃないんです……俺は、もっと強くならないと……」

「……そこまで考えてるのね」

取り落として床に転がったオーバージェネシスが、静かに消えていく。それを見届けたテイルブルーは、言葉を選びながら助言した。

「こういう訓練はもちろん大事だけど……多分今の照魔くんに一番必要なのって、どれだけ剣を上手く振るえるかじゃないと思うんだ」

「やっぱり……〝空想〟ですか」

すぐにそう返されたことで、テイルブルーも照魔が問題の本質を認識していると悟った。

「エルヴィナにも言われました。ディーアムドは自分に何ができるかっていう空想が力になるんだって。俺は女神が好きでその心が最大の武器なんだから、女神への空想をもっともっと高めなきゃダメだって……」

「きっと照魔くんにとって女神はまだまだ雲の上の存在すぎて……自分に何ができるか、って空想に遠慮があるんじゃないかな」

痛いところを突かれ、照魔は肩を落とす。

女神に相応しい男になることを目標に努力し続けてきた自分がその実、女神の途方もない力を幾度と味わい、人類の空想の限界にぶち当たっているのかもしれない。

それでも照魔は気持ちを切り替えるように姿勢を正し、テイルブルーに頭を下げた。

「よければ……愛香さんはツインテールでどんな空想をして強くなったのか、教えてもらえないでしょうか！」

「空想……」

テイルブルーはしばらく思案した後何故か頬（ほお）を紅潮させ、誤魔化すように手を振った。

「あ、あたしじゃなくて、一番強い人のこと教えるね。その人は世界で一番ツインテールを愛していて……宇宙で一番、ツインテールの可能性を信じている人なの」

「ツインテールの、可能性？」

「たとえばその人はね、ツインテールがすごいって思ってるから、ツインテールの力で光よりも速く動くし、お星様だってぶっ壊すぐらいのパワーを出すの。ツインテールならそれができるって信じてるから」

「えっ、ツインテールって髪型ですよね…………………………何で？」

溜めに溜めて疑問符を浮かべる照魔。何で、としか言いようがない。

「頭おかしいでしょ？　でも実際にやっちゃうのよ、これが」

自分の強さを全く誇る様子のなかったテイルブルーが、親に何かを自慢する子供のような無邪気な笑みとともに語る。

話を聞いているだけで、自然と照魔も笑顔になった。

「でも、そんなあいつが大好きなんだ」

無意識にそう呟（つぶや）いてしまってから、テイルブルーは先ほど以上に頬を染めて身をよじった。

「あははは、何言ってんだろあたし、ごめんね」

「いえ、そんなことありません!!」

照魔(しょうま)は惚気(のろけ)を聞いて照れるどころか、感動で拳を握り締めていた。

きっとその人がツインテールのために途轍(とてつ)もない力を発揮するのと同じに。

テイルブルーは……愛香(あいか)は、その好きな少年のためにどこまでも強くなれるのだろうと。

自分も——そんな強さを持ちたい。いや、持ってみせる。夢にも似た目標が、心の内で燃え立つ。

空想は人間を神と同じか、それ以上に強くするのだ——。

「……じゃあ、訓練はこれでおしまい。薄情に思われるかもしれないけど、善し悪しだって思うんだ。別の世界に関わるのって」

「善し悪し……?」

「あたしも、あたしの仲間たちもね。だいたいみんな一度や二度は死にかけるぐらい追いつめられて、殻破って強くなってきたからさ。君のピンチを助けると、逆にその先の可能性を狭めちゃうかもしれないでしょ？　いつでも助けられるわけじゃないんだから」

そういえばエルヴィナが言っていた。トゥアールが来なければ、自分たちで三女神を撃破していたのに、と。

傍(はた)から見れば強がりであっても、諦めなければそれは真実になっていたかもしれない。

外部の半端な手助けが成長を阻害するというテイルブルーの懸念が、照魔には何となくわかるような気がした。

「あたしは変態怪人(エレメリアン)退治の専門家。女神はキミが何とかしなきゃね」

「はい！　ありがとうございます、愛香さん!!」

笑顔で頷(うなず)いていたテイルブルーが、一瞬無言になる。

「……ごめん、先に出てもらっていい？　ちょっと着替えがあるからさ」

申し訳なさそうにそう言い、拝むポーズをする。

更衣室に案内します、と言いかけた照魔だが……ブレスレットで変身したのにわざわざ着替えと口にしたのは、何かデリケートな事情の暗喩かもしれない。そう察して取り止(や)めた。

気遣いのできる少年であった。


素直に退室した照魔を見送った後、テイルブルーは振り返りもせず背後の気配に向けて語りかけた。

「隠れてないでちゃんと見てればよかったじゃん……」

そこにはいつの間に入室してきたのか、細めた双眸(そうぼう)でブルーを見据えるエルヴィナの姿があった。

先ほど照魔が見たのは幻覚ではなく、この訓練はずっとエルヴィナに監視されていたのだ。

　エルヴィナはすでに黒い二挺(ちょう)拳銃、ルシハーデスを手にしている。

　横持ちに構えた銃口をテイルブルーの顔に定め、静かに歩みを進めてきた。

　直後、エルヴィナはテイルブルーの懐に飛び込んでいた。

　二挺のルシハーデスを手にしたままで繰り出す肉弾格闘。照魔(しょうま)と出会って身につけたエルヴィナの新たな戦闘スタイルだ。

　銃撃で加速した拳足を変幻自在に撃ち込むこの離れ業、六枚翼女神(エクストリーム)とて対処するのは容易ではない。

　しかしテイルブルーはツインテールをなびかせながら、そのことごとくを防御していく。

　最後に攻防それぞれ手の甲を押し当て合った衝撃で、両者は大きく飛(と)び退(すさ)った。

「……よく反応したわね。銃を手にした相手が格闘込みで挑んでくるって、あらかじめ選択肢の中になければできない動きだわ」

　エルヴィナはルシハーデスのトリガーガードに指をかけて回しながら、涼しい顔でテイルブルーを賞賛する。

「武器が銃なのにやたら接近戦したがる娘(こ)が、仲間にいるのよ」

「なるほど。わかりやすい理由ね」

　エルヴィナは苦笑し、ルシハーデスを宙に溶け込ませるようにして消した。

「あなたたちに一度、忠告しようと思って控えていただけよ。けれどその必要はなさそうね」

「……この世界に深く関わるな、でしょ？」

エルヴィナの言葉の先を継ぎ、軽く嘆息するテイルブルー。すでに自分から照魔に告げたことだ。

だが彼女にも、エルヴィナに言っておきたいことがあった。

「じゃ、こっちからも一つ。トゥアールは言葉濁したけど、あたしははっきり言うわ」

照魔の前では口にできなかった言葉。仲間内の誰よりもドライに戦局を見据える戦士・テイルブルーだからこその忠告を、天上の女神に堂々と投げかけた。

「あなたが創造神とかになるのは勝手だけど……あたしたちの世界までロクでもなく創り変えようとしたら、その時は全力でブッ潰すわ」

人間の不遜な宣告を、微笑を以て受け止めるエルヴィナ。

「……いいわね。その時に存分に戦いましょう」

「オッケー。じゃ、なったら連絡ちょうだい」

不敵な微笑みが邂逅し、互いを讃え合う。

テイルブルーは変身を解き、愛香の姿に戻った。

物わかり良く納得したエルヴィナだが、未知の強者を前に闘争本能を抑えきれないのか、未練がましく提案した。

「やっぱり今、少しだけ全力でやり合わない？」

「あたしは別にいいけど――」

何も変身を解いてから言わなくても、とばかり些細な不満を声に滲ませる愛香。

と、通知に気付いてポケットから青いスマホ……トゥアールからもらった高性能端末「トゥアルフォン」を取り出した。

メッセージの差出人を確認し、愛香は思わず「あ」と声を漏らすのだった。

○●

訓練室を後にした照魔は、母がトゥアールと会談をしている応接室に向かった。

しかし折悪く超急ぎの仕事があるということで、照魔の父・将字が猶夏を連れて帰るところだった。

「ごめんね照魔さん、また後でゆっくり話そうね」

そう言って照魔に微笑む将字。彼は誰よりも猶夏への理解が深く、公私にわたり彼女を支えているできた夫だが、それはそれとして心を鬼にして彼女を仕事に引き戻さねばならない時がある。

「うわあああん照魔あああ後でエルヴィナちゃんと一緒にご飯食べようねえええええええ!!」

駄々をこねるので強引に引っ張られていく猶夏に、照魔は半笑いで手を振った。

トゥアールと話すのに夢中になりすぎて、かねてから切望していた息子の彼女・エルヴィナに逢うまたとない機会でもあることを失念していたようだ。

しかし食事会をするといっても、エルヴィナは食事を必要としないのだが……。

一方、猶夏と存分に語らうことができたトゥアールは、普段以上にテンションが上がっているようだった。

「愛香さんも用事終わりましたー？　よぉーし猶夏さんともいっぱい話せましたし、次はこの神樹都の観光と洒落込みましょうか!!」

だがそこへ、エルヴィナと一緒に愛香がやって来た。

「……残念だけどタイムアップよ、トゥアール」

掲げた青いトゥアルフォンを見せながら、愛香が引き留める。

「会長から連絡。久しぶりにけっこうな規模の部隊が攻めて来たんだって」

トゥアールは慌てて自分の白衣のポケットからトゥアルフォンを取り出す。猶夏との話し合いのために通知音や振動をＯＦＦにしていたが、確かに仲間からの通信が届いている。

移動戦艦の通信システムを経由することで、並行世界を隔てても連絡を取り合うことができるのだ。

「ですけど……」

「少しでもヤバげな敵が出たらすぐ帰る——そういう約束での夏休み旅行よね？」

「むぐぐ……」

愛香（あいか）やトゥアールの仲間は多い。大きな部隊とはいえ、その仲間たちだけで問題なく対処できるはずだ。

しかし残ったメンバーでどうにかできるかは関係なく、一定ライン以上の規模の敵襲があったら速やかに帰還する——これが、元の世界を旅立つ前に愛香がトゥアールと交わした誓約だった。

「……あたしたちにできることは終わった……そうでしょ？」

なだめるように言われ、トゥアールは項垂（うなだ）れながら頷（うなず）く。深く食い下がらないのは、トゥアールにも愛香の言うことが正しいとわかっているからだ。

「お世話になりました、トゥアールさん、愛香さん！」

だから照魔（しょうま）は、トゥアールがこれ以上後ろ髪引かれないように、自分から別れの言葉を切りだした。

「このビル、一番上はヘリポートになっていますよね？」

その心遣いが伝わったのだろう。トゥアールは決心がついたようで、出立（しゅったつ）のための場所を照魔に尋ねるのだった。

メガミタワーの屋上。地上六五階に吹く風は、快晴でもけっこう強い。

愛香はツインテールを、トゥアールは白衣を風に任せて揺らしながら、塔屋の前に立つ照魔とエルヴィナ、燐と詩亜に見送られて屋上の中央へと歩いていく。

照魔はマザリィも見送りに誘ったのだが、用事があるようで固辞され、よろしく伝えるよう言伝を頼まれた。

「そうだ」

トゥアールは何かを思い出したように踵を返すと、照魔へと歩み寄る。そして白衣のポケットから取り出した、小さな長方形の物を手渡した。

「この世界でも使える規格のはずです。元気が欲しくなった時に観てください」

「観る……動画ですか？」

手渡された何らかのメモリを眺めながら、照魔は尋ねた。

「────────最高にエッチな動画が入っています」

「捨てなさい、照魔」

エルヴィナが猛然と手を出してきたので、抱き締めるようにしてメモリを守る照魔。

「もらいものを捨てるわけにはいかないだろ!?」

しかし反射的に庇ってしまったが、内容物を告げられた後でも死守するべきなのか、照魔自身にも迷いが生じる。

詩亜がエルヴィナに加担してメモリを取り上げようとしないのは、トゥアールなりの照れ隠しだろうと推し量ってのことだ。

普通はそう考えるが、嘘かどうか五分五分のようにも思えてしまえるのが、トゥアールの恐ろしさ……出会って一日足らずだが、詩亜は彼女に不思議な印象を持っていた。

トゥアールは照魔とエルヴィナのやり取りを見て、朗らかに微笑んだ。

「私もあなたたちに、希望をもらいました」

この世界は、トゥアールにとっても特別な場所。色づいた街並み、そこに生きる人々の活気、そして世界を守るために戦う者たちを見ることができた——旅の最後に、確かな勇気をもらったのだ。

トゥアールは白衣から取り出したキューブ状の物体を、空高く放り投げる。

光とともに出現したのは、正面が角張った台形……ライトバンのような形をした乗り物。

折り畳まれていた左右の主翼を広げると、巨大な戦艦が完成した。

過去から現在までトゥアールの旅を支えた、戦艦スタートゥアールだ。

わざわざヘリポートに来たが着陸枠内に収まるサイズではなく、結局ヘリポートから十数メートルほどの高さに浮遊している。

トゥアールと愛香がスタートゥアールの直下に進むと、艦底から円柱形のガイドビームが降り注ぎ、二人の身体を包んだ。

「エレメリアンもこういう戦艦を使って並行世界間を移動しています。手段を確立すれば、自分の力で並行世界をわたることはできるのです」

ビームの中をゆっくりと浮上しながら、トゥアールは照魔に手向けの言葉をかける。

「……次はあなたたちが、私たちの世界に遊びに来てください!!」

「またね」

愛香も短く別れを伝え、屋上に立つ一同に微笑みかけた。

「――――はい!!」

照魔が答えると同時。光の中をゆっくりと浮上していた二人は、一気に艦内へと吸い込まれていった。

そして高空に極彩色のゲートが出現し、スタートゥアールが内部へと潜行していく。

ゲートが完全に消えて青空が広がるのを見届けると、照魔の万感が言葉となって空に響く。

「ありがとう、トゥアールさん……愛香さん」

エルヴィナは素っ気ない表情で、燐と詩亜は微笑みながら、同じように空を見つめる。

おそらく照魔だけではまだ辿り着けなかったであろう世界の真実を語り聞かせてもらった。

それ以上に——愛香(あいか)の言葉通り、自分以外にも世界を守るため戦う人間がいるというその事実が、照魔(しょうま)に確かな勇気をくれた。

約束通り、いつか自分たちからトゥアールに会いに行く。

照魔は笑みを深め、決意を新たにするのだった。


しかし感慨に耽(ふけ)る時間は、あまり長くはなかった。

エルヴィナが背後の空を振り返るのと、燐(りん)が小脇に抱(かか)えていたタブレット型端末がアラートを報じるのは、ほぼ同時だった。

「Rブロックに女神出現の情報です。おそらく複数の二枚翼(エクサ)と思われます」

端末の画面を見やりながら、淡々と報告する燐。

Rブロックは住居などひしめく居住特化エリア。女神侵攻を最も迅速に阻止するべき場所だ。

二日連続で敵性女神が出現するのは久しぶりだが、今の照魔には何の憂いもない。

「二人をちゃんと見送れた後でよかった——行こう、エルヴィナ!!」

地上六五階建てビルの最上階——何物にも阻まれることなく、昂揚(こうよう)のままに駆けだした照魔は、恩人の旅立っていった青の中へと身を躍らせた。

○
●

空を飛んでブロック間を越え、女神の出現した場所に現着した照魔とエルヴィナ。

二人が見たのは、大柄で腕が太い、熊のような特徴を持った女神だった。ほとんど同じ見た目で、五体ほどいる。

「クマメガミ……そこそこ腕力はあるやつらだから、注意して」

「このタイミングで熊か……」

異世界から来たお姉さんに「男の子ならクマに遭遇しても喧嘩(けんか)くらいしなさい」的に窘(たしな)められたばかりだ。偶然とはいえ出来すぎている。

エルヴィナは地面に光の種を落とし、魔眩樹(まどうじゅ)を形成。照魔と同時に、その光の柱に手を差し入れた。

「ディーアムド！　オーバージェネシスッ!!」

「ディーアムド、ルシハーデス」

聖剣と二挺(ちょう)拳銃、それぞれの武装を手にする二人。

言うほど腕力を警戒してのことではないだろうが、エルヴィナはまだ距離のある状態で左右の銃を横持ちに構えた。攻撃する間も与えず斉射して一気にケリをつけるつもりだ。

しかし照魔はあることに気づき、手を突き出してエルヴィナを制止した。

「待てエルヴィナ、逃げ遅れてる人がいる!!」

「……?」

クマメガミは何かににじり寄っているようだったが、その先にあるのが何か視認できた。子供だ。小さな女の子だ。

避難している途中で親とはぐれたのかもしれない。

こうなると遠距離から銃撃で撃破するのは危険すぎる。

泡を食って助けに走る照魔(しょうま)だが、さらにぎょっとして足を止めた。一瞬目を疑ったほどだ。

数人のクマメガミに囲まれているのは、忘れもしない鮮やかな薄黄色の髪の少女。

六枚翼(エクストリーム)女神、ディスティムだった。

何故か女神装衣ではなく、フリルに彩られたワンピースを身にまとっている。

「ディスティムが、どうしてモブメガに襲われてるんだ!?」

それも尻餅をついてクマメガミから弱々しく後退(あとずさ)り、いやいやと首を振っているではないか。ディスティムならば二枚翼(エクサ)・四枚翼(エクシード)の女神が何十人集まろうと、敵ではないはずなのに。

理解に苦しむ状況だが、エルヴィナが見解を口にした。

「……女神力(めがみりょく)を一切感じない……ものすごく弱っているみたいね。そこを下っ端に狙われたのかしら」

照魔はリィライザ戦の直後、ヴァルゴに変身しても女神力(めがみりょく)の残量が尽きかけていたことを思い出した。

もしやディスティムは別の六枚翼女神(エクストリーム)と戦い、力を限界まで使い果たしてしまった。そこを下っ端の配下に謀反を起こされた——？

あり得る話だ。決めつけはしたくないが、ディスティムはあまり人望があるようには思えない。

気になるのはその装いだ。シェアメルトやリィライザどころか、神聖女神(セイヴアリド)のマザリィたちですら女神装衣以外は決して身につけようとはしない。エルヴィナ以外で人間界の服を着ている女神を初めて見た。

「助けてっ……!!」

照魔たちが近くに来ていることに気づかず、誰知らず助けを求める姿。とても演技には思えない。

「放っておきなさい、照魔。自業自得……いいえ、因果応報よ」

エルヴィナの言う通りだ。

ディスティムは、隙を見せる方が悪い、弱いやつが悪い、勝った者こそが正義——そんな徹底した勝利至上主義者だった。

それが何の因果か、今度は自分が弱ったところを格下の部下に狙われている。悪逆の報いを受けているのだ。

「ディスティムもろともモブメガを吹き飛ばすわ。あなたは何もしなくていい」

それでもエルヴィナはかつての同僚がモブメガの手にかけられるまで待つことを良しとせず、自分の手で引導を渡そうと再びルシハーデスを構えた。

「……」

照魔の脳裏をリィライザの笑顔が、彼女が光弾に胸を貫かれ浮かべた苦悶の表情が、笑いを浮かべて戦場に現れたディスティムが、代わる代わる過っていく。

逡巡は一瞬だった。

「………いや……助ける!!」

エルヴィナを置き去りに、照魔は駆けだした。

確かにディスティムは憎き敵だ。リィライザと仲良くなれると思った矢先に不意打ちで彼女を手にかけたことは、決して許せはしない。

しかし助けを求める声に背を向けたら——自分は、明日から前を向いて歩くことができなくなる。

「だああっ!!」

照魔はディスティムに最も近づいていたクマメガミを走り抜けながら斬り伏せ、返す刀でもう一体を打倒した。

照魔の背を焦がすように赤い魔眩光弾が飛来し、残るクマメガミを撃ち抜いていく。

「……まったく……」

多少不満そうにしながらも、エルヴィナもきっちりと照魔の行動をサポートした。

へたり込んだままのディスティムに駆け寄る照魔。

「おい大丈夫か！　どうしてお前が――」

女神力がないというエルヴィナの見立てがあるとはいえ、かなり無防備な行動だ。

助けた途端に理不尽に罵声を浴びせられる覚悟もしていた照魔だが、あろうことかディスティムは照魔を見るや瞳を潤ませ、身体ごと抱きついてきた。

「「はっ!?」」

期せずして照魔とエルヴィナの驚きがユニゾンする。

「ああ、照魔さまっ!!」

「……さま？」

離れて見ていたエルヴィナが、その柳眉を子供がクレヨンで引いた線のように激しく歪める。

「怖かったですわっ!!」

「……ですわ？」

今度は抱きつかれた照魔が、いったい何事かと語尾を繰り返す。

「何のつもりだ、ディスティム！　確かに俺はお前を助けたけど、別に――」

「でぃすてぃむ？　何ですの、それは。照魔さま流のおジョークで？」

おジョークて。

冗談は今のお前の態度だろう、と厳しく睨み付ける照魔。

だがディスティムは表情を少しも変えず……逆に照魔を窘めるように、自分の名を名乗るのだった。

「わたくしは咲寺運命芽……あなたの婚約者。許嫁ですわよ？」

照魔が一度も聞いた覚えのない、人間の女の子の名前と立場を。

CHARACTER

役職：女神（六枚翼）

プリマビウス

女神真名
「豊沃の荒野、岩が実る大木」

天界一の胸を持つ、いつも笑顔で気のいいお姉さん女神。
だが、ある欲望のために他者に幸せになって欲しくて
優しくしているだけであり、
彼女の本性を知る女神からは猛烈に警戒されている。

MYTH：4　突然の恋乙女

　咲寺運命芽（さてらさだめ）——ディスティムに酷似した容姿の謎の少女を、エルヴィナは怪訝（けげん）な顔つきで睥睨（へいげい）しながら呟（つぶや）いた。

「許嫁（いいなずけ）……？」

　確かに天界には存在しない言葉だろう。運命芽に抱きつかれたまま、照魔（しょうま）は苦みの差した顔で説明する。

「将来結婚して、夫婦になる約束をした関係のことだよ」

　ふうん、と淡泊な頷（うなず）きを返したところで、

「——何も見なかった聞かなかったことにして倒しましょう、照魔。こいつはディスティム……私たちの敵よ」

　エルヴィナはルシハーデスの銃口を運命芽へと向けた。

「わー待て待て待て！　本人が違うって言ってる!!」

「急に何なんですのこの人!?」

抱きついてくる力を強める運命芽だが、照魔は彼女の肩に手を添え、自分から半ば強引に引き剝がした。

「許嫁って言われても、俺は君のこと全然知らないんだよ……」

照魔は名家中の名家、創条家の御曹司。

一般的には遥か過去の慣習であるとはいえ……自分の家ほどの規模であれば、許嫁という存在について意識したことがないわけではない。

だが自分の母は恋愛結婚であり、照魔が女神に恋していることに強く理解を示してくれている。照魔が初恋を叶えるための自分磨きに邁進できたのも、両親の支えあってこそだ。

こと自分の両親に限って、照魔の意思を無視して勝手に許嫁を決めるとは思えない。

まして母の猶夏は照魔が恋人だと伝えたエルヴィナのことを認めていて、早く逢いたがっているぐらいなのだ。

「…………」

きょとんとした表情で黙っている運命芽。

突き放したことを言って、そんな、ひどい、忘れてしまったのですか――などという嘆きと抗議が返ってくるのを想像していた照魔は、続く言葉に驚かされた。

「なるほど。では今、知ってくださいまし。わたくしのことを!!」

「ええ!?」

再び抱きついてくる運命芽。同じ年頃の女の子に抱きつかれているのだが、照魔は警戒心の方が勝って照れる素振りも見せない。

無理もない。道を歩いていたら唐突に「私はあなたの許嫁です」と叫んで抱きついてくる女……都市伝説レベルの恐怖だ。

細腕を回されている首を動かし、エルヴィナに向き直る照魔。

「さっきこの子から女神力を感じないって言ったよな。それって弱ってるからじゃなく、女神じゃなくて人間だからじゃないのか……？」

「それにしたって似すぎだわ。これで本当にディスティムとは無関係のただの人間ですと言われて、納得できる？」

「できない……」

本当に似ている。というかディスティムそのものだ。

「もう、お二人だけでさっきから何を話されていますの？」

声もめちゃくちゃディスティムに似ている。

特に今は抱きつかれてほとんど耳元で聞こえるので、それが鮮明にわかるのだ。到底別人には思えない。

しかし万が一他人の空似だった時のことを考えると、断定するのは危険すぎる。

もっともエルヴィナにとって吃緊の問題は、この少女の素性ではなく、彼女が照魔に抱きついているという事実の方だった。

「とにかく、照魔から離れなさい。これは命令よ、私は照魔の――」

運命芽はエルヴィナの言葉を遮るように、照魔への抱擁を解いて歩み出ると、スカートの裾を両手で摘んで優雅にお辞儀をした。

「あなたが照魔さまのお仕事上のパートナー、エルヴィナさまですわね。動画で観ましたわ！将来の夫がいつもお世話になっております!!」

「――――は？　聞こえないわね……？」

エルヴィナはビキビキに不機嫌さを増し、眼を細めて威嚇する。

しかしこの少女が逞しいのは、大人でも腰を抜かすような氷の眼差しで凄まれても、一歩も退かなかったことだ。

「お！　し！　ご！　と！　じょう！　の！　パートナーの！　エルヴィナさま!!　ですわね!!」

身を乗り出し、嚙みつかんばかりの勢いでがなり立てる運命芽。

途中で制止することもできた。だがエルヴィナはあえて、この少女の叫びを最後まで聞き届けた。腕組みも傲岸に、「さあ好きなだけ叫んでごらんなさい」とばかりに。

「発声が良くできているのは、まあ誉めてあげなくもないけれど……まだまだ気迫が足りないわね？」

自分を声で威圧したければ、大手声優事務所の所属声優全員で一斉に叫ぶぐらいの声量でかかってこい——それほどの自負が窺（うかが）える。

「とにかく、照魔（しょうま）本人があなたのことなど毛ほども知らないと言っているのだから、何を喚こうと無駄よ」

「だから、これから知っていただければよいのです！　今日だって、照魔さまに会いに行く途中でしたもの!!」

運命芽（さだめ）はエルヴィナに何と言われても一歩も退（ひ）かない。

天界最強の女神に食ってかかっていくその姿もまた、ディスティムの気性を想起させるのだった。

ディスティムは照魔にとっても、最も印象の強い女神の一人だ。

天界に迷い込んだ照魔がエルヴィナに続き、二番目に見た六枚翼（エクストリーム）。それがディスティムだった。

六枚の翼を持つ女神はエルヴィナ一人だけではない……初恋の女神は複数の候補がいる、という事実を照魔に突きつけたのだ。

そしてさらに、神聖女神（セイヴァリド）と邪悪女神（ゾディアクス）が覇を競っていた女神大戦の終局——両勢力の代表がいよいよぶつかり合おうかというその時に、よりによって自勢力の代表に勝負をふっかける狂犬めいた行動に出たのもディスティムだった。

理由は「エルヴィナが創造神になったらもう気軽に戦えなくなるかも」というあまりにも自分本位なもの。私情で自勢力の悲願を潰しかけたのだ。

その光景を目撃した時の衝撃を、照魔は今でも鮮明に覚えている。

一方でそれはディスティムが、六枚の翼が健在で名実ともに天界最強の名を恣にしていた時のエルヴィナに、正面から戦いを挑めるだけの戦闘力を誇ることを物語っている。

そんなディスティムはつい先日、死闘で疲弊しきっていた照魔とエルヴィナを急襲した。

相手が万全の時に戦わなければフェアではない、などという騎士道精神を持ち合わせているわけではなく、とにかく自分が戦いたい時に戦う、一番厄介なタイプの戦闘好きだ。

このように現段階で最も警戒すべき敵性女神・ディスティムは、「この人間界にはいつでも来られる」と言い残して一時撤退した。

そこに来て、今のこの事態だ。トゥアールと愛香がこの世界を旅立ってすぐの、このタイミングにだ。

まるで邪魔者がいなくなるのを、密かに窺っていたかのようではないか。

こんな時にディスティム似の少女が目の前に現れて、疑いを抱くなという方が無理な話だ。

（何が目的だ……⁉）

照魔の困惑は、その疑念に集約される。

照魔はさりげなくエルヴィナとアイコンタクトを試みた。

エルヴィナも小さく頷き、自分もほぼ同じ考えであることを示した。

照魔とエルヴィナが無言で見つめ合っているので、運命芽は「むー」と不機嫌そうに唇を尖らせ、

「ああもうじれったいですわね、許嫁ったら許嫁ですわ！　めんどくせえですわ、ちゅーしましょう!!」

その尖らせた唇を照魔に照準した。

「急に何言ってんだこいつ!?」

仏のごとき慈愛の精神を持った小六男子でお馴染みの照魔でさえ、言葉が乱暴になるレベルの蛮行であった。

「ちゅ〜〜〜〜〜〜〜」

顔を逸らした照魔の唇をホーミングで的確に狙い、唇を突き出す運命芽。

その眼前を、赤い光弾が掠めていった。

ひっとなってエルヴィナに振り向く運命芽。

「撃ちましたわ！　撃ちやがりましたわこの女!!」

エルヴィナはルシハーデスのトリガーガードに指を入れてくるんと回し、

「怖い思いをさせてごめんなさい、今そこに敵の女神の生き残りがいたから倒したの。けれど指示に従ってちゃんと避難していない一般人が悪いわよね？」

いない。そんな敵はどこにもいないが……あのクールの皮を被った直情径行でお馴染みのエルヴィナが小賢しい方便を使っている事実に、照魔は感動と畏怖を同時に味わっていた。

エルヴィナは続けてかっと目を見開き、照魔を睨め付ける。

「照魔……女神にとって口付けは特別な意味を持つ、神聖な儀式であるということは前に教えたはずよ。それは生命を共有したあなたも同じこと。何の考えもなしにたやすく他の女と口付けを交わすのは——天に叛逆したも同義なのだと心しなさい」

実際に照魔が聞いたかどうか定かではないが、「浮気したらブチ殺すぞ」をここまで大仰に言い換えることができるのは、さすがは最強の女神エルヴィナ。

「だ、大丈夫だよ、俺だってそんなつもりはない」

照魔は口がカラカラに渇いて喋りづらい中、きちんと弁明をした。

「まあ、クソめんどくせー女ですわね！　ちゅーぐらい気軽にさせろですわ!!」

露骨に舌打ちしながら文句を言う運命芽。可憐なお嬢様然とした言葉遣いと本人の気質が致命的に嚙み合っていないようだ。

「めんどくさい……私が……？」

今のエルヴィナとは特に関係のない一般論として、人は自覚のあることを指摘されるとムキになって怒るのが常だ。

そしてエルヴィナは何故か、怒りが陽炎のように立ち昇って視認できるほどボルテージを上げ始めた。

照魔は両者の間に歩み出て諫めながら、努めて理性的に提案する。

「とにかく敵性女神を撃破した以上、後始末が必要なんだ。現場にいつまでもいるわけにはいかない」

戦闘が終わった今、避難指示は段階的に解除されていく。今回は殆ど道路や周囲に破壊痕がないとはいえ、戦闘後には安全のチェックが必要になる。

いつまでもここにいたら、一般人にエルヴィナのよろしくない場面を見られてしまうかもしれない。というか先ほどの銃撃で、その懸念の片鱗は十二分に見えた。

「運命芽さん、俺たちと一緒に来てくれ」

「はい♪　もちろんお供しますわ！　照魔さまに！　あとさん付けは他人行儀ですわ、呼び捨てにしてくださいまし!!」

運命芽はうきうきで照魔に腕を絡めてきた。

他人行儀と言われても、自分もさま付けで呼ばれているのだが、それは……。

「照魔っ……あなた本気でその子を会社に連れて行くつもり!?」

エルヴィナが語気を強めて照魔を糾弾する。

「この子の素性がはっきりするまで、放置する方が危険だよ。エルヴィナを信頼しているからこその提案なんだ……わかってくれ」

真摯な眼差しでそう告げると、

「そ、そう……なら仕方がないわね」

エルヴィナは打って変わってふやけた声になり、腕組みをしてそっぽを向いた。鮮やかな長髪が宙を舞う。

心配になるレベルのチョロさ、子供のようにわかりやすすぎるリアクションだった。照魔以外には……。

その照魔以外であるところの運命芽は、二人のやりとりを見て「ふうん」と何かを悟ったように眼を細めるのだった。

○　●

照魔とエルヴィナが運命芽を伴って帰社すると、メガミタワーのエントランスでは詩亜が腕組みをして待ち構えていた。

「異世界からの乳デカ科学者に続いて、今回は謎に距離が近い幼女！　最近よく女を連れて来ますねえ!!」

「恵雲くん……社長のお連れされた御賓客ですよ」

「燐くん！　いつも言っていますけど詩亜たちは、照魔さまの安全を守る義務があるんですからね!!」

そう言われると燐も何も言えない。だからこそ裏ですでに、照魔が帰社する前に連絡した咲寺運命芽という少女の素性の調査を始めているのだが。

詩亜の露骨な警戒などものともせず、運命芽はスカートの裾を持ち上げて挨拶をした。

「わたくしは咲寺運命芽ですわっ！　よろしくおねがいします、やかましいメイドさん!!」

詩亜は照魔に振り返り、運命芽を何度も指差しながら抗議する。

「イマドキこんなコテコテのお嬢様言葉使うやつが不審者じゃないはずがないでしょう!!」

「いやでもそのレベルのことで不審者認定だと……」

俺の周りみんな不審者じゃ、とまでは口にしない照魔の優しさ。社長の器であった。

ちなみについさっき見送った異世界からの来客に、そのコテコテのお嬢様言葉を使いこなす由緒正しきお嬢様の仲間がいることなど、詩亜は知る由もなかった。

エントランスの真ん中で踊るように回りながら、運命芽は吹き抜けの天井を仰いだ。

「これが女神会社デュアルライブスのビルですのね！　神樹都……いいえ全世界の人間憧れの場所ですわー!!」

「そう言ってもらえるのは嬉しいけど……」

少しだけ気を良くした照魔が案内するより先に、運命芽は受付へと向かった。

幼いながらも企業ビルを来訪した際の手続きに慣れているのは、家族の職場で教えられて知識があるからかもしれない。

しかし受付のレセプションデスクの前にはエルヴィナが先回りしており、エクス鳥を牽制した。

「エクストリーム＝メサイア……その子に入館証を発行しては駄目よ」

〈その理由は〉

「私が気に入らないからよ。軽く尋問するだけだし、そこのテーブルで十分だわ」

エルヴィナは顎でエントランス入り口近くの休憩スペースを差す。

落書きされた赤いボールにしか見えない謎生物は、渋くていい声で凛と反論する。

〈断る。我は女神会社デュアルライブスの受付嬢、そして来客への応対は我が責務――いち社員の私情で来客の入館証を発行することを阻めはしないと心得よ〉

受付嬢という仕事に誇りを持っているエクス鳥の使命感を阻むのは容易ではない。思い通りにならずむっとしているエルヴィナに、照魔がフォローを入れた。

「……入館証を発行する時は連絡先が必須だ。そこで手間取ったりしたら、怪しいってことになる」

「なるほど。確かにそうね……」

エクス鳥の案内に従い、運命芽が入館証発行の手続きをしている間。

照魔はエルヴィナと一緒にその小さな背中を見つめながら、あらためて彼女がディスティムに似ている理由を考察していた。

「ディスティムが人間界にいる女の子に似せて、自分の姿を変えた……っていう可能性はないか？」

「逆ならともかく、女神が人間の容姿を模倣する意味がないでしょう。それに少なくとも私は、ディスティムの顔を数千年以上前から知っているわ……あの運命芽って子の顔が模倣元なのであれば、相当長生きな人間ということになるわね」

「そりゃそうか……」

多少皮肉交じりとはいえ、エルヴィナに理路整然と否定されぐうの音も出ない照魔。

「ディスティムが戦いで弱り過ぎて、記憶を失ったという可能性もあるわ。確率はかなり低いけれど」

エルヴィナがそう考察したところで、報告を受けたマザリィも上階からエントランスへと下りてきた。

「確かに邪悪女神のディスティムと瓜二つですが……」

マザリィは運命芽を離れて監視しているエルヴィナ、その隣に立つ照魔へと静かに近づいていく。そして忠告するような語調で告げた。

「あの少女は全くの人間です。女神力が弱っているのではなく、ゼロ。絶無です。もしディスティムであれば、どれほど弱りきろうと女神力が皆無ということはあり得ません」

　確信の事実としてそう断言するマザリィに、照魔は尊敬の眼差しを送る。

「マザリィさんの目は天然のスキャナーなのか……！」

「機械に頼らねば物体の走査もできない人間が、ただただだか弱いだけですわ」

「稀代の機械音痴がドヤでなんか言ってますわ」

　少し離れて控えている詩亜が耳ざとく聞きつけ、一言ツッコミを入れておく。

「もっともあの少女が、わたくしの権能を欺くほど鮮やかに擬態したディスティム本人であれば。厳しい戦いとなるやもしれませんが、対処しようがある分だけまだ良いのですが……」

　エルヴィナは腕組みをしながら、運命芽の背から視線を外さずにマザリィに尋ねた。

「……あなたの考える、最悪のケースとは何？」

「何の罪もない人間の少女が、ディスティムに容姿を変えられ、さらに偽りの記憶を植え付けられている……という場合です」

　マザリィの苦々しい述懐に、エルヴィナも表情を固くする。

「そうだとするとあの子は、女神力を持たないだけでディスティムの眷属に等しいわ。必ずどこかで私たちの障害となる行動を取るはず。あの子が望む望まないにかかわらずね……」

愕然とした面持ちでエルヴィナとマザリィを見る照魔。その可能性が万一でもあると知った以上、放っておくことはできなくなった。

「どちらにせよ我々は、あの少女を放置しておくことはできません。ディスティムがそれを計算尽くでやったことだとすれば……」

照魔の顔を見返し、マザリィもそう結論づける。

人質作戦……照魔はどうしてもリィライザを思い出してしまっていた。

しかし純粋な戦闘を楽しみたがるディスティムが、そんな搦め手を使ってくる理由はない気がするのだが……。

「この件も含め、ディスティムの動向には注意が必要です。照魔くんたちへの急襲が阻止されて、苛立っている様子だったのでしょう？」

マザリィはディスティムがトゥアールを見て態度を急変させ、あっさり撤退したという報告を、そのように解釈しているようだ。

しかしあの時のディスティムは……苦しんでいるようにさえ見えた彼女の変調は、本当に苛立ってのことだろうか？

いずれにせよマザリィの言う通り。最重要警戒敵性女神と同じ容姿をした人間を、放置しておくわけにはいかない。

「鳥さんから入館証もらいましたわ！」

発行されたゲスト証をぶんぶんと振り回し、運命芽が笑顔で声をかけてきた。

照魔がエクス鳥に確認の視線を送ると――ボール状の身体を自力でぎゅむっと潰したのがそのサインなのだろう――問題なかった、と頷く仕草をした。運命芽はちゃんと自分で連絡先を記入できたということだ。

「これでこのビルにいつでも入りたい放題やりたい放題ですわー!!」

「いや、有効なの今日一日だけだよ……」

殺伐とした考察に心がささくれかけたところだったので、照魔は運命芽の元気さに救われた思いだった。

あの笑顔が偽りであったり、強いられたものであるとは考えたくないのだが……。

照魔とエルヴィナ、マザリィ、燐、詩亜は、各々何とも微妙な面持ちで運命芽とともに上階へと向かった。

○　●

照魔が運命芽を案内したのは、レフトタワー三階にある小さな応接室。

街や国の重鎮が来訪した際に案内する会談用の応接室とも、またトゥアールと猶夏が語らいの場として使った特別な応接室とも違う、ごく簡素な造りの来客用の部屋だ。

先に運命芽一人に入室してもらい、ソファーに座らせた後で、照魔は一旦部屋の外に出た。

手にした端末に視線を落としながら、燐が淡々と報告する。

「運命芽さまの戸籍情報を照会しましたが……咲寺家は確かに存在しました」

調査報告を燐と共有した詩亜が、応接室に向けた目を眇めながらそれに続いた。

「創条家の関連企業の社長が、あの子のお父さんみたいですねー」

「無論、照魔社長と許嫁であるという事実は存在しませんが……」

燐はその点を強調しておく。

「けど一応、運命芽が普通の人間だっていうウラは取れたわけだな」

照魔はそう結論づけたが、エルヴィナとマザリィはあまり納得がいっていない様子だった。

女神の超常の力を以てすればいち人間の戸籍の捏造など造作もないだろうし、彼女の関係者全員の記憶そのものを変えることさえ可能かもしれないが……そんな局所的な作戦を女神が立てるとは考えにくい。

というよりも、そこまで裏の裏を考えていたら話が進まない。今は咲寺運命芽が公に存在するという事実を信じるしかないだろう。

ひとまずその情報だけを確認し、一同は応接室に入った。

照魔たちが室外で話し合い、運命芽を一人にしていた時間はものの二分程度だが、それでも運命芽は黙って座って待っていることができずに、壁の棚や装飾品などを見て歩いていた。落ち着きのない子らしい。

照魔はあらためて運命芽をソファーに座るよう促し、その対面に腰を下ろした。エルヴィナが照魔の右側に、マザリィが左に座る。

燐と詩亜は入り口近くに立って控えている。運命芽にあまり威圧感を与えないようにという配慮だ。

「咲寺運命芽さん、いくつか聞きたいことがあるんだ」

「はい、咲寺運命芽、一〇歳ですわ！　お風呂で最初に洗うのは膝の裏ですわ‼」

「落ち着いてねそれは質問してないからね……」

言いながらも照魔は自分の入浴時に置き換え、「え、最初に膝の裏ってやりづらくない？」などとつい考えてしまった。

早くもこの子のペースに巻き込まれている気がする。

「まず君はどうして、あんなところにいたんだ？　敵性女神出現の避難警報が発令されていたはずだぞ」

「逃げようとはしましたわ。ただ今日は元々デュアルライブスに伺う予定でしたので、こちらに向かった方が早くて安心だと思ったのですが……あの怪人に追いつかれてしまって……」

怪人──。

子供とはいえ、一般人が女神をそう呼んでいる事実に直面し、照魔は小さく項垂れる。エルヴィナとマザリィが、それぞれ顔つきを険しくしたのが目端で見えてしまった。

「あの位置からこのビルだと、指示された避難場所とはまるっきり逆方向ですよね?」

詩亜が横から指摘すると、運命芽が少しだけ動揺したのが見て取れた。どうやら自分でもそれをわかっているらしい。

「デュアルライブスがアプリや各媒体を通じて発令する避難警報は、国や自治体とも連携している正式なもの。自分で勝手に判断しないでちゃんと従わなきゃ駄目だって、学校でも習っているはずだよね?」

照魔が穏やかに諭すと、さすがの運命芽もしゅんとした様子を見せた。

もっとも子供の避難に不備があるのは、周りの大人の責任。彼らは子供が緊急時に一人で行動するのを見逃したことになる。運命芽をこれ以上責めるわけにはいかない。

「そのことは……ちゃんと無事だったんだからいい。いったん置いておこう。問題はその……君が俺の許嫁だって言っていることなんだけど」

「許嫁ですから!!」

打って変わって明るい表情になる運命芽。

「けれど俺と君……創条家と咲寺家に言い換えてもいいけど……そんな事実は、口約束レベルでもされた形跡がなかった。何で急にそんなことを言いだしたんだ？」

「結婚したくてもう我慢できなくなったからですわ!!」

「何なのこの子」

テーブルに手をついて熱弁する運命芽に、エルヴィナのドストレートすぎる疑問が唸る。

「そもそもわたくしは以前から、照魔さまと結婚したいと……それに先んじておつき合いしたいと希望していましたわ！　何度も何度もこの会社にコンタクトを試みましたが反応をいただけず埒が明かないので、直接逢いに来たのです!!」

つらつらと淀みなく説明する運命芽に、照魔は感心してしまった。

「一〇歳にしてはやたら語彙が豊富な子だな……」

「まあそれは一二歳ボーイの照魔さまにブーメラン刺さってますけど、確かに口は達者ですねえこの娘」

比類なき口達者メイドの詩亜も感心している。

と、照魔は遅れて運命芽の発言に違和感を持った。

「……え？　うちにコンタクト取った？　俺全然知らないけど!?」

思わず燐や詩亜たちの方を見て、もう一度運命芽に向き直る。運命芽はにっこり微笑んだ。

「この会社で社員募集を始めた時、最速で応募しましたわよ！　すぐにお祈りメールが返ってきて、お高くとまりやがって、と思いましたが!!」

「待ってくれ、だって応募者ゼロって言ってなかった!?」

気合いを入れて社員募集したのに応募者〇人だったのは、デュアルライブス史上でも屈指の苦い思い出だ。照魔に問いかけられた燐は、恭しく礼をしながら答えた。

「応募者は間違いなくゼロでございます。おそらくいたずらメールとして弾かれた可能性が」

「そもそも一〇歳は社員として雇えませんからね……うちの社長一二歳ですけど……」

詩亜も補足する。応募者情報の入力フォームに一〇歳と書いていたら、その時点で機械的に弾かれていた可能性もある。

運命芽は語気を強め、さらに拳を握って続けた。

「なのでお手紙を一〇〇通ほど認めましたのに、一度も返事が来やがらねえですわ!!」

「ファンレター類は僕と恵雲くんで……特に女性からの手紙は本人たっての希望で恵雲くんが検閲していますが」

「当たり前でしょうが！　アイドル事務所の社員だろうが出版社の編集だろうが基本ファンレターはしっかり内容確認しますよ！　そして詩亜は長年の照魔さま専属従者としてのスキルでやべえ女の手紙は未開封でも判断できるんですよあなたの多分それ!!」

詩亜が使命感に燃えながら拳で空を薙ぐ。創条家のメイドはただでさえ激務なのに、詩亜はこのように照魔に近づく女からのガードを（私的理由もあって）率先して引き受けているので、忙しいどころの話ではない。

「つーか同じ女性から照魔さまへ何百通もの手紙が来たのは一度や二度じゃないですから、いつのことかわかりませんねー」

詩亜からもたらされたその情報を「へー」と軽く流した照魔だったが、よくよく考えるとかなり恐ろしいことを言われたような……。

しかしそんな容赦のない検閲に遭っても、運命芽は諦めなかったようだ。

「仕方がないのでデュアルライブスの公式チャンネルの動画に『照魔さま結婚して』って連投してるのに！　何故かすぐ消えてしまうのですわ!!」

「はい動画は輪をかけてやべえ連中が地獄みてえなコメント書き込んでくるのでガンガンNG設定してます!!」

人差し指を立てて得意げに語る詩亜に、運命芽は嚙みつかんばかりの勢いで抗議した。

「ほとんどあなたの仕業でしたのねわたくしと照魔さまの恋路を邪魔しやがってクソメイドが！　ですわ!!」

「ごくフツーの要人警護じゃアホオオオオオオオオオオオオオオオオオオ!!」

詩亜は照魔の背後に歩み寄ると、彼の肩越しに運命芽を指差した。

「黙って聞いてりゃこいつヤバすぎますよ！　こんな悪役令嬢、とっとと婚約破棄して追放しましょう、照魔さま!!」

「……どこに……!?」

照魔の疑問を余所に、燐が粛々と運命芽に尋ねる。

「咲寺さま。あなたが照魔社長と結婚を望まれていることについて、ご両親はご存じなのですか？」

するとと運命芽はソファーから立ち上がり、自信満々に答えた。

「お父様は『運命芽は何としても創条家に嫁ぎなさい、父は会社をもっと大きくしたい』って後押ししてくれましたわ。理解ある親で助かりますわー!!」

この返答にはさすがに唖然とする詩亜。

「いやそれ政略結婚じゃないですか！　今時ありえねーですから!!」

「今時……？　知りませんの？　スイーツだってホビーだって、定期的にブームが一巡するものですわ。あなたたちおばさんが忌避しているだけで、政略結婚は今若者の間で大流行していますのよ!!」

「んなわけあるかあ！　もっと自分を大事にしなきゃですよ!!」

「わたくし政略結婚だーいすき、ですわ」

腰に両手をやってえっへんと胸を張り、世が末過ぎて終端に達してしまうぐらい凄まじい暴言を吐き散らす運命芽。

「くうっ……クソ強え、なんだこの小娘……って誰がおばさんじゃゴアア？　ツテメオウッチマッゾゴルオアアアアアアアアアアアアアン!!」

運命芽に気圧されかけた詩亜だが、遅まきながら罵倒されたことに気づく。

今日も元気良く威嚇の巻き舌が限界を超え、人類の言語の範囲を逸脱し始めていた。頭部をアンダースロー気味に大旋回させ、運命芽へとにじり寄っていく。

「恵雲く〜ん、出てます、元ヤン出てます」

隣に立つ燐から小声で忠告を受け、詩亜は自分の頭を拳骨で軽くこつんとして可愛らしく舌を出した。

「はっ……！　……も〜☆　駄目ですよ運命芽ちゃん！　流行らせようと画策したって流行らないブームがあるんですから！　あんまりおクチわるわるだと『おねえさん』がキミの人生もう一巡させちゃうぞ♡」

「場慣れしてきたからでしょうか……彼女の恫喝は人類の範疇を超え始めていますわね……」

言葉少なだったマザリィだが、詩亜を見てつい呆れ声が出る。

照魔は運命芽のバイタリティに圧倒されているが、苦笑しながら質問を連ねた。

「じゃあ次の質問だけど……最近君にこっそり話しかけてきた女神がいなかったかい？」

「……………ありませんわ。女神さまをこの目で見たのは、今日が初めてですし」

よりによってこの質問で妙な間を作って答えるのがまた怪しくて困るのだが、今は信じるしかないだろう。

その後もいくつか問答を重ねたが、運命芽に裏があると決定づける証拠は出てこなかった。

できる質問もなくなったので、照魔とエルヴィナ、マザリィも立ち上がり、運命芽を家へと送ることにする。

「では、車を呼びますので……下の階へどうぞ」

すでに燐が手筈を整えていた。照魔が移動するわけではないので、燐の運転ではなく普通にタクシーを呼べば問題はない。

おとなしく退室するかと思いきや、運命芽は希望を伝えてきた。

「わたくしからも最後に一言よろしくて？　入社応募が機械的に弾かれたということでしたので……改めてこの場で応募しますわ！　わたくしを女神会社デュアルライブスで雇用してください!!」

「いやいやだから一〇歳を雇用するのは無理ゲ極まりですから!!」

詩亜がすかさず拒否するが、その要望を社長が受け容れた。

「……わかった。職場見学って扱いで来てもらうことはできるよ。この同意書に保護者のサインをもらって、明日また来てくれ」

燐から同意書を受け取った照魔は、運命芽にそれを手渡す。

詩亜は観念して肩を落とした。

「それでは、これからよろしくお願いしますわ!!」

運命芽が握手を求め、笑顔で右手を差し出す。しかし照魔は差し出し返そうとした手を思わずピクリと震わせてしまった。

条件反射だ。女神にとって握手は「今から殺し合おう」の合図だと教えられて以降、人間相手にも極力避けるようになってしまっていたのだ。

あらためて、運命芽の手を握る。小さくて柔らかな、普通の女の子の手だ。

運命芽は満足げにうんうんと頷くと、左手も覆い被せて照魔に迫った。

それまでクソガキ極まる締まりのない顔で言いたい放題だった運命芽が――その瞬間、しおらしく、それでいて可憐な微笑みを湛え、潤んだ目で照魔を上目遣いに見た。

「創条照魔さま！　あなたが好きです！　つき合ってください!!」

「「「なっ……!!」」」

不意打ちの告白に、エルヴィナ、マザリィ、詩亜の驚き声が綺麗に重なる。

照魔は唖然として立ち尽くし、声すら発せずにいた。

「時間はかかりましたが、これであらためて婚姻までの準備は整いましたわね！　やはり勇気を出して直に照魔さまに会いに来て、正解でしたわ!!」

「あ、あの……」

やっとのことで声を絞り出そうとする照魔。しかし運命芽は彼の唇に人差し指を添え、言葉を封じた。

「明確なお返事はまだ不要ですわ。とりあ」

「ごめん。俺、初恋の女神を今でも忘れられないから……君とはつき合えない」

……のだが照魔も強引に唇を開き、しっかりと断りの文言を紡いだ。

「よぉーっしゃさすが照魔さまぁ！　そんじょそこらの曖昧な思わせぶり態度で女子振り回す糸クソ男と違ってしっかりお断りするぅ!!」

詩亜は拳を握り締めてガッツポーズをする。

「ご立派です社長……誠実すぎるあまり横で聞いている僕も失恋めいた胸の痛みを感じるほどでした」

ハンカチを目許に当てて肩を震わせる燐。エモーショナルが過ぎる。

さぞ落ち込んでいるだろうと、運命芽に気遣いの言葉をかけようとする照魔だが、

「いやですわ絶対つき合いますわ」

運命芽はけろっとしていた。ノーダメであった。

「そんなんありか!?」

「だって照魔さまのそれはあくまで忘れられない初恋であって、今現在おつき合いしている女性がいるわけではないのでしょう？　だったら試しに他の女とつき合ってもよいはずです！　とりあえず！　とりあえずわたくしとつき合ってみましょう!!」

さすがにこれには毅然と言い返すことなどできない。感心するやら呆れるやらで、今度こそ照魔は黙り込んでしまった。

エルヴィナが無言真顔で自分自身の顔を何度も指差しているのが目端に見えたが、とにかく照魔は黙り込んだ。

「このクソガキさま、政略結婚ありってほざいたり今時くさい恋愛観振りかざしてみたり、一体何がしたいんですか!!」

詩亜が肩を震わせながら詰め寄ると、

「女も一〇歳ともなれば、このぐらいの恋愛観になりますわ!!」

運命芽はひらりと身をかわし、可憐にスカートを舞わせた。

「見送りは不要です、一人で帰れますわ！　レディですもの!!」

そして一目散に逃げ出し、応接室のドアを開けざまにウインクを残して駆けだしていく。まさに年頃の悪戯っ子であった。

「あの少女が本当にディスティムであったなら……大したものですが」

呆れ果てた様子で出入り口を見つめるマザリィ。もはや彼女の中で、その警戒はなくなりつつあるようだった。

無言で立ち尽くす照魔に、エルヴィナが慌てて駆け寄る。

「どうしたの照魔……あの女に何かされた……!?」

照魔は照れくさそうに頭を掻き、

「い、いや……女の子に普通に告白されるのって、たぶん初めてだから……」

六年前の初恋の女神とは、お互いに愛の言葉を囁くことはなかった。ただ当然のように二人でいることの幸せを享受していた。

その後は女神オタクのあまり学校の女子からは敬遠されていたようだし──従者が照魔にとって危険と判断した女性は近づくことさえ許されなかった。

気絶している間に年上のお姉さんにベッドに運ばれ、下着を脱がされそうになったり。

トイレで用を足している時に背後から年上のお姉さんに抱きつかれて攫われ、挙げ句「私と浮気しろ」と詰め寄られたり。

最近だと群体で侵略行為をしている年上のお姉さんたちに「お前は私たちの共有財産だから好きにさせろ」といった意味の脅迫を受けたり。

女性からの恐ろしいアプローチは枚挙に暇がない照魔にとって、歳の近い女の子からのストレートな告白はあまりにも鮮烈で、そして甘酸っぱいものだった。

「…………」

エルヴィナはそんな照魔の様子を見て目を見開き、わなわなと震えていた。

ディーギアスで例えればエナジーリングが二画まで砕け、残り一画もほぼ消えかかっている状態。瀕死だ。

詩亜が半笑いで、しかし決して茶化すような声音ではなく、エルヴィナの肩を叩く。

「ヘイヘイ脳が破壊されてるかいエルちゃん。キミが最初に来た時詩亜もそんななったんだぜい」

「破カイ、されてい、な異わ」

やや言語中枢に不具合が見受けられるが、エルヴィナは平静を装っていた。

同じく思考が一時的に不調に陥っていた照魔だが、はっと我に返る。

不要だと言われても、見送りをしないわけにはいかないだろう。その場の全員で部屋を後にし、足早に運命芽の後を追った。

しかしエントランスに下りても、運命芽の姿はすでにそこにはなかった。燐が用意させた車で早々に家に帰ったようだ。

照魔は、表情を引き締めて燐に言った。

「四六時中監視をつけるわけにもいかないし、あの子が本当にディスティムと無関係だってわかるまでは、ここへ通ってもらう方がむしろ安全だと思う」

「僕も同意見です。送迎車にはきちんとご両親にお送りするよう伝えましたので、何かあれば連絡があるはずです」

調べた咲寺家の住所をあらかじめ運転手に伝えておいた。両親の反応もさりげなく観察しておいて欲しいと伝えて。

「照魔さま、あの子に甘くないですかー？　も少しドライに接した方がよさげに思います。敵の女神と同じ顔してるって、普通じゃないですよ」

詩亜の糾弾も遠慮がないが、それも無理からぬこと。

照魔は寂しげに苦笑し、運命芽の去って行ったであろう入り口のガラス扉を見た。応接室を出た勢いのまま駆けて行ったであろう、彼女の後ろ姿が幻視される。

「テンション高いな、って思ったけど……ちょっと前までは俺も、あんなだった気がするんだよ」

入り口から走り去っていく少女に、自分の後ろ姿が重なった。

「周囲にどんな目で見られても、自分の目標のために頑張る……何かあの子を見てると、他人に思えなくてさ」

従者たち、そして二人の女神は、いたたまれない面持ちで照魔を見続けるのだった。

○

●

ハツネの提案で、六枚翼の邪悪女神たちは女神大戦の調査に乗り出した。

今日も手がかりを求め、邪悪女神の居城の廊下を歩いている最中。

シエアメルトは、珍しい女神の姿を認め、当惑に足を止めた。


「――――ファルシオラ……」


これまで邪悪女神の会議に一度も顔を出さなかった同僚。

六枚翼――ファルシオラ。

白い髪に、翼めいた片マント。ところどころをあえて乱暴に補修したような真っ白な女神装衣。

白に彩られた全身で、左目に封を施すようにつけられた黒い眼帯が際立っていた。

「久しいな、シエアメルト」

「今までさんざん招集に応じなかったのに、どういう風の吹き回しだ」

腰に手を当て、叱るような口調で問い詰めるシエアメルト。

「私は邪悪女神の代表にエルヴィナを推した。自勢力に対しての最低限の責務は果たしたはずだが」

何を言うかと思えば、女神大戦の代表がエルヴィナであることを認めるという、遥か昔の決め事についてだった。そんな大前提の義務を遂行しただけでお役御免だろうと言い張られるのだから、シェアメルトも苦笑を禁じ得ない。

「いや最低限すぎるんだが。普通に話し合いぐらい来い……お前は知らんだろうが、そのエルヴィナが色々面倒なことになっているんだ」

「知っているさ。だからエルヴィナを推したんだ……彼女が代表になるのが、最も面白い未来になるとわかっていたからな」

「そう言えばお前は、未来を覗き見できるんだったか。ならなおさら何故、エルヴィナを代表に推した。あいつはマザリィの封印呪法(じゅほう)で生命を落としかけた……おかげで女神大戦の結末は有耶無耶(うやむや)だ。そうなるのも先読みできていたんじゃないのか？」

シェアメルトが尋ねると、ファルシオラは無言で右手を掲げた。光が飛び出し、二つのスクリーンが形成される。

映っているのはエルヴィナの前に倒れ伏しているシェアメルトの画と、そしてそれとは逆にシェアメルトがエルヴィナを下している二つの画。

勝利と敗北。最もシンプルな二つの未来だ。

実際にはシェアメルトはエルヴィナと照魔(しょうま)のタッグを相手取り、そして引き分けた。

戦闘の再現映像の細かなディテールが違うのは、起こるかもしれなかった可能性の未来をファルシオラが画にしているだけという証明にほかならない。

「……私は確定した未来を視るわけではない。無数に存在する〝未来の可能性〟を視る。先々に起こる出来事を予め知ってしまうことほどつまらないものはない……それは死しているのと同義だ」

ファルシオラがさらに手を振ると、スクリーンは四個に、一六個に、二五六個に、六万以上に……ついには数え切れないほど分裂していく。

もはや画の内容を肉眼で判別できる大きさではないが、その一つ一つにエルヴィナとシェアメルトが映っているのは途中まで確認できた。

エルヴィナとシェアメルトの戦いだけでも、これだけのあり得る結末、可能性の未来をファルシオラは視ていたのだ。

「なるほど、可能性だから楽しいと……。ならば私とお前が四六時中ハグし合うくらい仲良しな未来も、いずこかの未来には存在するというわけだ」

「だがごく稀に、座視できぬ可能性というものも視えてしまう」

「えっスルー?」

シェアメルトの女神たわ言を真顔でやり過ごし、ファルシオラは今一度手を一振りした。

宙に浮かんでいた無数のスクリーンが、弾けて光の粒子となり消えていく。

「シェアメルト。お前が人間界に神略を行い、そして阻止された、その直後だ……。ある未来が可能性として生まれた」

その光の粒子……砂粒よりも小さな分子めいた極小の輝きを一つ握り締め、ファルシオラは言った。

「戦いの果てに八枚翼が誕生し……全てを破壊した、最悪の結末……。〝破滅の未来〟だ」

当たり前のことをやけに大仰に語られたので、シェアメルトは怪訝そうに眉を顰めた。

「？　女神大戦の勝利者が決定し、創造神が誕生した未来ということか？　だったら世界を創り変える前に、ある程度の破壊が為されるのは当然だろう」

「違う。誕生した八枚翼はただあらゆる世界を破壊し滅ぼしただけ……一切の創造を行っていない。無論、最下級に至るまで全ての女神が完全に消滅させられた」

「何、創造しない創造神？　それではまるで……」

ファルシオラは頷くと、断固たる口調で告げた。

「──その破壊神の名はショウマ。女神を魂もろとも滅する黒き魔剣を手にした、最凶最悪の八枚翼だ」

よく知る名前とその行動があまりにも線で繋がらず、シェアメルトは存分に放心を強いられた後、やっとのことで驚愕を絞り出した。

「……………ショウマだと!?　……まさか……!?」

ファルシオラは眼帯を外し、隠されていた左目を露わにする。

その目は異空間の象徴である極彩色に輝き、全てを見つめていた。

かつてエルヴィナが悪夢めいたヴィジョンとして体験し絶望した、あらゆるものが滅んだ未来をも……。

「まず実現しない、絶対にあり得ない可能性に過ぎなかったその破滅の未来が先頃、大幅に確度を高めた。おそらくそのトリガーとなったのは……ディスティムだ」

CHARACTER

役職：女神（六枚翼）

ファルシオラ

女神真名
「止め処と果てと終末の淵源」

無数の未来の可能性を映像として実体化する恐るべき能力を備えた女神。エルヴィナが幻影として見た「破滅の未来」も確かな可能性として認識しており、今後の女神大戦の鍵を握るであろう。

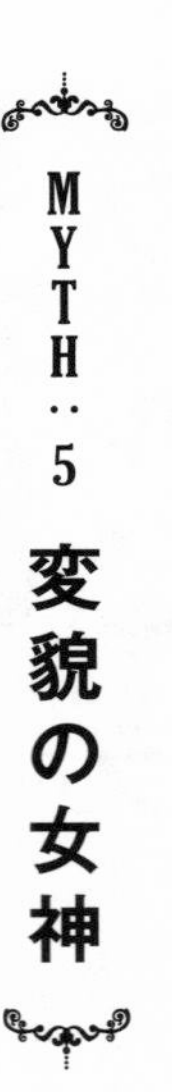

MYTH：5 変貌の女神

リィライザとの動画合戦、その果ての死闘、そして異世界からの来訪者。

さらには敵女神ディスティムに似た少女、咲寺運命芽（さてらさだめ）との邂逅（かいこう）――。

バタバタした日々が続いたが、それから数日が経過した今、女神会社デュアルライブスは久々に穏やかな通常営業を迎えていた。

世間一般では、もうすぐ夏休みが終わる頃合いだ。

午後の仕事も終わり、一応の業務終了時間を迎えた夕暮れ時。

詩亜（しあ）、エルヴィナ、マザリィ、そしてマザリィの部下の近衛女神六人という珍しい面子（メンツ）が、会議室に集まっていた。

「――んでは、これよりデュアルライブス女子会を始めます」

これまた珍しく議長席に座る詩亜が音頭を取る。長辺席の一席にエルヴィナ、反対側にマザリィたちが並んで座っている。

「女子会議ですよね？」

マザリィが念を押しつつ、本題を促した。

「話し合う議題は……咲寺運命芽という少女についてでしょう？」

詩亜、エルヴィナ、マザリィの三人の顔が固く引き締まる。

さして事情に明るくない近衛女神たちは、「何故連れてこられたんだろう……」という顔でぼけーっとしていた。もはや人間界ボケしすぎて、マザリィの身辺警護という自分たちの役職を失念しつつある。

「そうその運命芽ちゃんですよ！　夏休みなのをいいことにここ数日毎日会社通ってますし、職場見学の名目だったのにどんどん仕事手伝い始めてるし……！　やったら照魔さまにくっつくし!!」

「その通りよ。しかも照魔もあの子に心を許し始めているのが大問題だわ」

傲然と脚を組み替えながら、エルヴィナが言葉を継いだ。

「ディスティムと全く同じ顔をしているあの子が、女神と無関係なはずがない。一体何を企んでいるのかしら」

「でも今のところ仕事の邪魔はされていないのですよね？」

のんびり極まる態度のマザリィに、詩亜が危機意識を啓発した。

「その点に関しては邪魔するどころか、もはやマザリィおばちゃまより役に立ってってっから……違う意味で危機感持った方いいですよ？」

「うふふふ詩亜さん、できる従者アピールのためにそんな面白いジョークを言わずとも」

口許に手をやって上品に微笑むマザリィだが、詩亜の目がマジなので冷や汗をかき始めた。

「わ、わたくしたちはこの会社の社員扱いですが、神聖女神としての使命もありますし……わたくしの部下……この子たち以外も含めて、女神は基本的に働いていないでしょう？」

赤い髪の女神が、おそるおそる手を挙げた。

「あの、今でも全然仕事してないのマザリィさまだけなんですけど……」

「戦闘で破損した建物とか道路の補修作業、私たちが指揮取ってやってますし」

緑髪の女神が力強い口調で補足する。

「人間界の建築物の構造理解して、術に反映させてんですよー……？」

土木工学の教本を手に、桃色の髪の女神がトドメを刺す。

いわば会社員が資格試験の勉強をするかのような働きぶりだ。

知らないうちに部下たちが会社でめきめきと頭角を現しているのを聞かされ、マザリィは愕然とした。

「ですが！　エルヴィナとて相変わらず何かあの、何でしたっけコケー機でしたっけ、あのぐらいしか使えないではないですか!!」

それでもプライド故に懸命の反論を試みる。ちなみにそのたかが『コピー機』でさえマザリィは全く使えない。

エルヴィナは動じることなく、タイトスカートの奥の下着が見えかねないフルスイングで脚を組み替えた。

「――マザリィ……私はそもそもあなたと違って日々、世界の平和を守るために戦っている。デュアルライブスの最重要業務を果たしているのよ」

「あなたはただ戦いたくて戦っているだけでしょう!!」

心にもない「平和のため」などというお題目を掲げられ、マザリィは声を上擦らせて言い返す。

「認めなさいマザリィ……あなたはただの穀潰しよ」

エルヴィナは不敵な微笑を湛えたまま、決定打を放った。

「そ、そんな……天界最高の賢者と謳われたこのわたくしが……穀潰し……!?」

ショックのあまり一度立ち上がり、もう一度椅子にへたり込むマザリィ。

「泣いてよいですか……」

「女神は涙を流せないわ」

勝利を確信し、髪を掻き上げるエルヴィナ。

だいぶ話が脱線したので、議長の詩亜は話を戻した。

「あの、よーするに女神さまズども雁首揃えて運命芽ちゃんの素性調べきれてない、てことでいいですね？」

マザリィと近衛女神が「ううっ」と唸って項垂れる。エルヴィナはあさっての方向を向いてつーんとしていた。

「ぶっちゃけ詩亜、運命芽ちゃんの怪しさよりも照魔さまが心配で、こうして話し合いの場を持ったんですよ……」

意外な言葉に、一同の視線が詩亜に集中する。

「何か最近照魔さま、元気なくないですか。いや前よりか元気になってはいるんですけど……やけに大人しいっていうか、無理してるっていうか」

「無理をしている？　照魔が？」

エルヴィナが問い返すと、詩亜は力なく頷いた。

「一二歳の男の子がですよ。自分を好きだっていう女の子が現れれば罠かと疑って、しかもせっかく人間での初新入社員なのに、敵かもって目で見続けないといけない。今の状況、何かめちゃギガ不健全ですよね……」

「運命芽がディスティムに似ているから仕方がないでしょう。ただ不審な人間が近づいてきただけなら、照魔もあそこまで気を張りはしないわ」

「それでもですよ。人を疑いながら暮らすようなこと、照魔さまにはして欲しくないんです。あの方にはもっとのびのび過ごしてもらって……世界の汚ったない部分は、詩亜とか燐くんとかが引き受けてあげたいんです……」

だからこそ詩亜は、リィライザに女神にしてやると言われて真剣に迷ったのだ。

最も照魔の力になれるのは、最も照魔の寵愛を受けられるのは、女神なのだと痛いほど理解しているから。

「あなただって日々かなりの激務でしょう、メイドさん。気を張り詰めすぎていては駄目なのは同じはずよ」

エルヴィナにしては珍しい労りの言葉に、思わずささやかな微笑を浮かべる詩亜だが、その顔に苦みは残ったままだ。

「それでも照魔さまよりは全然マシです。照魔さま、歳の割に頭のいい子ですけど……根っこのとこはちゃんと小学生なんですよ。前はもっと毎日全力ではしゃいでたんです」

そこまで言われて、近衛女神たちにいたるまでようやく詩亜の言わんとしていることが伝わったようだった。彼女たちとて、天界で元気にはしゃいでいた照魔をはっきりと目撃している。だからこそ彼に興味を持ったのだ。

だが最近は女神に対して変に遠慮している気がするのは、彼女たちも同感であった。

「昔は毎日、勉強もスポーツも習い事も全力でやって……これで俺はまた女神にふさわしい男になれたんだ、って胸を張って笑ってました。……詩亜、そんな照魔さまが大好きでした」

「…………」

自分の知らない照魔(しょうま)の笑顔を思い、エルヴィナの横顔に哀愁が宿る。

「最近は何か、現実と折り合いつけ始めてる感じがして……切ねっすわ」

あえてくだけた口調で結んだが、詩亜(しあ)が抱(かか)えている苦渋は一同に十分伝わった。

「言いたいことはわかったわ。異論も無い……私も最近照魔が寂しそうなのは感じていたし」

ディーギアス＝ライラとの戦闘後、唐突に抱きついてきた……いつも大人ぶりたがる照魔が無意識にそんな行動を取ってしまった意味を、もう少し真剣に考えるべきだったかもしれない。それなのに、その時自分はただ浮かれていただけだった。

エルヴィナは、彼女なりの自省とともに宣言した。

「────つまり運命芽(さだめ)がよく言っているように、照魔にちゅーすればいいのね」

エルヴィナ渾身(こんしん)の真剣な顔からちゅーという言葉が飛び出したので、詩亜はいつものように諫(いさ)めるより先にぶふぉっと咳き込むように噴き出した。

「手を貸しましょうエルヴィナ。わたくしも持てる全ての力で照魔くんにちゅー……」

「あなたはいいわマザリィ。引き続き運命芽の調査を任せるわ。重大な仕事よ」

「いいえ引きませんわ。穀潰しと言われたままでは最長老の名折れ！　照魔くんを元気にしてみせます!!」

そうだそうだ、独占するなーと近衛女神たちも野次を入れる。

「女神どもがみんなこれだもん、現実見始めるわなぁ……」

頭を抱える詩亜。抱えてはいるが、彼女もちゅーしようと企んでいる。

「それでもトゥアールや愛香と知り合った時の照魔は、まだ少し元気が出ていた。世界のために戦っている人間は自分だけではない――それを知ったのは、照魔にとって間違いなく活力になっているはずよ」

以前のエルヴィナなら、異世界の少女たちをただただ敵視して終わっていたはず。認めるところは認める柔軟な姿勢は、これまでの彼女には見られなかった傾向だ。

皮肉にも照魔の無邪気さが薄れゆくのと反比例して、彼の相棒であるエルヴィナが人間的な思考を獲得しているかのようだった。

「ずっと彼のそばにいる私が、異世界の女たちに負けてはいられないわ」

きゅっ、と唇を締め結ぶエルヴィナ。

それはパンチをする時、拳を握り締めて備えるのと同じ。

ちゅーするぞ、という戦意の表れ。女神の気高きファイティングポーズであった。

いつの間にか自分一人に場の視線が集中していることに気づき、エルヴィナは訝しげに眉を顰める。

「……な、何？」

「「「「「エルヴィナが可愛い……!!」」」」」

特に近衛女神たちは皆、エルヴィナに憧れの眼差しを送っていた。

それに引き換え……という感じでマザリィに向き直り、歯に衣着せぬ具申が乱れ飛ぶ。

「お願いしますマザリィさま、もう少し可愛くなってください……！」

「私たちがこれからも変わらぬ忠誠を誓うために!!」

「場のノリでぶっちゃけると私もう忠誠心スッカラカンですけど、それが少しでも回復するように……!!」

場のノリで職務放棄に等しい宣言をしている近衛女神もいるが、彼女たちがエルヴィナの方を支持するのも無理からぬことだった。

「ひどすぎる……わたくしが何をしたというのです……何故部下からフルボッコに……」

さすがは天界の最長老マザリィ。部下の糾弾で絶望し白目になっても、まだ若干気高さはある。

「『何もしない』ことがあなたのしたことでしょう……。とかく型から外れた存在を厭い認めずにいれば、ただ停滞するだけ……。照魔の力にはなれないわよ」

含みのある言い回しとともに、マザリィを見やるエルヴィナ。

型から外れた存在――例えば女神の力を必要とせずに大いなる力を得た人間たちが、マザリィにとってはそうだ。エルヴィナはマザリィが最初に愛香たちを見た時、快く思っていない様子なのを看破していた。

「……ええ、わかっていますとも。照魔くんがいきいきと、のびのびと女神への恋に励めるよう……わたくしたちが努力いたしましょう。そうするだけの恩が彼にはありますものね、エルヴィナ」

神聖女神の代表が常に慎重になりすぎるぐらい慎重なのは、立場上当然のことだ。しかしマザリィはエルヴィナの言葉を素直に聞き入れ、慈愛に満ちた微笑みを返した。

「ま、ちゅーに固執しなくてもいいですけど、とにかく詩亜たちで照魔さまを励ましてきましょう！　もろもろ早い者勝ちってことでよろ!!」

詩亜が諸手を叩いて話し合いを総括した。

生命としての種別も立場も皆違えど、女性たちは皆、同じ思いで照魔を支えていこうと決意する。

しかしその照魔の女神への恋が最大の試練を迎えようとしていることを、この時の彼女たちはまだ知る由もなかった。

○　●

空から水が流れ落ち、花々が咲き誇る、神聖で神秘的な天界。

そんな楽園の景観の只中には相応しくない建造物、嘆きの門。それはドス黒い紫色をして、角や血管、目玉を連想させる模様が浮き出た、おどろおどろしい超巨大な門だ。

天界創世の時代からそびえ立つ神々の国の扉であり、ここからあらゆる異世界への移動が可能となっている。

その分管理は厳密であり、天界で女神大戦が勃発するまではエクストリーム＝メサイアが門番を務めていた。

この門を潜って人間界を訪ねても、天界に戻る時に記憶を消される。それは穢れを持ち帰らぬための、神々のセーフティーであった。

しかし天界の女神大戦が有耶無耶な結末となり、照魔たちの人間界に女神が侵攻するようになってから、そのルールはどんどん曖昧なものとなり、崩されていった。

本来ならエルヴィナのお目付役として人間界に下りたエクストリーム＝メサイアの後継者が守っているはずのこの門の前には今や誰もおらず、どうぞ気軽に人間界と行き来してくださいと言わんばかりだ。

「なーるほど、やっぱそゆことっすか」

そんな嘆きの門の前で、銀髪褐色肌の女神・クリスロードは訳知り顔でにやついていた。

巧妙に隠匿されているが、集中して探るとわかる。

犯行現場に残された血痕をどれだけ入念に拭いても、成分が残されてしまうように。

とある女神の女神力が、この門の周辺にごくごく僅かに残っているのが。

というより下手人に最初からあたりをつけて調査したからこそ、その微かな残り香を突き止められたと言った方が正しい。

邪悪女神会議でハツネが挙げた、「女神大戦や天界について今一度調査してみよう」という提案。

当初クリスロードは興味がなかったのでスルーしていたが、他の六枚翼に足並みを揃えるフリをして渋々調べ始めてみると、色々と面白いことがわかってきたのだ。

先の、不気味なまでに急速に天界のルールが形骸化していった理由も含めてだ。

どれもこれも、同じとある六枚翼の関与が発覚した。

その女神の顔を思い浮かべると、笑いがこみ上げて肩が震える。

「くふふふ、これ指摘したらどんなツラするっすかねえ……ディスティムパイセン!!」


「────どんなツラだと思う?」


一切の気配を感じないまま、首筋に吐息がかかるほどの致命的な間合いから声をかけられ、ギクリとして大きく飛び退るクリスロード。

声から相手を特定できたとはいえ、振り返った時、さらなる驚愕が彼女を待っていた。

予想通り、自分に声をかけたのはディスティムだった。

──しかしその容姿が、自分の知るものと大きく変化していた。

十二神の中で最も幼い容姿をしていたディスティムが、普通の十代中頃から後半の少女ぐらいの背丈になっている。髪型や髪の色、そして不敵な笑みを湛えた口許だけは、以前と変わることなく。

一方で、元より普通の女神より黒い部位の目立つ女神装衣をまとっていたディスティムだったが、大人の姿になった今は残る胴体を含めたほぼ全身が黒で染め抜かれたような異質な色彩に変わっている。

クリスロードは動揺を誤魔化す意味も含めて、大仰な仕草で仰け反ってみせた。

「うわぁー!? な、どしたんすかディスティムパイセン、めっちゃ育ってんじゃないっすかウケる」

完全体で生まれる女神は、成長で外見が変わっていくということがない。

大きく容姿が変わることがあるとすれば、自らの権能で変化させる場合だけだ。

自身が完璧な存在であるという誇りの象徴、生まれ持った姿をあえて変えるのは、よほどの理由があるはずなのだが……。

ディスティムは笑みを深めながら、クリスロードに質問する。

「ハツネの提案したこと探ってたんだろ? 何かわかったみたいだな、教えてくれよ」

あらためてディスティムの声を聞くと、声質はいつもと同じだが少し低くなり、彼女の普段の言葉遣いである間延びした雰囲気もややなりを潜めている。

ともあれクリスロードはこのタイミングでディスティムが現れたことに、ちょっとした優越感を覚えていた。彼女にとって知られたらまずいことを突き止められたので、泡を食って自分を追いかけてきたのだろう、と。

「ま、よーするにずっと会議ブッチしてたパイセン組の五人は、みんな女神大戦の裏に気づいてたから距離置いてたってわけっすね……うちらっていうか、ディスティムパイセンと」

人差し指を立て、したり顔で語るクリスロード。

「へえ、何でだ?」

ディスティムが聞き返すと、白々しい、とばかりににやけた表情を深めるクリスロード。

一二人存在する六枚翼（エクストリーム）の邪悪女神（ゾディアクス）。人間界に放逐されたエルヴィナを除くと、これまでトップ会談に姿を見せていたのはシェアメルトとリィライザ、ディスティムとクリスロード、プリマビウス、ハツネの六人だけ。

残る五人の六枚翼（エクストリーム）は、どれだけ招集をかけても姿を見せなかった。

シェアメルトは、あるいはその五人が妙な暗躍をしているからでは――と予想もしていたが、クリスロードの調査でそれは否定された。むしろ、逆だった。

その時まるでクリスロードが自ら演出したかのように、意味深な風が二人の間を吹き抜けていった。

「——ディスティムパイセンが天界の女神大戦を仕組んだ、って知ってたからじゃないっすかあ？　五人とも」

残る五人の六枚翼(エクストリーム)が招集に応じなかったのは、ディスティムの暗躍を知っていて警戒していたから。

ドヤ顔極まった追及にも、ディスティムは薄笑みを崩さない。

「ディスティムパイセンはそういうのむしろ嫌いそうなイメージだったすけど、何か裏でー？ずっと前からー？　ちまちま工作してたんすねー！　ご苦労様ーす!!」

あははは、と腹を抱(かか)えて笑うクリスロード。近くにハツネのような諫(いさ)めに回る女神がいないせいで、茶化しがどんどんエスカレートしていた。

「まあ別にどうでもいいんすけどねー。誰が何したのが原因だろうが、女神大戦が起こってくれて面白かったっすから!!」

「そうなのか？　どうして私が女神大戦を起こそうとしたかまでは……知りたくないのか？」

更なる情報をディスティム本人に示唆され、にやけたまま固まるクリスロード。

しばしの間、沈黙が支配する。

「……クリスロード……お前、ずっと私と戦いたいって言ってたよな？」

静寂を破るように、ディスティムは唐突に話題を変えた。

「その言葉が虚仮威(おど)しじゃないなら、今この場で戦え」

「……お、おぉっ……マジみてーっすね！　いいっすよぉ」

　ディスティムの思惑が読めずに戸惑っていたクリスロードだが、わかりやすい提案は大歓迎だ。

　だからだろう。明らかに彼女の周囲の空気が変質していることに気づかず、呑気に浮かれていた。

「てかパイセンも案外小心者っすねえ、イタズラがバレて怖くなったんすかぁ？」

　クリスロードが戦闘開始の用意としてディスティムから十数メートルの距離を取り、準備運動とばかり肩を一回ししている間。

　ディスティムが、何か武器を手にしたのが見えた。それを振るい、一条の光が閃いたのが見えた。

　念のためクリスロードが回避行動に移ろうとした、その瞬間。

「え」

　飛び回し蹴りの態勢に入ったディスティムが、取り返しのつかない距離に肉薄していた。

　咄嗟に胸の前で両腕を交差させるクリスロード。

「うわあああああああああああああああああああああっ!!」

　ガードは間に合ったが、その破滅的な破壊力がクリスロードを大きく吹き飛ばした。

　ただの凄まじい蹴りではない。あり得ざる極大の破壊力が、突然自分の身体を叩いた。

クリスロードが認識できたのは、それだけだった。

数十、数百、数千メートル吹き飛ばされても、まだ止まらない。

そのしなやかで健康的な褐色の肢体を削岩機に変え、クリスロードは為す術なく天界の大地を抉り続けた。

望まぬ旅が終着を迎え、やっと静止した身体を懸命に起こそうとするクリスロード。

「……あぐ……あいつ一体何を、して……!!」

膝に手をついて強引に立ち上がる頃には、ディスティムも間近へと近づいてきていた。

自分を睨みつけるクリスロードの双眸にまだまだ戦意が失われていないことを確認したディスティムは、ぞっとするような冷笑を浮かべた。

「お前が口だけじゃなくて安心したよ、クリスロード。お前を倒すのはもっと後でいい」

殺すつもりの一撃だった、と言外に語り、ディスティムは踵を返す。

それは脳天気な後輩の敢闘への賛辞であり、裏を返せばこの先いつでも倒せるという冷徹な威しでもあった。

去りゆくディスティムの背中を睨み続けるも、この場は自分の敗北であるということをクリスロードは素直に認めた。湧き上がる困惑を御しきれず、まともに戦える気がしなかったからだ。

「ええ……マジでおこなんすかぁ……?」

おちゃらけてみせても、自分が秘密を曝いたことが理由ではないとは、さすがのクリスロードにも理解できていた。

しかし何故急にディスティムは姿を変えたのか……そして彼女の身体から立ち昇る、戦闘力とは別種の異様な雰囲気は何なのか。

クリスロードには決して明かされないであろう謎をまとったまま、ディスティムは再び元来た方へと歩き去っていった。

人間界と天界を繋ぐ、嘆きの門へと。

○　●

照魔たちと出逢ってから数日、運命芽は今日も元気にメガミタワーに通ってきていた。

ライトタワー五八階・デュアルライブスのメインオフィスには、ついに運命芽専用のデスクが設置されている。

あくまで職場見学――彼女の年齢を考えれば、子供向け職業体験テーマパークを満喫しているようなものだが、何でもいいから手伝いをさせて欲しいという姿勢は好感が持てた。

絶対に本人たちには言えないが、エルヴィナやマザリィよりも機械操作の覚えが早い。燐や詩亜はデータ整理を任せるなどするようになっていた（もちろんセキュリティレベルの低い情報に限るが）。

　社長席で照魔（しょうま）がふう、と一息ついたのを目聡（めざと）く察知する運命芽（さだめ）。

「今日のお仕事は終わりですの？　照魔さま」

「きょ」「じゃあこれからデートいたしましょう!!」

　食い気味というにも烏滸がましい勢いで照魔の言葉にかぶせる運命芽。おかげで肯定か否定かすら判別ができない。

「デェェ――――――――――トはさせないわ」

　ビブラートたっぷりの美声で運命芽を牽制（けんせい）するエルヴィナ。

「何かどんどん幸せそうな顔になってきやがってメスガキが丹念に不幸になるプロットでエロ文庫本一冊書いておのれで実写化したろか、おぉ!?」

「恵雲（えくも）くん、顔」

　燐（りん）の制止も虚しく、詩亜（しあ）はエルヴィナと一緒になって運命芽にガンつけ始めた。

　マザリィが初めてこのメガミタワーに来た時もそうだが、普段は犬猿の仲であるエルヴィナと詩亜も、共通の敵が……具体的には照魔にコナかける女が出現した時には阿吽のタッグで立ち向かう。先の女子会議が結団式のような役割を果たしているのも大きいだろう。

　しかし運命芽も負けてはいない。二人の胸元を睨（にら）みつけ、ついでに指も差す。

「あなた方ちょっとおっぱいデケーから勝った気になっているかもしれませんが、わたくしには未来！　がありますわ!!」

　思いきり未来、という言葉を強調する運命芽。

「照魔さま、はいばんざーい」

　運命芽に指示され、反射的に両手を挙げる照魔。

「そしてはい、ぎゅっ！　ですわ!!」

　すかさず抱きつく運命芽。もはや格闘家のタックルのスピード感だった。

　すぐ様引き剝がそうとするエルヴィナと詩亜だが、照魔が大してリアクションをしていないのを見てぐっと堪えた。

　初めは事あるごとに運命芽に抱きつかれて照れていた照魔だが、今はもう慣れて親戚の子供にじゃれつかれているのと同じ感覚になってきていた。

　その反応を自覚していながらも、運命芽はくじけない。

　照魔から離れ、自分の胸に手を添えて堂々と宣言した。

「今はこんなですけど、わたくしこれからどんっどんおっぱい膨らんでいきますから！　自分の女の抱き心地が成長していく様を逐一カラダに焼き付けていけるのです、照魔さまも殿方冥利に尽きるはずですわー!!」

「オメーはもう少しでいいから一〇歳女っぽい言動を心がけろやあああああああああ!!」

　様々で色々すぎる想像をしてしまったのだろう、頰を染めながら怒る詩亜。

「見ていて微笑ましいではないですか。運命芽さまのおかげで、会社の雰囲気もさらに明るくなりましたし」

「燐くん、あとで詩亜と眼鏡屋さん行くかぁ。視力検査の刻は来たりしだよ」

「いや僕眼鏡してますけど伊達ですし、『国際視力コンテスト』で望遠鏡賞を受賞していますので……」

また一つ燐の意味不明なレコードが詳らかになる。

賞の名前が視力の性能を表しているとしたら、燐の視力は……。

「………………」

運命芽が離れたのをいいことに、エルヴィナは照魔にずかずかと歩み寄り、先日空気を相手にした練習の成果を発揮するべく力強く抱き締めた。

「うわ！」

運命芽と違い身長差があるので、照魔はエルヴィナの胸に顔を埋める形になる。

さすがにエルヴィナだと照れる照魔。運命芽は面白くなさそうにジト目で睨んだ。

「変わっていくことを誇るのは、不完全だという証拠。今満足させられないあなたでは、照魔も殿方？　冥利に尽きることはないわ」

「は、張り合わなくていいから、エルヴィナ……」

「私の抱き心地はどう？　照魔」

「よく意味知らないまま覚えたての言葉使わなくていいから!!」

そんな照魔とエルヴィナのやり取りを見て、運命芽は思わず噴き出した。

「照魔さまは女神さまが大好きなんですのね!!」

「……随分と余裕ね」

自分の抱擁から照魔が脱出していくのを止めず、エルヴィナは澄ました顔で運命芽に問いかけた。

「わたくし、夫の趣味はちゃんと認めますので!!」

腰に手を当て、えっへんと胸を張る運命芽。彼女の癖のようだ。

趣味、と言われてエルヴィナは不機嫌そうに眼を細める。

詩亜に至っては標準的なガン付けの一、二段上の威嚇的な形相に変貌した。

「何理解ある彼女ヅラしてんだてめえ女のサブスクも月々まだ来てねえくせにおぉ!?」

「うーん今のは僕的イエローカードです恵雲くん」

札を掲げる仕草で詩亜を窘める燐。

「世界がもっと女神さまでいっぱいになれば、照魔さまはもっともっと幸せなのでしょうね!!」

運命芽の無垢な想像に、照魔は少し複雑な思いに駆られた。

天界で女神が異常発生していると知ったら、彼女はどう思うだろうか。

けれどそんな運命芽の純粋さに絆され、少しくらいなら望みを聞いても良いのではないかとも思うようになった。

「……わかった、デートしよう、運命芽！」

照魔は観念したように告げる。

「えっ!?　いいんですの!?」

「運命芽は新入社員として頑張ってくれてるからな……社員の希望を叶えるのも、会社の福利厚生ってやつだ!!」

社長としての威厳を張らせながら、自信満々に言う照魔。

が、詩亜の目がちょっと冷たかった。掲げてはいないがイエローカード案件のように。

「上手く言いたがるのは可愛いですけど、社長が福利厚生扱いで社員の女とデートは、コンプライアンス的に鬼ヤバっす……」

鬼ヤバらしかった。反省する照魔。

「あ、でもエルヴィナも一緒だぞ。俺とエルヴィナは、離ればなれになると具合が悪くなっちゃうからな」

下手にごねられないように、理由まで含めて一気に伝える照魔。エルヴィナは意外そうに振り返った。

「言っていいの？　それは世間に公表していない秘密でしょう？」

「ああ、社員になら大丈夫さ」

照魔が女神と同等の力を得て戦うことができるようになったことは公式に発表しているが、生命を共有しているという事実はもちろん伏せてある。もっとも、「死ぬ」ではなく「具合が悪くなる」とぼかしたのは真実を偽らずに上手くリスクヘッジをした形だ。

「……オッケーですわ！　どうせエルヴィナさまは置いて行っても勝手についてきそうですし……照魔さまがせっかくデートを快諾してくださったのですから、わたくしも妻として度量の深いところをお見せいたします!!」

エルヴィナと離れられないという理由を本気にしていないフシがあるが、運命芽は条件を呑んだ。

こうして眉を八の字にした詩亜と、三人デートするまでに成長した照魔に感激し目許にハンカチを当てた燐に見送られ、照魔とエルヴィナ、運命芽は就業後デートへと出発した。

○　●

キッチンカーを見つけてクレープを買ったり、手近なベンチでそれを食べながらお喋りに興じたり、道すがらにウィンドウショッピングをしたり……。テンプレートに沿ったようなデートを楽しみつつ、運命芽は「照魔が初恋の女神としたようなデートをしたい」と希望した。

そこで照魔は神樹都の外周に沿って敷設された巨大高架鉄道『てんしのわ』に乗り、自然公園区——Nブロックへと向かうことにした。

　無論、それはエルヴィナにとって面白くない提案だった。彼女と照魔(しょうま)の初デートもまた、照魔の初恋の日々をなぞる形のものだったからだ。

　一方で、やはり照魔と交流する中で彼の「女神との初恋」は切っても切り離せないものなのだな……と、あらためて実感したのも確かだった。

　四人掛けのグリーン席に座った運命芽(さだめ)は、そわそわしながら車内を見わたしている。

「わたくし、『てんしのわ』に乗るのは初めてですので、わくわくしますわ!!」

「えっ、そうなのか?」

　不思議に思う照魔。初デートの時は列車自体が初体験だったエルヴィナと違い、神樹都(かみきと)に住んでいたら『てんしのわ』に乗る機会はいくらでもあるはず。そんな些細(ささい)な気づきから運命芽にまたよからぬ疑念を抱きそうになり、照魔は無言でかぶりを振る。

　そのうち運命芽は、車窓の向こうに広がる景色を感慨深げに見つめていた。

「……やっぱり綺麗ですわね、神樹都は」

　列車がトンネル区間に入った瞬間。窓に薄く映った運命芽の横顔が、妙に大人びて見えて、照魔はビクリと身を震わせる。まるで、全くの別人が不意に映り込んだような感覚だった。

　確認するようにエルヴィナに向き直るが、エルヴィナは退屈そうにテーブルの上で頬杖(ほおづえ)をついていた。気のせいだったのだろうか……。

三人が下車したのは、大きな自然公園が直結する駅。エルヴィナとの初デートで訪れた、綺麗な花畑がある場所だ。

まずは色とりどりのチューリップが咲き誇る、自然の絨毯に出迎えられる。

運命芽は目を輝かせて魅入り、時折照魔の上着の裾を引っ張った。

そうすると謎の対抗意識を燃やすように、エルヴィナも反対側の裾をきゅっと摘む。

しばらくの間、ほとんど会話らしい会話もなく、三人でフラワースペースを歩き続ける。不思議なデートを満喫していた。

不意に強めの風が吹き、舞い上がった花弁が運命芽を鮮やかに飾り付ける。

「……これが、照魔さまが恋した女神さまと一緒に見た光景なのですわね」

けれどその輝きを受けたことで何故か、運命芽の笑顔がほんの少しだけ曇ってしまった。

まだ時間は全然あるというのに……運命芽の方からデートの終わりを告げたかのような、寂しい空気が辺りを包んだ。その時だった。

「————照魔」

エルヴィナの声が硬質に引き締まり、照魔も顔つきを変えた。自分への呼びかけ方のトーンで何が起こったかおおよそ察せるほど、つき合いも長くなってきた。

「女神の反応よ。まるで見つけてくれと言わんばかりに、女神力を放出している。わざわざこんな真似をするのは……」

「六枚翼か……!!」

目撃情報などより先にエルヴィナが反応を捉えたということは、確かに出現した女神が自分の存在をわざとこちらに知らせていると思った方がいい。

「ごめん、敵性女神が出現した……行かなくちゃ！　一人でメガミタワーに帰れるか？」

「当たり前ですわ、わたくし子供ではありませんのよ!?」

小さな身体でプリプリと怒る仕草が可愛らしくて、照魔は笑みをこぼした。

「ああ、偉いぞ運命芽！　それじゃあ、帰ったら会社で待機！　余裕がありそうだったら、詩亜たちから何か戦闘時の仕事を教えてもらってくれ!!」

社長の指示であることを勘案して尚、詩亜はめっちゃ嫌そうにするかもしれないが、これは照魔なりの運命芽への信頼の証だ。

運命芽は元気良く手を挙げる。

「はーい！　帰ってきたら結婚しましょうねー！　約束ですわよー!!」

いくらそれが運命芽の最終目標とはいえ、そう言いながら戦地に向かうのを見送られると、よからぬフラグが立ってしまいそうに思える。照魔は思わず苦笑した。エルヴィナは全く笑っていなかったが……。

照魔とエルヴィナは新入社員に見送られ、花の絨毯から空高く飛び立った。

MYTH：6 女神の超絶発生

翼を拡げて神樹都(かみきど)の空を飛翔(ひしょう)しながら、エルヴィナは照魔(しょうま)とともに辿(たど)り着いた区画を見下ろした。

「このあたりはまだ来たことがなかったわね」

「Uブロックは開発途中の区画だからな」

UNKNOWNを意味するUブロックは、セフィロト・シャフトを挟んで居住区Rブロックの正反対。神樹都の六つのブロックの中でもまだまだ開発の進んでいない、言ってしまえば何もない場所だ。

植林も建設も進んでおらず、ただただ更地が広がっている。

したがって照魔がデートでエルヴィナを連れてくることはなかったし、邪悪女神(ゾディアクス)が好き好んで現れる場所でもない。

唯一長所があるとすれば、何も無いが故に、最も暴れるに適したブロックだということだが……。

女神の反応があった地点で地上に降り立ち、出元を探る。

……とはいえ遮蔽物が何もない、荒野に等しい場所なので、それはすぐに見つかった。

全身を黒衣で覆った黄色い長髪の女神。

既視感と違和感を同時に覚え、怪訝な顔つきになるエルヴィナ。

「ディス……ティム？」

そう呼ばれ、女神はにやっと口角を上げた。やはりディスティムで間違いないようだ。

しかしエルヴィナや照魔が見知るディスティムの背丈とは大きくかけ離れている。まさに大人と子供ほどの差があった。

「やっと現れたか。今度は私が来たってわかるように、反応を思いっきり出してやったぞ。さあ戦おう――エルヴィナ!!」

諸手を広げ、早速宣戦布告をしてくる大人の姿のディスティム。

前回騙し討ち呼ばわりされたのをよほど気にしていたのか、今回は照魔たちを呼び出すような真似をしたようだ。

もうこの世界にはいつでも来られる、と言い残して撤退した以上、またすぐにやって来るのは初めからわかりきっていた。これは、避けえぬ邂逅なのだ。

成長したディスティムを見て、一つの推論を立てる照魔。

「あれはディスティムが本気で戦う時の姿、なのか……？」

「だとすると天界で私に喧嘩を売ってきた時、あの子は余力を残していたということになるけれど」

エルヴィナの言う通りだ。六枚翼が六枚翼に戦いを挑もうという時に、力をセーブしておく余裕があるはずがない。

照魔はスマホを取り出して『メガクル』を起動し、世界中で何か不可思議現象が起こっていないか、その通報がないかを確認した。何も起こっていないようだ。

今までの六枚翼は、まず人間界に神略を行使した上で照魔とエルヴィナに戦いを挑んできた。しかしディスティムがそうした様子はない。

彼女は純粋に戦闘を楽しみたいという女神だから、人間界への制裁は二の次ということだろうか？

照魔にとってもその方がありがたい。

それにもう一つ、照魔を安堵させることがあった。

「でもよかった、やっぱり運命芽は普通の人間だったたんだ……!!」

運命芽のいる前で女神の反応をキャッチし、ここにやって来たらディスティムがいた。

これで運命芽は、ディスティムとあまりにも似ているだけの別人だと証明された。

そういう意味では、ディスティムが今姿を現してくれたのはありがたいぐらいだった。

せっかく仲良くなれてきた運命芽に、いつまでも敵ではないかという疑いの目を向けていたくはなかったからだ。

そんな自分を見てエルヴィナがほっとしていることに、照魔は気づくことはなかった。

「さあ……早速だけど、やろうか」

照魔が喜ぶ様子を見て意味深に冷笑しながら、ディスティムは自身の眼前で拳をきつく握り締めた。

その手の平をゆっくりと開いた時、光の粒が浮かび上がり、原子運動の軌跡で輪郭を形作るようにして卵形に成形されていく。

光の卵が爆ぜるようにして割れ、中から二つの閃光が飛び出した。

それはディスティムの両手にそれぞれ吸い込まれてゆき、二対非対称、二つの短剣となって握られた。

「これが私のディーアムド……ターミネイトサバイブだっ!!」

いや、よく見るとその武器は短剣と言うより――

「銃剣のディーアムド……!?」

困惑を言葉にする照魔。

弾丸の発射口こそ見えないものの、短剣の持ち手にはトリガーとトリガーガードが付随している。拳銃のグリップと短剣を合わせたフォルム、まさに銃剣の形を取っていた。

一本は、黒い刀身に白のラインと装飾が施された、どこか神聖さを感じさせる短剣。

もう一本は、黒い刀身に血のような赤でラインと装飾が施され、しかも刃がより殺傷力を追求したように禍々しい形をしている。

神聖さと邪悪さに分かれた、意味ありげな二本の剣だった。

「お前も見るのは初めてだろ？　エルヴィナ」

「見たことがあっても、覚えているか怪しいわね。興味ないから」

「お前はさ、誰よりも闘争を愛してるくせに、他者の力には何も興味持たないんだよな」

ディスティムの軽口をスルーしてエルヴィナが魔眩樹を形成しても、照魔はすぐにオーバージェネシスを引き抜こうとはしなかった。すでにルシハーデスを手にしたエルヴィナが、急かすように視線を送る。

しかし照魔は開いていた拳をきつく握り、戦う気満々でいるディスティムに言葉をかけた。

「先に言わせてくれ……俺たちはこの人間界、そして並行世界の真実を知った。だからこそ、お前たち邪悪女神と話し合いで解決していけると思うようになった」

「あの科学者の女も言ってたな、私たち女神と自分の目的は同じだから戦う必要はない、って。で、その時私たちはお行儀良く話し合いをしたか？」

取り付く島もない。ことディスティムに関しては、戦い以外の選択肢はないようだ。

「どうしてもって言うなら、私を力で屈伏させてみせろよ。そうしたらお前との話し合いのテーブルについてやる」

「言ったな……約束だぞ!!」

約束、という言葉に反応し、ディスティムが小さく眉を上げる。

それには気づかず、照魔はあらためて魔眩樹からオーバージェネシスを抜き放った。

「いくぞ!!」

照魔は咆哮(ほうこう)とともに地面を蹴り、エルヴィナも高々と跳躍する。

ディスティムが二本の短剣の切っ先をそれぞれに向けると、そこから白と赤、二色の光弾が発射された。やはり銃剣型のディーアムドで間違いなかったようだ。

照魔は光弾をオーバージェネシスで斬り払い、エルヴィナは自身の撃った弾丸で迎撃し、二方向からディスティムへと急迫する。

ディスティムがニヤリと笑うと同時、ターミネイトサバイブが不気味に発光。

瞬間、大気が爆裂してディスティムが忽然(こつぜん)と姿を消し、照魔とエルヴィナの同時攻撃は空(くう)を切った。

「照魔、後ろ！」

エルヴィナの声に反応して振り返り、照魔はギリギリ防御が間に合った。刃を交差させたターミネイトサバイブと、オーバージェネシスが鍔迫(つばぜ)り合(あ)いを始める。

その体勢のまま急に脚を振り上げてくるディスティム。

照魔はこれにも自分の脚を持ち上げて防御し、逆にカウンターで蹴り込む。

「へぇ……お前もなかなかやるんだなあ！」

ディスティムは賛辞の言葉をかけた。

照魔も無意識のことだったが、おそらく愛香との訓練が大きいのだろう。たった数十分の組み手だったが、相手の攻撃パターンとその対処の手数が劇的に増えた。

愛香はやはり、自分に攻防のイロハをレクチャーしてくれていたのだ。

空から赤い光弾が降り注ぎ、ディスティムはふわりと飛び退った。着地を待たずに再び大気を爆裂させ、空中のエルヴィナへと急迫。ターミネイトサバイブを振りかぶる。

対するエルヴィナもルシハーデスを用いた肉弾格闘に移行し、二人は空中で互いの武器を撃ちつけ合った。

「お前も変わったよ、エルヴィナ……。そうだよな、人間と関わると女神は変わる……その交わりが強ければ強いほど」

「急に知ったような口を利きだして、どうしたのかしら――!?」

渾身の一撃で互いを跳ね飛ばし合い、地面に着地するエルヴィナとディスティム。

そこからは三人入り乱れて撃ち、斬り、防がれ、気を抜けない攻防が続いた。

ターミネイトサバイブが発光したかと思えば、爆発的に加速して急迫してくる。ディスティムがディーアムドによって何らかの能力を行使しているのは間違いないが、何より彼女は恐ろしく戦闘慣れしており、成長した照魔たちの連続攻撃をものともしていない。

互角の戦闘が展開されていた時間は、あまり長くはなかった。

「予想外だよ。お前も結構楽しいな……照魔っ!!」

賞賛とともに照魔の胸を蹴り上げ、空高く舞い飛ばすディスティム。

「くっ……」

呻きながら地上を見下ろすも、そこにディスティムの姿はない。はっとしてさらに高空を仰ぐ照魔。

いつの間に自分を追い抜いていたのか、雲の遥か上にディスティムを認めた刹那。彼女は爆裂的な衝撃を伴って急降下し、照魔の眼前にまで急迫していた。

「だから、まだ死ぬなよ」

脚の軌跡が光の尾を引き、凄まじい回し蹴りが放たれる。

咄嗟にオーバージェネシスの刃の腹を盾にして防いだ照魔だが、内臓が全て吹き飛んだのではないかと錯覚するようなとんでもない衝撃が突き抜けていった。

「がっ……！　あ……!!」

大地に急墜し、轟音と共に激突する照魔。

「照魔っ!!」

エルヴィナの意識が眼下の照魔へと向いた一瞬。

ディスティムはすでに右足に巨大な光をまとわせ、エルヴィナに蹴りかかっていた。

「何ですって……!?」

やはりルシハーデスを盾に防御を試みたエルヴィナだが、彼女は愛銃と同じ色をした黒い破片が舞うのを目にしながら地面に叩きつけられていた。

「くう、う……」

苦悶の声を漏らすエルヴィナ。

かつてラインバニッシュを用いたシェアメルトの瞬間移動戦法に対応した彼女でさえ、ディスティムの速度には追いすがれない。

始動を見逃さなければ先読みができる瞬間移動より、単純にただひたすら速い方がよほど厄介だ。

土煙が晴れだす。クレーターの中心で、照魔は激痛に総身を震わせていた。

「……オーバージェネシスが……お、折れた……!!」

二つに割れたオーバージェネシスが、照魔の左右に力なく転がっている。

これまでどんな女神との戦いでも……六枚翼を相手にしてさえ、小さく破損することはあっても真っ二つにされることなど一度もなかった。戦い始めの、まだ弱かった頃でさえ、だ。

それがただの蹴りの一発でこうも無惨に叩き折られるとは、この眼で見ても信じられない異常事態だ。

「……ルシハーデスが、砕けた……」

　そしてエルヴィナも照魔の隣のクレーターの中心で同じように、銃身が粉々に破壊され地面に散らばったルシハーデスを為す術なく睨んでいた。

「二人ともディーアムドに救われたな、でもクリスロードよりは頭使ってるぞ!!」

　ディスティムの言葉でクリスロードと諍いがあったと察せられるが、微妙な賛辞を受けても何もならない。二人は、最大最強の武器を失ってしまったのだ。

　照魔はダメージと無念さで震える手の平を見つめた。

「はあ、はあ……だ、駄目だ、魔眩樹を創れない……。ディーアムドって……壊れたらもう一度使えるようになるまで、時間がかかるのか……？」

「わからないわ……今まで一度も壊れたことがなかったから」

　至極もっともなエルヴィナの答え。しかしディーギアスがどれだけ破損してもしばらくすれば自己再生していることを考えれば、永久に使えなくなることはないはずだ。

　ただしそのディーギアスの例でいくと、リィライザとの戦いの直後、ディーギアス＝ライラ戦でヴァルゴの傷の治癒が間に合っていなかったのに鑑みるに、ディーアムドも完全破壊からの再生はしばらく時間を要すると見てよいだろう。

　絶体絶命だった。

「私の神起源は〝生殺〟……生かすも殺すも私次第。遍く並行世界に存在する、あらゆる生命……いや、あらゆる物質の生殺与奪の権を手にしている」

ディスティムは左右に握ったターミネイトサバイブを乱雑に振り回し、力強く構え直した。そしてそれぞれの刃先を、威嚇的に照魔とエルヴィナに向けて差した。

「この周囲に存在する元素をターミネイトサバイブの力で物質変換し、全て私の攻撃にまとう破壊力に変えたんだ。初めて味わうパワーだっただろう?」

先ほどの出鱈目な衝撃の理由がわかった。

照魔も含めて女神は自分の持つ女神力を戦闘の力、破壊の威力に変えて戦う。

しかしディスティムは元来持つ女神力に加え、周囲にある空気や物までも自身のエネルギーに変換して戦闘に活かすことができる。

彼女の蹴りのインパクトの瞬間から刹那遅れて衝撃が加積されたのもそのためだろう。つまりバズーカ砲の砲身を壁に叩きつけた後で、直に砲弾を発射してきたようなものだ。

「理科の授業でやったな……酸素が燃えて炭素と結びついて、二酸化炭素になる……物質変換ってそういうことだろ……」

「はは、ちゃんと勉強してるな!」

大人の姿になっても、ディスティムの笑顔は変わらず屈託がない。照魔は張り合うように虚勢を張り、ニヒルな笑みを浮かべた。

「けどいいのか、自分の権能について懇切丁寧に教えて……」

「言いたいんだよ、むしろ。女神はな!」

ディスティムはターミネイトサバイブの黒い刀身に自分の顔を映しながら、堂々と語った。

「己の力はこれほどに強い！　こんなことができてこんなにすごい！　──その自負心が、比類無き強さに変わるんだよ。戦う相手に自分の力の秘密を語るのを躊躇（ちゅうちょ）するなんて、自信がない弱者の証明……そんなやつなんて恐るるに足らないんだ!!」

女神は基本的にマウントを取りたい存在……それは多くの女神が口にしている。

超越存在であるがゆえの自負心……それが賜わす強さは、人間の尺度では推し量ることはできない。

「自分は何がどれほど好きか……それを言葉にして熱く語ることは、強さの根源だ。女神も人間も恃むべき力は同じ……心だろう？」

ディスティムは弱った獲物を甚振るかのように、遅々とした歩みで照魔とエルヴィナに近づいていく。

徒手空拳だろうと戦うしかない。懸命にファイティングポーズを取る照魔だが、それを見たディスティムは意外な言葉を口にした。

「少しだけ、お喋りしようか……。約束、だからな」

殊に約束という言葉を強調しながら。

「約束って……」

照魔は意図が摑（つか）めず聞き返す。自分はまだディスティムを屈伏させていない。

敢闘賞だとでも言うつもりだろうか。

「どうだ照魔、並行世界の真実を知った感想は。女神の目の届かないところでわけわかんない怪人がどんどん暗躍して、世界を滅ぼして回ってる……それを聞いて真っ先にどう思った？」

急な質問の意図が摑めず、照魔は疑念の視線を投げかけた。

「クソ使えない女神に失望しただろ？　お前らがもっとちゃんとしてりゃ、自分たちの世界だって昔一度滅ばなかったのに――ってさ」

「いや、そんなこと――」

ディスティムの悲しげな面差しが、照魔の反論を遮る。

「……ごめんな」

そして続く謝罪で、彼を完全に凍りつかせた。

「ディスティム……!?」

聞き違いを疑うほどあり得ない言葉に驚嘆するエルヴィナ。

神聖女神のマザリィですら、そこまで女神の在りようを卑下したりはしなかったのに。

この世界に侵攻する邪悪女神の基本姿勢。それは人間の趣味嗜好が多岐にわたりすぎ、莫大なエネルギーとなったことが諸悪の根源……怪人は生まれるべくして生まれた、というもの。

自分たちに非があるとは決して考えていなかった。

ましてや――あくまで照魔の印象だが――難しいことを考えずただ強者と戦えれば良いというシンプルなスタンスで、それ故トラブルメーカーでもあったディスティムが、急にこの殊勝な態度。

困惑を飛び越して、照魔はもはやディスティムに警戒心すら抱き始めた。

「ずうっと考えていたんだよ。人間とエレメリアン、人間と女神……この不毛な連鎖を終わらせるためにはどうすればいいか」

「その答えが、創造神が誕生することでしょう。創造神の力なら、それが叶う」

エルヴィナがそう応じると、ディスティムは嘲るように口角を上げ、冷ややかな目で見返した。

「いま在るあらゆる並行世界をリセットして、人間もエレメリアンも消滅させるのか？　ホント何も考えてないな、お前」

「あなたの考えは違うというの？」

むっとしながらも、拳を握り開きするエルヴィナ。長話のおかげで、ダメージが抜けつつある。

「ああ、そうだ。無駄だからな……人間がいる限りエレメリアンは必ず生まれる。それじゃ問題を先送りにしているだけで、同じことの繰り返しだ。悲劇は起き続ける」

「悲劇……？」

照魔が困惑気味に聞き返すと、ディスティムはしたり顔で質した。

「照魔。お前、あの科学者から話を聞いて……たぶん、こう思っただろ。この世界を守るために戦ったツインテールの戦士はどうしたんだろう、って」

まるで盗聴でもしていたかのような正確な洞察に、ギクリとする照魔。

それは考えなしに口にして、トゥアールを傷つけてしまった疑問だった。

「私はその子を知ってるぞ。だって昔、この人間界に来たことがあるからな」

「「!?」」

照魔とエルヴィナの驚愕が同期する。

「それ、って……」

震える声で先を促す照魔。ディスティムは意味深な笑みを浮かべ、詠うように告げた。

「そう……この人間界に舞い降りた六枚翼の女神は――私だ」

捜し求めていた、初恋の相手。六枚の翼を持った女神。

「ディスティム……お前が……」

希望に吸い寄せられるように、力なく前に手を伸ばす照魔。

「まず、最初に残念なお知らせだけど……私はお前の初恋の女神じゃない。それは確実だ」

僅かな期待をも拒絶するかのように、ディスティムは照魔の言葉に先んじた。

はっと我に返って後退る照魔。

よろめく照魔の腰をさりげなく支えながら、エルヴィナが毅然と進み出る。

「何故そう言えるの……少し前まで、人間界を訪れた女神の記憶は嘆きの門で消されていた。六枚翼は等しく公平に、照魔の初恋の女神だという可能性があるはずよ」

内容が内容だけに、彼女の追及はいつにも増して声音が冷ややかだった。

ディスティムは憮然とエルヴィナを見返すと、両手に持っていたターミネイトサバイブを邪魔そうに空高く放り投げた。

そして空になった両手を持ち上げながら、

「────私がかつてこの人間界を訪れた記憶を持ってるからさ……失うことなくな」

事もなげに、あり得ざる真実を口にした。

女神は人間界を訪れた記憶を消去される。

それは絶対の掟。例外などあり得ないのだ。

自分の言葉がいらぬ誤解を招いたと悟ったディスティムは、今一度照魔に言い直した。

「言い方が悪かったな。私は確かに昔この人間界にやって来た……けれどそれは、お前が女神に恋をした六年前じゃない」

「……さっき言ったよな。かつてこの世界で戦った戦士を知っているって。まさか――」

照魔が恐る恐る尋ねると、ディスティムは表情を厳しく締めた。

「ああ。私が来たのはもっと前――この世界がエレメリアンの侵略で滅んだ直後だ」

しばらく理解が及ばず、照魔は呆然としていた。ディスティムは構わずに続ける。

「私は六枚翼の誰よりも早く、天界の調和の異常が気になっていた。そして人の心を食らう怪人の暗躍を知り、人間界を訪れた」

さらにエルヴィナに視線を移し、糾弾するように語った。

「お前は私をただの戦闘狂とか思ってるだろうけど、少なくともお前よりは天界の未来について考えてるってことさ。お前は創造神になった後のビジョン、何もないだろ?」

「偉そうに……私にその創造神になる邪悪女神代表を押しつけておいて、よく言うわ」

しかもディスティムは邪悪女神の代表として創造神になるべく戦っていたエルヴィナに横から喧嘩を売ってきたのだから、ビジョンどころの話ではない。

「それじゃあ、あなたは何十年も前から並行世界に起きた真実を……女神の調和が人間界に及ばなくなり始めた理由を、私たちよりずっと先に知っていたっていうの」

「……そうだ。けどそれだけじゃないぞ……人間と生命を繋いだのもエルヴィナ、お前より私の方が先だ」

そう言って、照魔とエルヴィナの背後へと視線を向けるディスティム。

つられて振り返った照魔は、愕然とした。

このUブロック……一般人では立ち入ることすら難しい未開発地域の只中を、咲寺運命芽が歩いてきていたからだ。

その表情は、何かに取り憑かれたように虚ろになっている。

「運命芽！　何でついて来た……女神出現時は避難しなきゃ駄目だって言っただろう!!」

反射的に運命芽を気遣った照魔だが、遅れて思考に稲妻が走った。繋がってはいけない線が繋がった気分だった。

「運命芽……」

何かを否定して欲しいが、それがうまく言葉にならない。照魔はただ、運命芽の名前を呼んだ。

運命芽は照魔の横を無言で通り過ぎ、ディスティムの真横に並んだ。

人形のように無表情で、虚空を見つめたまま。

あまりにも似過ぎていて、あまりにも怪しいから、逆にディスティムとは関係ないのではないかと思っていた。

何よりその笑顔に絆されて、いい友達だと思い始めていたところだったのに……。

照魔は唇を嚙みしめながら、悲愴な眼差しを運命芽に送った。

「あなたが生み出した存在なら、必ず女神力を感じるはず！　けれど運命芽は完全な人間だったわ！　何故……」

「運命芽は私が生み出したわけじゃない完全な人間、だからさ」

エルヴィナの疑問に、ディスティムは鉄面皮をさらに固くして応じた。

「────咲寺運命芽……その子こそ、かつてこの世界でツインテールの戦士として戦い、エレメリアンに敗北し全てを失った悲劇の人間だ」

照魔とエルヴィナの視線が、同時に運命芽へと注がれる。

運命芽が……ツインテールの戦士。

ディスティムがドクター＝ツインテールを名乗るトゥアールと言葉を交わしたことで身体に変調をきたすほど怒りを抱いた理由がようやくわかった。

ディスティムは、属性力にまつわる悲劇を知っていたのだ。

文字通り我が事も同然に、誰よりも強く、深く……。

「守りたいものを守れなかった英雄……私は運命芽に心惹かれ、彼女を慰めた。仲良くなった……。だけど私と出会った時はもう、運命芽は長くはない状態だった」

「な、何でだ……怪人との戦いで傷ついていたのか!?」

胸を締め付けるような語りに、照魔は声を掠れさせながら聞く。

「怪人と戦うために人間が持つ力……属性力(エレメーラ)。それは奪われる分には生命に別状はないが、自ら強引に摘出しようとすれば寿命が激減するらしい……運命芽がそうだった」

摘出。

まるで臓器か何かのような不穏な言い回しだ。

「あの科学者の女から聞き出しておくべきだった……。あいつは明らかにツインテール属性を失っていた……おそらく運命芽と同じように自ら捨てたはずだ。それなのに何故無事なのか」

憎々しげに吐き捨て、ディスティムは話を戻した。

「怪人どももそこまで考えてはいないだろうが、それが属性力(エレメーラ)の現実だ。自分に絶望して力を捨てようとすれば、生命すら失われる……非情な話もあったもんだな」

トゥアールから聞いた話にはなかった属性力(エレメーラ)の闇に触れ、照魔はぞっとした。

「だから私は運命芽を助けるため、〝生殺〟の神起源(アライブ)で生命を共有したんだ。エルヴィナ……私はお前よりずっと昔に、双神となった存在なんだよ」

挑むような眼差しを向けられ、エルヴィナは表情を硬化させる。

「ただし二人で一つの生命を共有したお前たちと違って、私は一人で二つの生命を共有した女神……運命芽の心はないけどな。けど私の中で、運命芽が一緒に生きている……それだけで十分だ」

十分だと言いながら、そうすることしかできなかった、という悔恨が言外に滲(にじ)んでいる。

「そんなに運命芽を大切に思ってるなら、どうして俺なんかのところに来させた！　俺は……俺は、ずっとその子が敵なんじゃないかって、疑って……!!」

照魔の疑問は当然のものだった。

女神が、自分から生命を共有するほど大切にしていた少女……それを無防備な状態で切り離し、敵である照魔のもとへと送り込んだのだから。

「……最後に、運命芽に恋を体験して欲しかったんだよ……。女神は基本的に人間の男に触れられない……半分女神であるお前を除いてな」

「……な……」

照魔はもとより、エルヴィナも絶句していた。

ディスティムの口から、恋をさせたかったなどという言葉が出てくるとは思わなかったからだ。

「ちゃんと普通の人間の、普通の女の子できてたか？」

生命を共有した時点で、ディスティムは運命芽の心までは助けられなかったと言った。

つまり照魔が一緒に過ごした運命芽は、ディスティムから切り離された半身のような存在とはいえ、その心は術理で再現された創りもの。

照魔と交わした言葉も、感じた温もりも、笑顔さえも、全てがディスティムによって創られたイミテーションの心からのものだったとしたら、あまりにも哀しすぎる。

ディスティムと運命芽がどんな日々を過ごしたかは定かではない。

しかしその執念にも似た慈愛を前に、照魔はディスティムが運命芽に懐く感情に思いを馳せた。

それもまた、人間が恋と呼ぶものなのではないか――と。

「……最初に俺たちが見た時、クマメガミに襲われてたのも、芝居だったのか……。俺の信用を得るために」

少なくともあの時まだ照魔たちは、運命芽を全く信用していなかった。照魔が止めなければ、エルヴィナがモブメガごと運命芽を撃っていたかもしれないぐらいだ。

相当な危険を孕んでいたし、その程度のリスクをディスティムが予見できなかったはずがない。

しかしその問いに、ディスティムは答えなかった。

「ディスティム……あなたが運命芽と出逢い、生命を共有したのはわかった。けれどなおさら、そこまで重大な人間との関わりを含む記憶が残っている理由がわからない」

エルヴィナは声に苛立ちを含ませながら問い詰めた。彼女の苛立ちの理由を、照魔は看破できないであろう。

人間界で過ごした記憶は消える――その絶対の掟があるからこそ、自分も照魔の初恋の女神かもしれないという希望がエルヴィナにはある。

だがその掟に抜け道が存在すれば、その前提が崩れてしまうのだ。

「〝天界の意思〟は、全女神の集合意思……天界の規律を守るための強制権だ。それゆえ六枚翼の女神さえ抗えない絶対の力を持つが、一つだけ例外がある」

逆にディスティムはエルヴィナの焦燥を見て取ったのか、笑みを浮かべながら答えた。

「──天界の意思は女神を殺すことだけはできないんだ。その女神がどれだけ大きな罪を犯そうとな」

元が女神から生まれた強制力なのだから、それは当然のことだった。

「だけど運命芽と生命を共有した私から人間界の記憶を……運命芽との思い出を消せば、私は自分の生命を自覚できなくなり、私の生命そのものを奪うことになる。そこに不可避のパラドックスが生まれ……私の記憶は消えなかった」

照魔ははっとしてエルヴィナを見やった。

人間と女神の生命の共有がもたらす重さ、それを照魔は誰よりも深く理解している。

ほんの街一つ分距離が離れただけで最強の女神すら強制的に絶命させかねないほど、生命の共有における縛りは重大だ。

「それじゃあ、私たちが知っているあなたは……」

エルヴィナが戸惑いながら聞き質すと、ディスティムは横に立つ運命芽にそっと手をかざした。

人間の洋服が解け、瞬間的に女神装衣に変わる運命芽。虚ろな目だけがそのままだ。

それはエルヴィナや照魔の見慣れたディスティムの姿だった。

「ああ。逆に周りのお前たち全員の記憶が、幼い姿の私……運命芽の容姿こそがディスティムだと書き換わったのさ。……今の私のこの姿だって、運命芽に引っ張られて変わったものだ。オリジナルのディスティムはもう、どこにもいないよ」

寂しげに自嘲するディスティム。照魔は、トゥアールから聞いた属性力の強制改変を思い出した。

過去に撮った写真すら現在の情報に置き換わる、人智を超えた強制力……あれに近い情報改変が、ディスティムの周囲に起こったのかもしれない。

現代の人間界で咲寺運命芽の戸籍がちゃんと存在したのは……その強制力ゆえか、その程度であればディスティムの権能で幻惑できていたのか、どちらかは定かではないが。

「エルヴィナ……私の目標は二つある」

ディスティムは人差し指を立てながら、貌に不敵な笑みを刻んだ。

「まず一つは、戦い、勝ち続けること。相手は強ければ強いほどいい……世界を守った英雄になれなかった運命芽の魂に、私は勝利を捧げ続けた」

何かと言えば勝負を挑んでくる戦闘狂……ディスティムの性格だと思っていたが、それは目標に従っての行動だとわかり、エルヴィナは複雑な心境になった。

「そしてもう一つは、運命芽のような悲劇を二度と繰り返させないことだ。人間の心から生まれる怪人と、その怪人に心を武器に立ち向かう人間……この連鎖を断ち切ってな」

人差し指に続き中指を立て加えてそう宣言した直後。ディスティムの周囲の空気が、明らかに不穏に変質した。

「だから私は、お前が創造神になる」

「ならそれでもいいと思っていたんだぞー」

幼い方のディスティムがシームレスに言葉を継ぎ、照魔はぎょっとした。

女神装衣に変わって以後、ずっと人形のように立ち尽くしていた幼いディスティムが、急に自我を獲得したのだ。

どういう理屈なのか……彼女の神起源に依る特性なのか、ディスティムは二人同時に存在できている。
・・・・・・
「どうせなら、創造神になったやつを倒したいからなー」

幼い方のディスティムが無邪気にそう口にするからこそ、余計に恐ろしい。

女神の究極の目標、創造神でさえ勝利のトロフィー程度にしか思っていない。

照魔はかつてないほど、ディスティムという女神に対して戦慄していた。

「新たな創造神が生まれても、そいつが何も考えずに世界を再構築したら、結局何も変わらない。並行世界に人間が生まれ、栄え、心を育み……そしてエレメリアンが生まれる」

「聞かせなさい、ディスティム。あなたはどうやって天界に変革をもたらそうとしているというの？」

エルヴィナが強い語調で質すと、大人の方のディスティムは不敵に口許を歪める。

「人間の心からエレメリアンが生まれるなら……人間がいなくなればいい」

エルヴィナは脱力し、これ見よがしに嘆息した。

「呆れて物も言えないわね。つまるところ全てを滅ぼせば解決という極論……よくそれで私に上から目線になれたものだわ」

「……誰が滅ぼすって言った？　人間がいなくなればいいって言ったんだ」

大人のディスティムの言葉に怪訝な顔つきになったエルヴィナは、奇妙な気配を察して空を見上げた。

先刻ディスティムが邪魔そうに放り投げたターミネイトサバイブが高空に固定され、避雷針のように激しい雷光を轟かせ始めていた。

それを中心に、赤黒い不気味な光膜が広がっていく。

半紙に墨汁を染み入らせるように赤黒い色が空に染み込み、急激に侵食し始めた。

「何だ……何をした、ディスティム!!」

長々と自分たちと話していたのは、能力行使のための時間稼ぎ。

照魔がディスティムの真意に気づいた時には、すでに彼女が放った女神力が地球全土を覆っていた。

「これこそが私の神略……!!」

大人のディスティムは力強く諸手を広げ、

「「―――全人類女神化計画だ!!」」


幼いディスティムとともに、壮大な野望を高らかに謳い上げる。

「……この世界の人間全てを、女神の眷属にするというの!?」

さすがのエルヴィナも、色を失った。

リイライザが詩亜に提案したように、女神とその眷属は大なり小なり契約を果たした上で同意の下にされるもの。

それを強制的に、全世界に一斉に行使するなど……六枚翼女神であろうと権能の限界を超えている。

「そしてそれを、全並行世界に拡げていく……最後には、エレメリアンだっていなくなるさ」

本気の目だ。

ディスティムは本気で、自分の力だけで天界の調和を変革させるつもりだ。

照魔はマザリィから聞いている。並行世界の規模を。

人間界の物で例えるなら、数億数兆のドットで構成されたモニター……その中のたった一つの画素が、照魔の生きる人間界、照魔の地球が存在する宇宙そのものなのだと。

ディスティムはそのドットを一つ一つ、自分の力で別の色に灯していくつもりなのだ。

創造神になるのは誰でもいい、と言い放ったのも頷ける。

ディスティムは局所的ながら、すでに世界を改変する権能——創造神に近い力を備えている……!!

「女神からエレメリアンは生まれないからなー」

幼いディスティムが笑いながら断言するが、照魔はその全人類女神化計画によってもたらされる恐ろしい変化を危惧していた。

「女神は人間の心の力を権能に変えて並行世界を調和してるんだろ……人間を全て女神に変えていったら、そのうち並行世界そのものが維持できなくなって崩壊してしまうんじゃないのか!?」

ディスティムは他の女神に気づかれないよう裏で工作をしていたようだが、それも当然だ。こんなことをしようとしていると知れたら、神聖女神・邪悪女神関係なく全ての女神がディスティムを排除しようとするだろう。

照魔たちのいち人間界の『心の力の私的利用』など児戯に等しいほど、ディスティムの計画は天界への最大級の叛逆行為だからだ。

「やってみなくちゃわかならいだろー？ 今度は弱い女神が強い女神の糧になるシステムに置き換わるかもしれない……」

幼いディスティムが笑いながらそう語り、大人のディスティムが続く。

「そんなつまらない心配するより、もっと楽しい想像をしろよ照魔。右を見ても左を見ても、全てが女神……地球は、女神の星となる。女神を愛するお前にとっては楽園のはずだ」

「…………」

照魔は吐息を震わせた。

天界を初めて訪れた時、女神のあまりの多さに圧倒された。理想と現実の擦り合わせに時間がかかった。それほどに『異常発生した女神』という光景は、女神に恋した少年にとって劇薬だったのだ。

災厄からの復興で激減したこの世界の人類でさえ、数十億人。

その全てが女神になってしまうなど――

「駄目だなー」

言うが早いか、幼いディスティムが照魔に回し蹴りを浴びせる。

ターミネイトサバイブでの爆発力を伴わない、ただの蹴りだ。それでも放心している照魔には十分すぎる威力だった。

「ぐあっ……！」

為す術なく吹き飛ばされる照魔。

「照魔っ!!」

地面を転がった照魔に駆け寄るエルヴィナを、大人のディスティムが冷ややかな目で睨み付けた。

「一瞬考えたな、照魔。女神がそんなに多くてどうしようって。お前はつまらない……そんなちっぽけな欲望で、女神の伴侶となれると思うか」

「っ……俺の趣味なんかどうでもいい！　強制的に女神の眷属にされることなんて、誰が望むものか……人間らしい心を失うことを、誰が望むものか！　お前のしていることは結局、ただの侵略行為だ!!」

「どうでもいいものかっ!!」

大人のディスティムが絶叫し、照魔は継ぎかけた言葉を呑み込んだ。

「お前がどう吼えたってもう遅い。すでに全人類の女神化は完了した……今はまだ繭に等しい状態、皆少しずつ眠りに落ちているが……それもすぐに終わる」

女神化に段階を持たせたのは、即座に全人類の意識を奪えば大惨事になるからだろう。

操縦中の飛行機は墜落し、車は連鎖的に事故を起こす。

人類を殺すのが目的でないという主張は、徹底している。

しかし女神パンデミックは始まり……世界中の人間が今この時、眠りに落ち始めた。

そして目を覚ました時には、女神の眷属に変貌している。

それは女神を愛する照魔の高い感受性ゆえに捉えてしまった映像なのか、それともディステイムの演出か。

「あ、ああ……」

世界地図を高速でスクロールするような、莫大な情報量の映像が一気に脳内に流れ込み……照魔は頭を抱えてよろめいた。

見える。変わっていく世界が。女神で溢れていく世界が。

世界中、あらゆる人間が女神に変わっていく。

ある者は道端に立ち尽くしたまま、ある者は停車した乗り物の運転席で。ある者たちはスポーツの試合の真っ最中に。

照魔の通っていた小学校の生徒たちが……友人の山河護が。

仕事でセフィロト・シャフトの程近くを颯爽と歩いていた母・創条猶夏と、隣にいる父・将字も。

家族や友人、知り合い、見知らぬ人々。その全てが……世界中の人間が、悪辣な催眠にかかったかのように虚ろな目で動きを止めていた。

宇宙から見た地球という惑星の表面から、数十億条の間欠泉が噴き上がるように、光の柱が屹立していく。それは全人類分の数、全てが女神の翼だ。

光が止み、宇宙から見た地球が穏やかな輝きを取り戻したその時、世界中の人間の背には全て二枚の翼が輝いていた。

ディスティムの言葉に虚飾や誇張は無かった。

文字通り、全世界の人間が一挙に女神に変貌した。まさしく全人類女神化計画だ。

「なんて、ことだ……」

その残酷な光景を余すことなく目撃し、照魔は目眩を覚える。

「人間全てを女神に……!? そんなこと、絶対に許さないわよ……!!」

エルヴィナが声に凄みを利かせるが、二人のディスティムは意にも介さない。

「――――それは私も同じだー。私はこの世界を絶対に許さない……」

幼いディスティムの……運命芽の口からその言葉を聞き、照魔の視界はついに暗転した。

理不尽な侵略には、怒りを力に変えて立ち向かってきた。

しかし照魔は初めて、自分と同じように怒りを原動力に戦う女神を目の当たりにし、激しい迷いを覚えてしまった。

自分の生まれるずっと前にこの世界を守るために戦い、そして敗れた少女。

女神ディスティムと戦うことは、この世界に生きる自分にとって赦されざる罪なのか――――。

「もう何度も女神と戦ってきてわかっているはずだ……神略を解除したければ、権能を振るう女神の女神力を断つしかないぞ」

照魔の異変に気づいた大人のディスティムが、挑発するように言った。

「だけど女神の超絶増殖に拒否反応を抱いた時点で、お前の女神への愛はぶれた。女神への愛を力へと変える、お前の強さの根源は失われた……」

照魔の心の裡を曝くように、容赦のない言葉が放たれる。

「――お前はもう、女神とは戦えない」

愕然と立ち尽くす照魔。

大人のディスティムは幼いディスティムを見やりながら、穏やかな声音で告げた。

「……人間の身体を形成した瞬間モブメガに襲われたのは想定外、私の落ち度だ。下っ端に恨まれてることをもっと自覚するべきだった」

それは照魔が最初に質した、芝居だったのかという問いへの答えだった。

「確かにお前には、運命芽を助けてもらった借りがある。だから一度だけ見逃してやる……私の前からいなくなれ。そして全てが終わった後で、世界を守れなかった人間として生き続けろ。運命芽と同じようにな……」

運命芽がモブメガに襲われたのは、ディスティムにとっても想定外の事態だった。

それを利害関係を無視して助けた照魔に、彼女なりに恩を感じてはいたようだが……ある意味その言葉は、混乱している照魔をさらに突き放した。

「お前はエルヴィナが一緒なんだ、寂しくないだろー？」

女神と生命を共有した人間、運命芽の姿をした幼いディスティムがそれを言う、悪辣が過ぎる皮肉。

「だけど、俺は……」

それでも何か、自分を奮い立たせる言葉を探し求める照魔に、

「会社だ、社長だ、仕事だ、と——そんなお遊戯で世界を守ろうとしているやつに、真の世界の守護者である私と運命芽は止められない」

大人のディスティムが追い打ちをかけ、それがとどめとなった。

文字通り人生を懸けてこの世界のために戦った少女を前に、照魔は何も言い返すことができなかった。

照魔は無言で踵を返す。そして幽鬼のような足取りで、その場を去って行った。

赤黒いカーテンの下りた、破綻した世界で。

「……照魔……」

敵前逃亡と呼ぶには悲しすぎる照魔の背中を見て、エルヴィナは深くショックを受けいていた。

「運命芽に出逢ってからの私にとって、戦い、そして勝つことが全てだった」

呆然とするエルヴィナを見て、大人のディスティム疎むように目を眇めた。

「相手が強ければ強いほど、運命芽に捧げる勝利の価値も高まる。だからエルヴィナ、天界最強の女神であるお前こそが宿命の好敵手だった。私は、お前が好きだった……」

女神大戦の最中にディスティムに同じようなことを言われた時、エルヴィナは「一方通行の宿命だ」と切って捨てた。

けれど今の彼女にはもう、ディスティムの放言に食ってかかる気力はない。

「……だけど今のお前には、もう何の魅力もない。消え失せろ、エルヴィナ」

「そうね……私も、他の女神よりはあなたのことは印象に残っていたのだけれど……その記憶ももう、消えるでしょうね」

彼女なりの最大の賛辞を残しながら、エルヴィナも毅然とした眼差しのままでディスティムに背を向けた。

白き聖剣と同じように心が折れた照魔と同じく。

エルヴィナもまた、黒き二挺拳銃のように戦闘意志が砕け散ってしまった。

「……天界の女神大戦で急にあなたが喧嘩売ってきた時……ちょっと楽しかったのよ」

倒さなければ世界が終わる。

敵を目の前にしながら、エルヴィナも初めて自分の意志で戦いを放棄したのだった。

○　●

赤黒く染まった異常な空と、暗い街を進み。

照魔は今にも倒れそうな足取りで、何とかメガミタワーへと帰還した。

エントランスに入ると、詩亜と燐が血相を変えて駆け寄ってくる。

「照魔さま!?　敵の女神は!?　さっきここに変な光が降ってきて、エクス鳥ちゃんとマザリィおばちゃまたちがそれを防いでっ……！　何かみんな女神になるとかとんでもねーこと言い出して――」

「ほんの少し前までは、救助要請が絶え間なく届いていましたが、いまは全く……！　おそらく敵性女神の力が全世界に及び――」

この二人が競うように言葉をかけてくることで、その動揺の程が窺える。

しかし照魔のやつれきった顔を目の当たりにした瞬間、詩亜も燐も見る見るうちに言葉を失っていった。

「ごめん。俺、ちょっと疲れたかも……少しだけ休む」

照魔がそう零すと、従者二人はそれ以上声をかけようとはせずに黙り込んだ。世界の危機情報が滝のように流れてきていたであろう小型端末を、力なく下ろしながら。

受付のエクス鳥とは目を合わせないようにして、上階へと向かう。高く、広いメガミタワーを茫洋とした足取りで歩む照魔。

どこならしばらく一人になれるかと考えたが、大半の部屋をまだ使いきれていないのだからどこでも同じだ。

この自分には大きすぎる会社ビルを、従業員でいっぱいにするのが目標だったが……それはもう、叶いそうにもない。

辿り着いたのは、簡易応接室……豪奢な調達品も特別な設備もない、ごく普通の一室。運命芽を面接した部屋だ。

あの時と同じソファーに腰を下ろし、身体の中の全ての空気を吐き出す照魔。

「……つかれた」

一人きりになって、今一度心の底からの言葉を口にする。

まずはこの世界全ての人間を女神と化し、やがては並行世界全ての人類を女神化させるという、最大規模の神略。

もはや女神は、万や億の単位ではとても表せぬほど果てしなく増殖していく。

ギリギリ理解が追いつく尺度の、兆でも足りない。

那由多や不可思議。無量大数の女神が、人間に代わって君臨することとなる。

それを喜べないお前じゃあ、女神を愛する資格はないな、と揶揄された。

そこまでか。

そこまで高みに在らねば、女神を愛することは許されないのか——。

不意に照魔は、天井から自分を俯瞰しているような錯覚に囚われた。

(俺、何でこんなのんびりしてるんだ……?)

今は業務中だ。世界の平和を守るという、女神会社デュアルライブスの業務を遂行しなければならないのだ。

繁忙時に休憩を取れないのは、多くの仕事で同じこと。自分だけが特別じゃない。

たとえお遊戯と貶されようと、自分で選んだ仕事、自分で背負った責任だ。

さあ、休憩は終わりだ。今すぐ立ち上がって、戦いに赴かなければ。

……そうしなければならないのは、百も承知だというのに。

まるで金縛りにでも遭ったかのように、ソファーに沈めた身体がピクリとも動かない。

ほんの数か月前までは、気楽だったな。

確かに、女神にふさわしい男になるため自分を高め続ける、忙しい毎日だった。

勉強を頑張ったし、習い事だってたくさんやった。

けれど気を休める時間はあった。

学校の休み時間にみんなでサッカーをして、級友と談笑しながら給食を食べて、放課後に友達のコイバナを聞くぐらいのゆとりがあった。

普通の小学六年生だったのだ。

それが今では片時も気が休まることはなく、自分の努力の原動力だった女神たちと戦うことになってしまっている。

どんなに頑張っても、当の女神たちに至らなさをダメ出しされる日々だ。

この仕事に、達成感はあるのだろうか。

働　き　た　く　な

「────駄目だ!!」

最悪の言葉が過り、照魔は懸命にかぶりを振ってそれに抗った。

社会人ならば誰もが一度は遭遇するであろう苦悩。

仕事がつらい、いやだ。

たまには泣き言を言っていいし、休んでいい。何なら逃げてしまってもいい。普通の大人はそうだ。

しかしあまりにも純粋で使命感の強い少年には……小学生で社長の照魔には、それが決して許されない悪徳のように感じられてしまう。

事実、自分の怠慢や油断が世界の危機に直結するのだから無理もない。

自分が休んでいる間に代わりを務めてくれる人間が、誰もいないのだ。

それでもこれまでは、どんなにつらくても何とか立ち上がることはできた。

隣にいてくれる、初恋の相手かもしれない女神と一緒に、戦い抜いてきた。

だが今回だけは違う。

自分が今守ろうとしているこの世界を守るためにかつて戦い……その果てに絶望した少女の存在を知ってしまった。

自分と同じように女神と生命を結んだ人間の悲劇を聞かされた。

これから歩むであろう未来がどうなるか、完膚(かんぷ)なきまでに知ってしまったのだ。

もう、女神への恋を力に変えることはできない。

照魔(しょうま)はついに、追いかけ続けた初恋にピリオドを打とうとしていた。

この世界の、未来とともに。

CHARACTER

役職：女神（六枚翼）

ディスティム

女神真名
「幾度と交わり
永劫に重なる
一つの魂」

エルヴィナの好敵手を自称しひたすら戦闘を好む女神。
その正体は、かつて照魔の世界の守護者だった人間の少女と
生命を共有したもう一人の「双神」。
天界の意思を超え、己が信念のために暗躍していた。

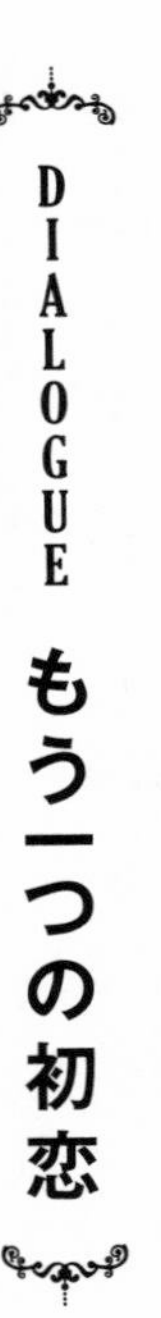

DIALOGUE もう一つの初恋

女神はつまらない。

完全体として生まれるため日々の成長の実感もなければ、自分の手で次代の生命を生み出す喜びもない。

完璧であるがゆえに生命体として行き詰まった存在、それが女神だ。

他の女神と戦おうと何をしようと……私が天界で過ごす日々に満たされることはなかった。

だから私は興味を持った。憧れすら懐いていたのかもしれない。

女神が調和しなければ、存在を維持することすらできない不完全な世界。人間界に。

そしてそこに生きる、人間という生命体に。

そんなある日、並行世界の調和が乱れつつあるという情報を掴み、私は人間界に向かう決意をした。

調査などは建前に過ぎない。天界に帰る時に記憶が消えたって構うものか。

私は人間を、人間が生きる世界をこの眼で見たいんだ。

そうして嬉々として舞い降りた人間界で、私は出逢った。

不完全で脆弱で、そして可憐な——人間の少女。

咲寺運命芽に。

よりにもよって私が最初に見た人間が運命芽だったのは……女神である自分でさえ、神がかった力の干渉、星の導きを信じずにはいられなかった。

「まあ、あなた女神さまですの？　素敵ですわ!!」

私が自分を女神だと名乗ると、運命芽はそう言って無垢な笑みを浮かべた。

「わたくしは咲寺運命芽ですわ!!」

腰に両手をやって、えっへんと胸を張りながら名乗る運命芽。いつもするので彼女の癖のようだが、私はその仕草が大好きになった。

運命芽は人間でいえばまだ子供、幼い少女のはずなのに、妙に達観した雰囲気があった。弾けるような無邪気さと、自らの死期を悟った小動物めいた儚さの同居した、不思議な人間だった。

私は理由もわからずに彼女に心惹かれ——人間界の調査は、建前ですらなくなった。

「わたくしとデートしません？」

「デート……!?」

運命芽と一日の中で逢える時間は限られていたが、毎日秘密の逢瀬を重ねた。

『デートしよう』と無邪気に笑う幼い少女に手を引かれ、光の中を歩いた。

どこにあったかも今は思い出せないが、一面の花畑が私たちだけのデート・スポット。

背中に六枚の翼を持つ私を人の目に触れさせないようにする配慮かと思ったが……違った。

運命芽（さだめ）が人前に出ることを極端に怖がっていたのだ。

運命芽は女神の住む世界——天界に興味津々で、私は一生懸命に自分の知っていることを語って聞かせた。

「憧れますわ～！　いつかわたくしも天界に連れて行ってくださいな、ディスティム!!」

やがて運命芽は天界に憧れるようになり……夢見るように手を組みながら、そう言った。

「人間を天界に連れて行くことはできないんだよ。それに運命芽には、この人間界があるだろう?」

「わたくしは、この世界にいてはいけない人間なのです」

「な、何で、そんなことを……」

理由を聞き返す私に、運命芽は寂しそうな笑顔で呟（つぶや）いた。

「……守れなかったから」

それから運命芽は、堰を切ったように語り始めた。自分の境遇。

そして自分たちがいるこの世界がもう、滅んでいるという現実を。

「頑張って戦い続けて、みんなに誉められて……。嬉しかったですわ。わたくしの大好きなツインテールが、世界中の人たちを幸せにする力になるのですから」

属性力（エレメーラ）……エレメリアン……ツインテール属性……。

何てことだ。天界の調和が弱まっている理由が、全て判明してしまった。

運命芽と私が出逢（であ）ったのは、やっぱり運命だったのか——。

「けれどわたくし、思っていたよりも強くなかったみたいで……。『あれ、怪人に勝てない？』って思った時にはもう……」

「……運命芽……」

それにしてもむごい話だ。許せない……子供の純粋さを利用し作戦を遂行したエレメリアンたちも……子供一人に全てを任せて何もしなかった、この世界の大人たちも。

「わたくし、英雄になりたかったのです。けれど、分不相応な願いでした……」

「お前はたった一人で、世界中の人間を守るために戦ったんだ。もう十分英雄じゃないか」

どうして物分かりの良いことを言うんだろう。運命芽は頭が良すぎるのか？

人間は不完全な存在だ。だからどこまでも限りなく成長していくことができる。

何にだってなれるじゃないか。

「ツインテールっていうのか。よかったら、私に見せてくれないか？」

人間の可能性を夢想した私が見たいと願ったのが、運命芽の愛した髪型。

ツインテールだった。けれど運命芽はすごく悲しそうな目をして、それを拒んだ。

「……ごめんなさい、もう、できないのです」

「いや、私が悪かった。つらいよな……思い出したくないよな」

運命芽がツインテールにできない理由を、その時はまだわからず。つらい思い出に蓋をしたのだろうと、私は勝手に自己完結していた。

「でも大丈夫。運命芽はもう戦わなくていい……私もずっと人間界にいるよ」

人間の寿命は一〇〇年あるかないか。女神にとっては一瞬の出来事だ。

私はこの悲劇の少女がせめて残りの生涯を心安らかに全うできるよう、添い遂げることを決めた。

どうせ天界の連中は、一〇〇年後も「最近人間の祈りが少ないなあ」とかのんびり言ってやがるさ。

けれど一緒にいられる時間は、人間の運命芽にとっても僅かしか残っていなかったのだ。

ある日運命芽に会うとものすごく衰弱しており、身体の輪郭が薄れ始めていた。

彼女は世界を守れなかった悔恨から、自分自身のツインテール属性を結晶化させて摘出し、捨て去った。

そうすることで寿命を縮めるなど……運命芽は知らなかったのだ。

「……ディスティム。わたくしのこと、忘れないで……約束、ですわよ——」

運命芽が光となって消えようとしている。これはきっと、人間としての尋常な生涯の閉じ方ではない。

「駄目だ、消えるな!!」

私は両手を拡げ、重さも体温も感じない、文字通り光のように心許ない存在となった運命芽を抱き締めた。

その瞬間、私の頭の中に運命芽の記憶が流れ込んできた。

これが人間の走馬灯というものか……と思ったのも束の間。

運命芽の歩んだ旅路は、一瞬のうちに終わってしまった。

……これだけ……？　運命芽の記憶が……生きた証が、たったこれだけ……!?

大きな屋敷の中で、独りぼっち。家族と触れ合った記憶がほとんどない。それだけで私は、運命芽の置かれた境遇を察した。

鏡の前でツインテールに結び、鏡に映る自分に話しかけることだけが、彼女の楽しみだった。

けれどツインテールの戦士として戦うようになってからは親も勝手に彼女を誇り始め、世界中の人々も彼女を賞賛して――。

やがてこの人間界は、人間の心が輝かない灰色の世界と化した。

怖かっただろう。

悔しかっただろう。

女神は涙を流さない。その必要がないからだ。

けれど私はこの時ほど、涙を流せない自分が恨めしかったことはない。

ただ叫ぶだけでは何も変わらない。行き場を失った怒りと悲しみは、呪いのように私の中に残った。

悪いのは誰だ。生態として人間の心を食らう、エレメリアンたちか?

運命芽(さだめ)よりも強い心を誰一人として持ち得なかった、この世界の弱い人間どもか?

……人間界にこんなことが起き始めるまで気づけなかった、私たち女神か——?


でももう大丈夫だぞ運命芽、お前は一人じゃない。

私の中に、運命芽の生命が息づいているのを感じる。

すでにあの子の心は消えてしまったけれど、私はあの子の生きた記憶と、生命をこの身に宿した。

運命芽の望みは英雄になることだ。私が叶えてやるぞ。

私は絶対に負けない、誰とどんな戦いをしても勝つ、最強の女神になる。

そうすれば私の中で生きるお前も、最強の英雄なんだ。

私は帰還した天界で暗躍を始め、それから幾年月が流れ——ついに女神大戦が始まった。

エルヴィナは邪悪女神（ゾディアクス）の代表として戦い、私は運命芽に最強の名を捧げるべく、創造神になる寸前のエルヴィナに勝負を挑んだ。

「さすがの強さだ、嬉しいぞエルヴィナ！　やっぱり天界の大一番を決めるのは、宿命の好敵手の私とお前じゃなきゃいけないからなっ!!」

「一方通行の宿命ね、ディスティム。私にとってあなたは、その辺に倒れてる女神と同じ認識よ」

まさか私が好敵手役に選んだだけの戦いバカが、私と同じ宿命を背負うことになるなんて……この時は思いもしなかった。

私はかつて人間界へと舞い降りた、六枚の翼の女神、ディスティム。

その時の記憶は今も、私の中で色褪（あ）せることなく息づいている——

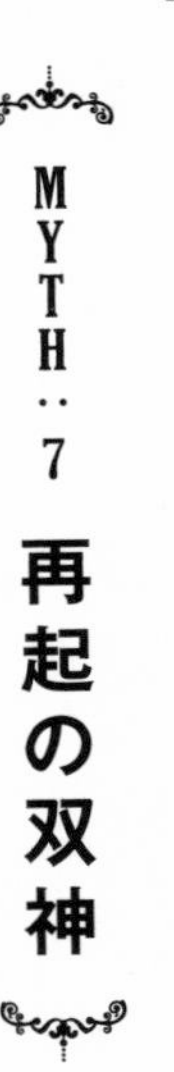

MYTH：7 再起の双神

照魔のそばに行くことも憚られ、詩亜と燐は二人きりで、低層階のレストエリアのソファーに座っていた。

廊下の窓からは、目を覆いたくなるような赤黒い世界が広がっているのが見える。

「……エクス鳥ちゃんたちがこのビル守ってくれただけで、もう世界中終わっちゃったんすね……。頭おかしいでしょこの規模……」

詩亜は力なく呟いた。

世界にもう意識のある人間は自分たち以外に存在しない。

これまでも度々、六枚翼女神の桁外れの力は目の当たりにしてきたが、今回は規模が違いすぎる。

「いいえまだです。神略と呼ばれる敵性女神の術を解除すれば、どれほどの規模であれ被害者は元に戻ります。それはこれまでの戦いで証明されているのですから」

「でも肝心の照魔さまが……あんなに悲しそうで」

何があったかはわからないが、照魔の目は死んでいた。

よほどつらい目に遭ったのだろう。

そもそも彼は、今まで頑張りすぎてきた。

一番最初の大きな戦いがすでに、乳母の死を乗り越えてのものだったのだ。

今の照魔が心折れるほどの事態がどれほど苦しいものか、察するに余りある。

詩亜は、トゥアールから聞いた話を思い出していた。怪人の侵略に利用されてきた、自分の好きなもののために戦ってきた多くの世界の子供たちの話を。

「照魔さまに限らず……子供がこんなつらい思いしなきゃ維持できない世界なんて、もういいんじゃない？　って思って……」

「恵雲（えくも）くん……」

燐は詩亜にかける言葉を持たず、長い沈黙が訪れた。

けれど、詩亜の肩が小さく震えていると察した瞬間。

燐は詩亜の腕を摑（つか）んで引き寄せ、力強く抱き締めた。

「……燐くん……？」

「……不快なら、振り解（ほど）いてください」

きまり悪そうに念を押しながらも、燐は腕の力を緩めようとはしない。

「それ、こゆとき一番ずりー言葉ですから。燐くんじゃなきゃ振り解くどころか詩亜キックですよ」

「僕が燐くんでよかったです」

いい声で冗談を返され、詩亜は声を上げて笑いそうになってしまった。そして強張った身体から徐々に力を抜き……燐の温もりに身を任せた。

詩亜は創条家の玉の輿に乗るのが夢だ。その目標は、ずっと燐に語って聞かせてきた。

詩亜にとって一番大切なのは、照魔なのだ。

けど、世界はおそらく邪悪女神に支配されてしまって……これから自分たちがどうなるかはわからない。それを考えると、たまらなく怖い。

同情や友情からであっても、今はこの温もりがありがたい。

最後の時間を一緒に過ごすのが、大切な友人なら……それでもいいかなと思った。

「最後の最後まで生きてみっかー……。燐くんと約束したもんね」

「ええ……生きましょう、恵雲くん。……僕たちが諦めたら……」

燐はその先をあえて伏せた。

自分たち従者がいなければ、照魔たちを見送る者も、帰りを迎える者もいなくなってしまう。それを言葉にすることさえ、今の照魔には重みとなってしまうのかもしれない。

けれどせめて、心の中で信じることだけは赦して欲しい。

まだこの世界に、希望はあると。

無垢（むく）に初恋を追い続けた少年を、ずっとそばで見守り続けた者たちとして。

○●

邪悪女神（ゾディアクス）クリスロードが深手を負った。相手がディスティムだったと聞いて、プリマビウスはその豊満な胸を高鳴らせた。彼女は元気な子が大好きだ。

ようやくその気になってくれたのだと、嬉しくなった。

そんなプリマビウスが邪悪女神（ゾディアクス）の居城の廊下を歩いていると、開けた区画に出たところで珍しい光景に遭遇した。

普段邪悪女神（ゾディアクス）会議に参加しない問題児の女神たちが、三人も雁首を揃（そろ）えて目の前に現れたのだ。

「あらあらあらあらあらあら、ええ～？」

プリマビウスの「あら」が大幅に増える緊急事態だ。

「ねえねえ、クリスロードがディスティムにボコされたって～？　あのざこ女神、やっぱ口だけでよわよわじゃん!!」

常に眉を八の字に歪（ゆが）め、ひたすら他者を小馬鹿にするような口調の女神、ルナムシュメ。

ベルトを網の目のように交差させまくった、幾何学模様にすら見える派手な女神装衣をまとっている。

プリマビウスたちの知る姿のディスティムほどではないが、彼女もかなり幼い。

「や、れより、ッディスティムがね、あいつ……やばいでしょお……いいのかぁー？」

呂律(ろれつ)が回っていない、赤ら顔の女神・アレクルノ。

メガサイズのビールジョッキめいた銀の酒器を手にふらついている。

神が醸造した酒に限って酔うことが可能な、天界一の酒乱だ。堂々切って現れた今も、秒で泥酔している。

たすき掛けの女神装衣に沿うように垂れた後れ毛がセクシーだが、べろんべろんでは台なしだった。

とりあえず水飲んでから来いと言いたい。

「つかエクストリーム＝メサイアさまが帰ってこないのが許せなー。エルヴィナにお目付役とかいらんて。ディスティム、さっさとブッ殺せよあいつ」

何故か妙にエクス鳥(とり)のことを気にかけている女神、バルセラフィー。

肩まで垂れた巻き髪をさらに指でくるんくるん巻きながら、物騒なことを口にしている。

自分でエルヴィナを倒しに行こうとはしていないあたり、裏に秘めた考えがあるのかもしれない。

三人が三人とも我(われ)が我(われ)がの話で、全く嚙(か)み合わない。邪悪女神(ゾディアクス)の会議に参加しない不誠実さ以上に、問題を抱(かか)えまくった組み合わせだった。

「ええ～、もしかして今まで三人で仲良しさんしてたの～?」

プリマビウスは三人をしげしげと見つめ、羨(うらや)むように言った。

「「「してない」」」

否定の声だけはバッチリと揃(そろ)う。

「たまたまだよ～?　こんなやつらとつるむの、きもいじゃん」

ルナムシュメが口許に手をやりながら、イラッとさせる笑いを浮かべる。

「私、プリちゃんたちのおことも信用、してないから………つぷ　ゃべちょっと戻った」

アレクルノは一瞬だけ凛(りん)とした顔になってプリマビウスを牽制(けんせい)したが、マジで一瞬だった。

「……ディスティムが本気になったんなら終わるでしょ、人間界。だからあーしたちも準備始めとく」

お手上げのポーズで鼻白むバルセラフィー。

とりあえず三人とも、ディスティムの動向を見て姿を現したようだ。

女神は基本的にみんなヤバい。

珍妙な連中にしか見えないが、彼女たちも天界の頂点である六枚翼(エクストリーム)の邪悪女神(ゾディアクス)。

この先、天界が更なる混沌を極めるのは間違いなさそうだ。

どうやら本当に偶然鉢合わせただけのようで、三人の女神は別々の方へと歩いて行った。

それを見送ってから、プリマビウスは頰に手をやって苦笑した。

「……さて、このまま終わっちゃうのかしらね〜、エルヴィナちゃんの肩入れしている人間界は〜」

自分はエルヴィナもディスティムも、両方好きだ。どちらも応援したい。だからエルヴィナのいる人間界での戦いの結末は、どっちに転んでも楽しいのだ。

プリマビウスは意味ありげに微笑みながら、照魔たちの人間界で始まった神略の行く末を占った。

○

●

死んだようにソファーにもたれていた照魔は、僅かな身動ぎでスーツに違和感を覚えた。

上着のポケットに何か入っている。

虚ろな目で手を差し入れると、長方形型の何かを探り当てた。

トゥアールが出立の際に渡したメモリー媒体だ。彼女は、中に入っているものをこう言っていた。

「……エッチな動画……」

引きつった笑いがこみ上げた。

自分が独り立ちし、本邸から別邸に移り住む際に、大人扱いになった今何をしたいかという話題で従者たちに寄って集って指摘されたのが、「エッチな動画を観る」ことだったのを思い出したからだ。

照魔はメモリーを握り締めた。まだ手にこんなに力が残っていることに驚いた。

自分は仕事を放棄した。悪人なのだ。

非行に走ってやる。悪いことをしてやるぞ。

どうせ人生初のエッチな動画だ、大画面で観よう。

照魔はよろめきながら、壁スクリーンのある会議室に移動した。

巨大なスクリーンで動画を再生すると、まず大写しになったのは赤毛の女の子だった。

愛香の言っていた、ツインテール——髪を二つに結んだ女の子が、カメラ目線でこっちを見てくる。年の頃は、運命芽よりも下かもしれない。

「何ッ……!?」

この子が……!?　いいのか!?

照魔ですら激しく危惧する、その幼さ。

トゥアールの人間性を疑ったが——やはり、エッチな動画というのは比喩だった。

というより、比喩にすらなっていない。

動画にはとある人間界を守るために戦い、そしてついには救った英雄の少女の戦いの歴史がダイジェスト的に収められていた。

そのツインテールの少女の名は、テイルレッド。

戦士として生まれたわけでもない。大いなる宿命を背負ったわけでもない……ただ誰よりもツインテールが好きな、普通の人間だった。

まぶしかった。

照魔のように悩んでは落ち込み、苦悩し……そんな挫折とは無縁の、華々しき戦い。

強く、可愛く、いつもたくさんの声援を受けていた。

しかしそんな彼女も、大きな壁にぶち当たった時があった。

驚くべきは、彼女ではなく、彼——テイルレッドの正体は、自分よりも年上のお兄さんだったということだ。

その時照魔は我知らず椅子から身を乗り出し、スクリーンにかじりついていた。

正体を秘め隠して戦っていたのに、最後の最後で世界中の人間に正体がバレてしまった。

けれど人々の声に支えられ、再び起ち上がった。

自分は正しいのか。世界中の人間を欺いているのではないか。

すでに英雄でありながら葛藤を抱え、しかし自分の愛するツインテールのために戦い抜いた少年。

その金色の勇姿が、照魔の目に焼き付いて離れなかった。

テイルレッドの笑顔を前に、握った拳が震えた。


『お前の女神への愛はぶれた――お前はもう、女神とは戦えない』


ディスティムの言葉が頭を過る。

たった一度困惑しただけで、心の全てを否定されなければならないのか。愛がぶれたと揶揄されなければならないのか。

違う。常に漣一つ立たない美しい水面なら、それはもう心ではない。

時に暴れ、時に逆流するかもしれない……流れる水のように色々な迷いを孕んで、それでも綺麗に光るのが人間の心のはずだ。女神への愛だって同じはずだ。

そしてそんな人間の心の強さ、美しさを体現した存在を今、照魔は目の当たりにした。

手本とするにはあまりに特殊な変人だが……冷え切った胸を熱くさせる、英雄の勇姿を確かに見た。

「……ありがとう、トゥアールさん……」

そしてほんの少しだけ立ち上がれたその足を、強く前へと進めるため。

もう一つの勇気をもらいに、照魔は上階へと向かった。

○

●

メガミタワーの居住区画。麻囲里茶の私室は、そこだけ世界の渾沌から切り離されたかのように美しい静謐に包まれていた。

自動ドアでありながら、扉はどこか遠慮がちに感じるほどそっと開かれる。

ひどく昏い面持ちで部屋に入って来たのは、エルヴィナだった。

照魔が完全に心折れたのを見ては、いかに彼女とてディスティムと継戦する気力は湧かなかった。

戦いから解放されたその細指には、湯気の立ち昇る紙コップが握られていた。

虚ろな眼差しの先には、里茶の写真を収めた写真立てが。

今一歩を踏みだそうとしたエルヴィナは、

「てっきり、燐か詩亜がやってくれているんだって思ってたよ」

自分の背後、死角の壁際からかけられた声に小さく肩を震わせ、足を止めた。

「照魔……」

振り返った先に立っていたのは、照魔だった。エルヴィナより先に部屋にやって来ていたのだ。

里茶に、最後の勇気をもらうために。

「お前に気づかれないぐらい気配を消せてるなら、俺も成長したってことなのかな」

あるいは努めて消したつもりもない気配に気づかないくらい、エルヴィナが憔悴していた証左なのかもしれない。

エルヴィナが手にした紙コップを見つめるうち。照魔は今にも泣きだしそうなほど感極まり、声を震わせた。

「エルヴィナ、お前だったのか……。いつも婆ちゃんに珈琲を供えてくれてたのは……」

おそらくエルヴィナは隠れてこっそり運んでいたわけではないはず。たまたま今日まで照魔とすれ違っていただけだ。

けれど今日それを知ったのは、運命的な巡り合わせのように思えた。

「……あれから毎日、婆ちゃんに会いに来てくれていたんだな……」

「会いに来る……？　里茶はここにはいないわ」

「そこにいなくても、いるって信じて行くことを——人間はそう呼ぶんだ」

照魔はそう言うと、里茶の写真立てを見やり、笑みを浮かべた。

「……鎮魂の行為、ということなのね。けれど女神にその風習はないわ」

口ではそう言いつつも、エルヴィナは自分でも理由がわからぬまま、毎日ここへ足を運んだ。それは図らずとも、里茶への鎮魂だった。

写真立ての隣に珈琲を置き、エルヴィナは語り始める。

「自慢の珈琲だって言っていたわ。私は人間界の嗜好品の味は理解できないけれど……確かに、里茶の淹れたものだけは違った。同じ機械を使っているのに」

女神であるエルヴィナは、人間の摂る食事の味を理解できない。

だから以前にだらける特訓をした時も、周りにスナック菓子やジュースを置くだけで未開封だった。口にすることはできても、ジャンクな味を味覚にぶつけるという本質を成し遂げられないからだ。

そんなエルヴィナが、味覚を超えた何かに訴えるように初めて覚えた多幸感が、里茶の淹れた珈琲だった。

「自分で試しているけど、何度やっても里茶が淹れてくれたようにはならないのよ。ちょっと苦いか、甘いか、どちらか。里茶は私の反応を一目見ただけで、ちょうどいい配分を導きだしたのに……」

照魔はエルヴィナと里茶が二人きりで話しているところを一度も見たことはない。

それでも確かなのは……二人は、良き友人だったということだ。

生命としての種も、見た目の年齢差も関係なく。淡い友情を築いていた。

「……それって、ばあちゃんが淹れてくれたから、余計に美味かったんじゃないかな」

我がことを褒められたように胸を温かくさせながら、照魔はエルヴィナの隣に立つ。

エルヴィナは熱っぽい吐息を落としながら、少しだけ肩を寄せるように照魔に近づいた。

「お互い嫌なことがあっていじけても、一人で遠くに行くことさえできない……生命の共有って、面倒ね……」

「そうだな……」

淡々とした愚痴の言外にあるエルヴィナの優しさを汲み、照魔は穏やかに首肯した。

だから今、言っておきたいことがあった。

言わなければ後悔するであろう、感謝の言葉を。

「俺、天界に行って一番最初に出逢った六枚翼がエルヴィナで、よかった。初恋の女神かどうかは関係なく……エルヴィナだから、戦ってこられた」

照魔の声に導かれるようにエルヴィナは振り返り、その真摯な瞳を見つめ返した。

「シェアメルトでも、リィライザでも……ましてディスティムでもない。他の誰でもない六枚翼のエルヴィナと生命を繋いだからこそ、俺は今ここにいられる」

抱き締め合うように視線を触れ合わせながら、エルヴィナは照魔の静かで力強い言葉を受け止める。

「……そして今もきっと、また頑張ろうって思えなかったはずだ」

その告解の先にある覚悟を悟り、エルヴィナははっと息を呑む。


「もう一度俺と一緒に戦ってくれ、エルヴィナ」


大切な家族の思い出を背負いながら、照魔は決意を固めた。

「この世界に生きる人間として、ディスティムと戦うのは赦されざる罪なのかもしれない……それでも俺は、やっぱりあいつの神略を止めたい。この街と、この世界を守りたいんだ」

触れ合わせた眼差しの向こうに大切な人間の友人の思い出を望みながら、エルヴィナはその覚悟に相応しい声音で応えた。

「照魔……この世界での戦いが始まった時から、私の目的は変わらない」

エルヴィナは決意を輝かせた眼差しとともに、右手を差し出した。

「全ての女神を倒して、創造神になる。そのために力を貸して」

天界で握手が何を意味するかを考え、一瞬手を出そうか躊躇する照魔。

「——決闘の申し込みじゃないわよ。人間界の習わしに従うわ」

もちろん今この場において、天界のルールで握手を求められるはずがなかった。だから照魔も、エルヴィナの心意気に応えるためある提案をした。

「天界のルールだけを蔑ろにする必要はないよ。俺たち二人だけの証を創ろう。こうして握手をするのは——〝力を合わせて戦おう〟の合図だ!!」

「いいわね、それ。これからたくさん創っていきましょう」

人間界と天界の歴史が交じり合い、触れ合った手に絆が結晶する。

あるいは一分一秒が惜しいほどに、重大な局面であるはずであった。

けれどこのビルに戻ってからの一時間にも満たない葛藤は、二人をこれまでよりも遥かに力強く前に進ませるため、不可欠のひとときだった。

照魔は最後に、里茶の写真へと力強い眼差しを送る。

「……俺、もう一度頑張ってくるよ——婆ちゃん!!」

それは今までの呪縛めいた哀しいルーティーンを越え、少年が前に踏み出した瞬間だった。

互いに微笑みを交換し——照魔とエルヴィナは、里茶の部屋を後にした。

そして廊下のリノリウムを打つ足音がどちらからともなく速くなっていき——ついには一陣の風となった。

エントランスに戻っていた二人の従者がそれに気づいて表情を華やがせ、吹き抜けてゆく風に髪を揺らしながら恭しく礼をする。

ドアの向こうに飛び出した風は、神樹都の空高く舞い上がった。

○●

照魔とエルヴィナが去ったUブロック……荒野のような砂と石だけの大地。

地獄の只中にも似た、赤黒く変色した空の下で、幼いディスティムと大人のディスティムは肩を並べて座っていた。

「……照魔とデートしたのか。楽しかったか？」

大人のディスティムが、穏やかな声で語りかける。

「……今頃はお前の住んでいた家のこととか、認識改竄が解けてるかもな……。でも照魔の会社は十分満喫しただろ？」

幼いディスティムは、どこか虚ろな目で黙って話を聞いていた。

「そう言うなって、頑張って再現したんだぞ。……だって、政略結婚とかお前の記憶にあったじゃないか。楽しい思い出になった方がいいと思ってさ」

いつまで経っても、幼いディスティムは反応を返さない。

にもかかわらず、大人のディスティムには何かが聞こえているのか——一拍置いてはまた言葉を紡ぎ続ける。

まるで人形相手に一方的に会話をしているような、哀しい光景だった。

運命芽と二つの生命を一つの身体に繋いだディスティムは、自分の人格を二人のディスティムに分けて同時に話すことはできても、運命芽とディスティムという別々の存在として語り合うことは永久にできないのだ。

咲寺運命芽が守れなかった世界。彼女が消えた後、のうのうと繁栄を取り戻した罪深き人間界は、今度こそ完全に終焉を迎えた。

しかしこれは長い永い戦いの序章に過ぎない。

これよりディスティムは、無限に等しく存在する全ての並行世界を一つ一つ、自分の手でこの人間界と同じように赤黒く染め上げてゆく。

気の遠くなるような、地獄の日々の始まりであり……それを選択したのは、ディスティム自身だった。

「……来た」

急にスイッチが入ったように、幼いディスティムの目に光が灯り、声も発した。

「……ああ、来たな」

大人のディスティムは寂しげに呟き、二人は同時に立ち上がった。

照魔とエルヴィナが元の戦場に辿り着いた時。

そこにいた二人のディスティムが、ゆっくりと振り返った。

成長写真のように、外見年齢だけが違う二人の女神が並んで立っている。

照魔は幼い容姿のディスティムと。

エルヴィナは大人の容姿のディスティムと。

導かれ合うように視線を交錯させ、言葉なく時が流れてゆく。

静かだった。

地球規模のパンデミックが発生しているとは、とても思えない。

四人の周囲は、気高いまでの静謐が支配していた。

やがて照魔が、決意を湛えた顔で一歩進み出る。

「俺が運命芽と戦う。ディスティムは頼んだ、エルヴィナ」

「わかったわ」

どちらもディスティムであることに変わりはない。

しかし照魔はあえて、幼い外見の方のディスティムを運命芽と呼んだ。

一時とはいえ友達として過ごした人間の少女。

その名の通り、運命に翻弄された戦士。

自分が辿るかもしれなかった可能性と、向き合う覚悟を決めた。

「へー、ちょっと意外だったよ。万一また来るとしても、もっと破れかぶれな形相だと思ってた。何かあった？」

運命芽はその幼い声で、嘲るように問いかける。

人間の彼女との思い出がフラッシュバックし、照魔の顔に苦みが差す。

「少しだけ休んできた。仕事中だからな……」

「お前のお仕事は、敵性女神の脅威から人間たちを守ることだろう？　その人間はもうこの世界にはいない……全てが女神だ」

ディスティムが速やかに照魔の心を折ろうと、残酷な事実を告げた。

燐と詩亜だけは守られたようだが、父も母も、学校の友達も、全てが女神の眷属に変えられてしまった。この世界はもう、人間の住む惑星ではなくなってしまった。

ディスティムの言う通り、デュアルライブスは存在意義を失ったのかもしれない。

「——お前が言ったんだろ、自分を倒せば神略は解除されるって……。だから俺は今から、俺たちの世界を取り戻す。お前の好きにはさせない!!」

それでも照魔は、信念を込めて毅然とそう言い返した。

「それはこっちの台詞だ。絶対に止めさせないぞ！」

「……運命芽の世界を、私が取り戻したんだからな!!」

運命芽、ディスティムが同時に笑みを浮かべながら、その決意に対峙する。

「行くわよ、照魔」

「ああ、エルヴィナ!!」

二人の右目が同時に金色に輝き、照魔の左背から三枚の翼、エルヴィナの右背から三枚の翼が出現。並んだ二人のシルエットが左右三対・六枚の翼を威風堂々と誇示する。

エルヴィナと照魔が手を重ね、地面に光の種を落とすと、それは円柱状の光の樹——女神の武器庫・魔眩樹を形成した。

二人は同時に魔眩樹の中へと手を差し入れ、光とともにそれぞれの武装を引き抜く。

「ディーアムド！　オーバージェネシスッ‼」

「ディーアムド、ルシハーデス……‼」

照魔は、白く輝く巨大な剣を。

エルヴィナは、黒く光る二挺の拳銃を手にした。

「この先の戦いは自己責任よ。自分の相手を倒すことだけを考えて。何が起ころうと、何を目にしようと、何を耳にしようと……こっちを気にしては駄目よ」

エルヴィナのひどく回りくどい、不器用な気遣いに苦笑する照魔。

「……そういう時は『私を信じて』って言うんだよ。俺はエルヴィナの勝利を信じる。だから——」

「わかった……あなたが必ず勝つと信じているわ、照魔」

健闘を祈るように互いの武器を触れ合わせ、二人は静かに歩みを進める。

迎え撃つディスティムは、自身の眼前で拳をきつく握り締めた。

その手の平をゆっくりと開いた時、光の粒が浮かび上がり、原子運動の軌跡で輪郭を形作るようにして卵形に成形されていく。

光の卵が爆ぜるようにして割れ、中から二つの閃光が飛び出した。

それは二人のディスティムの両手にそれぞれ吸い込まれてゆき、二対非対称、白と赤の短剣となって握られた。

「『ディーアムド……ターミネイトサバイブ!!』」

運命芽とディスティムの、どちらの両手にも。

歩みを止めず、小さな感嘆を漏らす照魔。

「ターミネイトサバイブも二対に増えるのか……」

一本ずつ分け合って使用するかと思っていたが、その考えは少し甘かった。

「闇雲に形を変えるだけがディーアムドの強化じゃない。同等の力を備えたまま二対に分かたれる……これが私のディーアムドの第二神化だ!!」

ディスティムは事も無げに言い放つが、恐ろしい強化だ。シンプルに二倍の強さになるに等しいのだから。

「ならこっちも、最初から第二神化でいくぞ!!」

白き聖剣の刀身に走る黒いラインがまばゆい蒼に輝き、二挺拳銃の闇色の銃身に真紅のラインが奔る。

照魔とエルヴィナは復活した武器を手に、それぞれの相手へと突っ込んでいく。

人間なき人間の世界の上で、決戦の火蓋が切って落とされた。

「だあああああああああああああああっ!!」

我武者羅に。後先考えず、一瞬でも早く次の一打を。

照魔は信念を込めて、白き聖剣を振るう。

それを受けるは、運命芽の白と赤のターミネイトサバイブ。

互いの武器の斬線は消える暇もなく、際限なく重なる。あたかも力を合わせて文字を描いているかのように、宙に色濃く残り続けた。

「やるじゃないか、照魔!!」

運命芽が満面の笑みで賞賛してくる。

ディスティムと思考を共有しているのか、別個の人格なのか、それすらも判別できない。

不意に照魔は息苦しさを感じ、剣を手にしていない方の左手で喉に触れた。

「ぐ……！　い、きが……!!」

おそらく運命芽の、ディスティムの権能である物質変換――剣を撃ち合いながら周囲の酸素が消費されていったのだろう。空気の存在を意識しては駄目だ。

照魔の身体は女神力で形成された防御力場で守られている。刃物で生身を斬りつけられても火花が散る程度で済むのは、このためだ。

しかし人間の本能として、呼吸するのを止めることはできない。

ディスティムが自身のパワーに変換できる対象は、彼女の剣が触れた瞬間だけだ。時間差で物質変換することはできない。

吸い込んだ空気が肺の中で刃物に変わったらなどと想像するとぞっとしなかったが、それならばまだ対処のしようはある。

あえて運命芽に向かって突っ込み、受け止められた剣で力任せに押し出していく。

果たしてさっきまで立っていた場所から距離を取ると、酸素は復活した。常に移動し続けることで窒息は免れる。

「よく気づいたなー！」

運命芽はにっこり笑って賞賛してくる。

自分に抱きついてきた時の、会社で仕事を覚えようとする時の、彼女の笑顔が重なった。

運命芽の希望で、彼女と握手をしたことを思い出した。あの時の握手は友好の証と信じているが……結局今、自分たちは天界での握手が示す通り死闘を繰り広げている――。

照魔はこみ上げてくる様々な感情に歯を食いしばって耐え、白き聖剣を振りかぶる。下段からの斬り上げで、運命芽の身体を浮き上がらせた。

「ぐぅおおおおおおおおおおおお……!!」

照魔は血を吐くような叫びとともに、そのまま連続で斬りつけていく。

蒼い剣閃は実体を持ち、女神力で形成された光の刃・魔眩斬閃と化して運命芽に斬りかかる。これまでにない精密なコントロール力で、無数の刃が飛翔する。

運命芽は左右の手に握ったターミネイトサバイブを乱舞させ、繰り出される斬撃を受け止めていった。

「ホントに強くなったぞ、照魔……。人間ってのは不完全だからこそ、何かがきっかけで大化けする！　だから面白いんだー!!」

男子三日会わざれば刮目して見よ——という言葉があるが、敗走した照魔がこの戦場に戻ってくるまで三日どころか三時間と経っていない。

だが僅かな時間で大きく強化れるのが、心の力。それを操る人間の特性。

創条照魔の心の強さは、六枚翼女神をも驚嘆させるほどに強く輝いていた。

「けどなあ……人間界に、お前のような英雄なんて必要ないんだ！　そんなものを祭り上げて全ての責任を押しつけるから、救いようのない絶望が生まれる!!」

運命芽も負けてはいない。信念を振り絞りながら、攻撃の速度を上げていく。

「人間はただ、女神を崇めていればいいんだっ!!」

ターミネイトサバイブでX字に斬りつけられ、照魔は大きく吹き飛ばされた。

すかさずオーバージェネシスを地面に突き立ててブレーキをかけ、照魔は運命芽を強い眼差しで見据えた。

「……英雄ってのは、自分だけで何でも解決しちまうような超人のことを言うんだろ？」

引き抜いた剣を構え直し、全力で疾駆しながら、照魔は叫ぶ。

「俺は一人じゃ何にもできない……だから英雄じゃない、英雄になるつもりもない!!」

照魔のオーバージェネシスが運命芽の脇腹に命中し。

「それじゃあ、お前は何なんだっ！　創条照魔ー!!」

運命芽のターミネイトサバイブが照魔の両肩に落とされる。

「俺は女神会社デュアルライブスの社長だ！　社長として……仕事として戦う!!」

「馬鹿だな……仕事などと！　人間が一番忌み嫌うただの義務じゃないか！　渋々やるだけ、できるだけ楽をしたい！　そんなくだらない肩書きを背負って、何ができるんだっ!!」

「神が勝手に人間のことを決めつけるな！　仕事が楽しいか楽しくないか、一生懸命やるかやらないかは人それぞれだ!!」

それぞれの身体に武器を叩き込んだ状態で膠着しながら、両者は刃よりも鋭い言葉を交わし合う。

「女神災害から世界を守る——それを仕事に選んだのは、俺自身だ。デュアルライブスは、俺のかけがえのない誇りなんだっ!!」

照魔と運命芽は同時に武器を振り抜き、両者の身体から激しい火花が舞った。

ふらつく身体を励ましながら、照魔は剣を天に掲げた。

「俺の全てを懸けてこの業務に取り組む！　そして世界を守ってみせる！　それが……！　社長だ――――――っ!!」

照魔の魂の叫びとともに、白き聖剣オーバージェネシスは開き、拡がり、伸び――厳かな刀身が、その中に秘められていた光り輝く回路のような核を剝き出しにして、第三神化へと進化した。

一方エルヴィナは、照魔よりさらに苛烈な消耗戦を受けて立っていた。

二挺拳銃ルシハーデスと二本の銃剣ターミネイトサバイブが、絶え間なく光弾を撃ち合い続ける。

「照魔の戦い方、はっきりと変化しているな。あの異世界の女たちの影響か……自分の男を他の女に染め上げられた気分はどうだ？」

ディスティムの挑発にも、エルヴィナは応じない。自分の相手以外を見るなと、照魔と誓い合ったからだ。

「だけど安心しろ。まずはお前たちを倒し……その後で私が、あの科学者の女を見つけ出して倒す……!!」

「悪いわね……あの子たちには私の先約があるのよ」

しかしその言葉には、エルヴィナははっきりと怒気を湛えて反応した。

「創造神になったら、本気で戦い合おうって――――!!」

大剣と短剣で激突している照魔と運命芽以上に、二挺拳銃と二本の銃剣とで戦うエルヴィナとディスティムは武器の特性が酷似している。

相手の撃った弾を己の銃撃で撃ち落とす、その激突の切れ間に肉薄しては徒手格闘を繰り広げる、互角の攻防が続いていた。

エルヴィナの戦闘力に感嘆し、ディスティムは見る見る口端を吊り上げていく。

「天界で言ったよな、私とお前の戦いこそが女神大戦だって……今がその時だ!!」

「その時に言ったはずよディスティム、一方通行だって。私はあなたに特別な感慨なんて持っていない……排除すべき敵というだけよ!!」

二人の女神は、それぞれの武器を握った拳を撃ちつけ合った。

「照魔ならわかる。あいつには、私の神略を止めるために戦う資格がある――――!!」

ディスティムは力任せに拳を払い、エルヴィナを睨みつける。

「……だけどお前は違う。女神大戦でないと言うなら、お前の戦う理由は何だ!!」

「いちいち面倒な理由なんて用意しないわ。私はその時、戦いたい相手と戦うだけ」

エルヴィナは冷淡に返し、ルシハーデスの銃口を眼前のディスティムへと向けて構えた。

「今はあなたを倒したくて仕方がないのよ、ディスティム――――!!」

四方八方に乱射された紅い魔眩光弾が、意思を持ったように屈曲してディスティムに殺到する。

ターミネイトサバイブで斬り払いながらも何発かが身体の各所に被弾し、ディスティムは舌打ち交じりに飛び退った。

対抗するように大きく鼻を鳴らしながら、エルヴィナは悠々と歩みを進める。

「結局あなたは、自分と似た境遇の私と照魔が幸せなのが気に食わないのね？　トゥアールたちが自分の世界を守り、英雄となったことが憎いのね？」

気づいたとしても普通は口にしないであろう辛辣な言葉を、エルヴィナはあえてディスティムに投げかけた。突きつけなければならない事実だった。

「……ああ、気に食わないし、憎いかもな。だったらどうする？」

意外にもあっさりと認めたディスティムを、エルヴィナはより厳しい目で睨む。

「一つだけ言えることがあるわ。女神は基本的にマウントを取る生態だけれど……そんなことは関係ない。自分が幸せなことを罪に思う必要なんて絶対にないし……それを邪魔するあらゆる存在を徹底的に倒すべきだわ」

不幸な他者の気持ちを汲み、自分の幸せを卑下してしまう……照魔の優しすぎるほどの優しさを、エルヴィナは暗に窘めた。

「これは女神も人間も関係ない、生命ある全ての存在が持つ権利よ。だから私はあなたの神略を止める……この人間界のためではなく、照魔の幸せを守るために」

それを聞き、ディスティムは総身を戦慄かせる。

嫉妬と呼ぶにはあまりにも哀しい憧憬。

運命芽が照魔の未来の可能性だと言うのなら、照魔もまた、運命芽が歩めたかもしれない可能性の未来だった。

相互依存ではなく、互いに強く支え合う。高め合ってゆける。

これほどまでに理想的な関係を、人間と女神が築くことができるなんて。

ディスティムは……照魔とエルヴィナが羨ましかったのだ。

それを認めてしまったからこそ、彼女はエルヴィナに勝利するほかなくなってしまった。

「……あの子は！　運命芽は、その権利を行使することすら赦されなかった!!」

言いながらディスティムは、必殺の飛び蹴りを放ってきた。

「……好きなだけ悲しむといいわ。それはあなたの権利よ……だけど!!」

エルヴィナはかっと目を見開き、身体を捻りながらディスティムの下へ滑り込んだ。

「言ったでしょう――私も私の権利を行使して、あなたを倒すまでよ!!」

蹴りとすれ違いざま、ディスティムの身体にルシハーデスを接射。

ディスティムは大きく跳ね飛ばされ、手をつきながら地面に着地した。

ふらつく身体に活を入れ、エルヴィナは二挺のルシハーデスを胸の前に突き出した。

銃身の上部と側部とでL字に結合した黒き神銃ルシハーデスは、開き、拡がり、伸び――

闇色に輝く銃身が、光り輝く回路のような核を剝(む)き出しにしながら何倍にも伸長。第三神化(フェイズスリー)への変形を遂げた。


同じ世界の守護者であっても、戦いに懸ける覚悟が違う。

同じ戦闘好きであっても、戦いに臨む際の精神の純度が違う。

照魔(しょうま)と運命芽(さだめ)。

エルヴィナとディスティム。

それぞれ酷似した背景を持つ存在でありながら、心の在りようが決定的に違っていた。

それぞれ第三神化(フェイズスリー)の武器を構えた照魔とエルヴィナは、示し合わせるでもなく同時に発射。

聖剣から撃ち放たれた蒼(あお)き斬光が、運命芽へ。

黒い長銃から撃ち放たれた紅き極光が、ディスティムへと直撃した。

吹き飛ばされ、期せずして近くに倒れ込む運命芽とディスティム。

照魔とエルヴィナは息を荒らげながら互いの相手を見据え、肩を並べて立った。

「お前には任せられない、ディスティム。悲しみに任せて世界を変えても、同じくらい悲しい世界ができ上がるだけだ」

照魔は決然と言い放ち、オーバージェネシスの切っ先を真っ直ぐ前に向けて構える。

エルヴィナは照魔に身体(からだ)を寄せ、ルシハーデスの銃身をオーバージェネシスに密着させた。

二つのディーアムドが、光とともに融合し始める。

物質を変換しなくても、形は変わる。

照魔とエルヴィナのディーアムドは、戦いの度に進化を遂げてきた。

「力を解放し、輝きを示せ！ オーバージェネシス、ルシハーデス!!」

そして今。心を結んで二人のディーアムドを合体させることにより、ついに全女神未踏の第四神化（フェイズフォー）へと到達したのだ。

死闘の只中に似つかわしくない喩（たと）えだが、合体武器を二人で手にするその構えは、ウェディングケーキに入刀する新郎新婦を思わせた。

「次代（つぎ）の女神は――双神（おれたち）だ!!!」

照魔の裂帛（れっぱく）の咆哮（ほうこう）が、天を焦がす。二人で振りかぶった剣から、束ねられた女神力（めがみりょく）の光条が放たれた。

「「――――!!」」

運命芽とディスティムはターミネイトサバイブを構え迎撃しようとするが、巨大な光の中へと為（な）す術（すべ）なく呑（の）み込まれていった――。

地表の形が変わってしまったのではないかという巨大な溝の中心に立ち、運命芽とディスティムは初めて呼吸を乱していた。

その二人の手にはもう、何も握られていない。

四本のターミネイトサバイブは、ディスティムの身代わりになって粉々に砕けた。

万物の理を超えた女神の権能――女神力だけは、いかに生殺の神起源を持つディスティムとはいえ別の物に変換することはできない。

周囲の物質変換が追いつかないほどの放出量で自分たちの女神力をぶつける、これがターミネイトサバイブの唯一の攻略法だった。

照魔とエルヴィナは、賭けに勝ったのだ。

「……さすがだなー。照魔、エルヴィナ……」

「これが〝進化〟の神起源か………」

運命芽とディスティムは、口々に照魔とエルヴィナを賞賛する。

追いつめられた者の目ではない。この先に待つ死闘への期待で瞳を輝かせていた。

「……とことんまで戦うつもりか……!!」

彼女たちが何をしようとしているか察し、照魔が歯噛みする。

二人のディスティムの翼が根元から取れるようにして地面に落ち、光の輪となって彼女たちを包み込んだ。

空間がピクセル状に綻び、幾何学模様を描きながら周囲を変質させていく。

白と黒、二つの光が異形を形作っていった――。

役職：女神（六枚翼）

ディスティム（オリジン）

女神真名

「幾度と交わり永劫に重なる一つの魂」

真のディスティム。
しかしこの姿も運命芽の容姿が少し反映されたものであり、本当の彼女を知る者はいない。あらゆる物質や元素を意のままに新たな存在へ創り換える、創造神にもっとも近い女神。

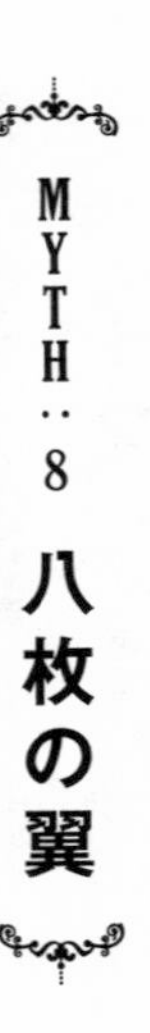

MYTH:8 八枚の翼

二人のディスティムは融合して一つになることなく、白と黒、二つの巨大な光にそれぞれ変貌していった。

追いつめられて発動する最終兵機としてではなく。自身の限界戦闘力(マックスパワー)を繰り出すための、更なる攻めの手段として――。

そしてついに禁忌(きんき)の存在・ディーギアスが二体、神樹都(かみきど)Uブロックの只中に出現する。

双子座(ジェミニ)のディーギアスでありながら、二体は似通うどころか全く相反すると言っても過言ではないほど対極の姿をしていた。

一体は両肩に備わった曲刀めいた巨大な刃をはじめ、肘や膝、手足の爪に至るまで全身に刃を備えた、黒い魔獣のディーギアス。ジェミニB(ブラック)。

もう一体は、細くしなやかな肉体を装甲で覆い、やはり同じ全身各所に刀剣めいた鋭いパーツを備えた、神聖な聖騎士を思わせる白いディーギアス。ジェミニW(ホワイト)。

禁忌の存在の中でも、さらに禁断の魔神。

エルヴィナは、その瘴気にも似た波動を感じ取った。

「絶対に止めるわよ、照魔──あれは、人の世界にあってはならないディーギアスだわ」

「ああ……これがディスティムとの、最後の戦いだ‼」

照魔はエルヴィナと向かい合い、絶対にお互い以外が目に入らない間近で金色の右目を向け合った。

照魔とエルヴィナの翼が地面に落ち、光の輪となって重なる。

意識とともに、肉体が金色の光の中に吸い込まれていく感覚。

空間がピクセル状に綻び、幾何学模様を描きながら周囲を侵食していく。

天界でも人間界でもない、神の理を超えた異空間から、それは姿を現す。

光の殻を突き破り、新たな産声を上げる感動。

轟然と立ち昇った光が天を貫き、徐々に巨大なシルエットに凝縮されていく。

黒鉄の巨神・ディーギアス＝ヴァルゴが、この人間界の悲劇に決着をつけるべく威風堂々と顕現した。

華麗に空高く跳躍するジェミニWと、獣めいた獰猛さで地面を砕きながら爆走してくるジェミニB。

対照的な機動の二体のジェミニに、ヴァルゴは真っ向から突っ込んでいく。

どんな戦法を取ってくるかと思いきや、二体はどちらも拳をヴァルゴに撃ち込んできた。

しかしジェミニBは全身の刃に加え、一際(ひときわ)巨大なブレードが右腕に。

ジェミニWは全身の刃に加え、極めて長いブレードが左腕に。

巨大な刃を左右に備え、それを活かした攻撃を織り交ぜてくる。

二機のジェミニは、ただ暴れるだけで相手を斬り裂く魔神だ。

触れ合う相手全てを傷つけるジレンマを備えた動物のように、ただ他者を殺傷せしめることに特化した悲しき肉体であった。

〈肉弾格闘……ディーギアスが……!!〉

攻撃を受けるごとに刀傷を負いながら、苦悶(くもん)の声を上げる照魔(しょうま)。

〈二人で一人の女神のお前たちでは、一神二体のディーギアス＝ジェミニには絶対に勝てない!!〉

左右から挟み潰すように突進を仕掛ける二体のジェミニ。

声が発せられているのは、ジェミニB……大人のディスティムだけだ。ディーギアスになってからはもはや、運命芽(さだめ)の声は聞こえなくなった。

加速性能はディスティムだった時と何ら変わらない。この巨体でそれを為(な)すことは、手のつけられない破滅が暴れ回っているも同義だった。

吹き飛ばされるだけでソニックブームが発生し、地面が爆裂していく。

〈これから敗(ま)ける者ほど、自分が何故勝てるかを口喧(やかま)しく吠え立てるわ〉

　しかしエルヴィナはジェミニの攻撃に徐々に対応していった。

　どれだけ蛮性を高めようと、根幹の動作はディスティム。

　天界で一番多く自分に勝負を挑んできた、勝手知ったる女神の動きだ。

　ヴァルゴの背にあるリングが発光。そこから血液が全身に脈動していくように、光のラインが疾(はし)っていく。

　その光が頭部にまで及んだ時、バイザーの下の双眸(そうぼう)が闘志の輝きを放った。

〈せっかくディーギアスになったところ悪いけれど……あなたも敗北が近いわね、ディスティム〉

　ヴァルゴの下胸部の装甲が弾(はじ)け、左右それぞれからさらなる二本の腕が飛び出した。

　下の二本の腕で二機のジェミニの動きを食い止め、上の右腕に魔法少女のステッキに打棍が装着されたような見た目の武器を握り、振り回す。

　星のような形の光が振り散って二機のジェミニにまとわりつき、返す刀として打ち込まれた柄尻(つかじり)のメイスがそれぞれの胴を直撃した。

〈……リィライザのブレイバーマギアか……!!〉

　魔力と物理破壊力を兼ね備えたブレイバーマギアの連撃に、ジェミニBからディスティムの憎々しげな声が響く。

　ヴァルゴはすかさず上の左腕にラインバニッシュを握って一閃(いっせん)し、空間もろとも二体のジェミニを吹き飛ばす。

〈自分自身とさえ連携が取れない……お前はお前を信じ切れていない！　それがディーギアス＝ジェミニの弱点だ!!〉

照魔は猛く叫ぶ。これまで戦った女神の全てが、自分たちの力になる。たとえ一対二であろうと、照魔とエルヴィナ二人の力を結集したヴァルゴは負けはしないのだ。

地面に倒れ込み、ピクリとも動かない二機のジェミニ。

不気味な静寂が辺りを覆う。

〈……いいアドバイスだ、照魔。聞こう……そして、克服しよう〉

ディスティムがやおら不敵に微笑むと、二機のジェミニは静かに起き上がり、同時に双眸を発光させた。

〈私は運命芽と力を連携せる――〉

○　●

照魔とエルヴィナがディスティムと激戦を繰り広げている最中。

女神パンデミックの渦中にある人間界に、更なる厄災が降りかかっていた。

無数の邪悪女神が、前触れもなく神樹都に出現したのだ。

その数は二枚翼と四枚翼を合わせて一〇〇を超えようという、かつてない大部隊だった。

デュアルライブスの自社ビル、メガミタワーの高層階にある部屋の全面窓の前で、マザリィは神樹都を蝕んでいく女神の群れを静かに見下ろしていた。

彼女の隣には六人の近衛女神、そして後ろには十数名の二枚翼の部下が控えている。

「マザリィさま、あれって……」

近衛女神の一人、黄色の髪の女神が不安げに尋ねる。

「照魔くんとエルヴィナが、ディスティムとの戦いで手が離せないのをいいことに、漁夫の利でセフィロト・シャフトを破壊するつもりでしょう」

セフィロト・シャフトはアロガディスの侵攻以来、破壊対象として天界に認識されている。最も明確にして明快な、人類による『心の私的利用』の象徴だからだ。

下級の女神たちにとってはおいしい「得点対象」であり、モブメガのディーギアスが執拗に狙うのはそのためだ。

まして今は、守護者である照魔たちがディスティムとの戦いから離れることはできない。

そして世界に住まう人間自体がディスティムの神略で女神化の最中であり、「人間を理由なく殺傷するべからず」という天界の原則を気にかける必要もない。

邪悪女神たちにとって、またとないチャンスなのだ。

「……このままじゃセフィロト・シャフト壊されちゃう！　私たちで止めましょう!!」

緑髪の女神が、身を乗り出して訴える。

「なりません。邪悪女神(ソディアクス)たちが正式な神略を行っている時、神聖女神(セイヴアリド)がそれを止めることは天界の規律に反します」

マザリィは厳しい口調で一蹴(いっしゅう)した。彼女たち神聖女神(セイヴアリド)は女神会社デュアルライブスに所属しながら、これまで頑(かたく)なに戦闘には参加してこなかった。

それはひとえに、女神にも人間にも肩入れをしないという中立の立場を堅持するためだ。

このビルにいた二人だけの人間、詩亜(しあ)と燐(りん)をディスティムの神略から守った一点すらも、正式な神略に対しての行動としてはグレーなのだ。

「でも照魔(しょうま)くん悲しみますよー……」

「最長老、もういいじゃないですか……私たちも戦いましょうよお」

藍色の髪の女神、桃色の髪の女神にせっつかれても、マザリィは決して首を縦に振ろうとはしない。

「いつも言って聞かせているでしょう、女神は特定の人間界に肩入れしてはなりません！　邪悪女神(ソディアクス)ならばいざ知らず！　わたくしたち神聖女神(セイヴアリド)が中立を貫き、規律を重んじなければ、天界はどうなってしまうというのです!!」

「……もうだいぶ、ヤバいことになってる……」

「てか、ディスティムのやってるこれこそ、天界的にどうなんですか？」

灰色の髪の女神が鋭く指摘し、さらに赤髪の女神が赤黒く染まった空を指差して言ってもなお、マザリィの頑なな態度は変わらなかった。

もう仕方ないから私たちだけで行こう——近衛女神たちが示し合わせるように視線を交わし合ったその時、彼女たちの身体(からだ)は光に包まれた。

次の瞬間、近衛女神と部下の女神たちはメガミタワーすら離れ、セフィロト・シャフトの間近の広場にやって来ていた。

無論、その中心にいるのは錫杖(しゃくじょう)型のディーアムドを掲げているマザリィだった。彼女が得意の転移術で、部下とともに邪悪女神(ゾディアクス)たちに対峙(たいじ)する位置まで瞬間移動したのだ。

眼前に展開する、邪悪女神(ゾディアクス)の大部隊。

セフィロト・シャフトを背に、マザリィはヤケになったように大きく嘆息する。

「いろいろ理由は作れますが……もう、面倒です！　天界から罰があるならあればよい！

ええそうですとも！　わたくしは、照魔くんの助けになりたいのです!!」

マザリィの本心を聞き、近衛女神たちは次々に破顔していく。

「……エルヴィナも言っていましたしね！　例外を認めずにいればただ停滞するだけだと！

わたくしだってやる時はやりますわよ!!」

何もしないのは罪……それでは照魔の力になれない。よりにもよって怨敵(おんてき)であるエルヴィナに告げられた言葉に、マザリィは心動かされたのだ。

「総員、ディーアムドを顕現なさい!!」

完璧な優等生が、些細(ささい)で無意味な校則を思い切って破る瞬間のような。

吹っ切れて清々しい笑みとともに、マザリィは手にした錫杖(しゃくじょう)を天に衝き上げた。

「「「「「ディーアムド、バリヤードエイジ!!」」」」」

近衛女神たち各々が握る共通の柄部分を中心に、剣、弓、斧……様々な武器が成形される。

照魔(しょうま)が初めて戦った四枚翼(エクシード)の女神・アロガディスが細い刀身の剣を形作っていたように。

バリヤードエイジは女神の汎用武装。柄だけが共通の形をしていて、それをどのような武器に変化させるかは使い手の女神次第だ。

邪悪女神(ゾディアクス)たちは、完全武装した神聖女神(セイヴァリド)たちをはっきり敵対者として認識した。

昆虫、動物、植物……さまざまな生命の特色を備えた無数の女神たちが、マザリィたちに向け進撃を始める。

しかしその矢先。最前線に立つ数体の邪悪女神(ゾディアクス)が、突如として上空より吹き荒れた突風によって紙屑(かみくず)も同然に吹き飛ばされた。

何事かと空を仰ぐマザリィの前に、巨大な赤い光が浮遊していた。

恒星が最も安定し力強い輝きを放つ赤色の段階を思わせる、普遍の強さを象徴する朱色の煌(きら)めき。その光は気高く神々しい巨大な鳥の姿を表し、雄々しい六枚の翼を天に広げた。

天界の門番、エクストリーム＝メサイアが、本来の勇姿で神聖女神(セイヴァリド)たちの前に現れたのだ。

「エクストリーム＝メサイア……。良いのですか、あなたが中立を守るべき重みは、わたくしの比ではないでしょう」

マザリィが心配そうに声をかけると、エクストリーム＝メサイアはニヒルに微笑(ほほえ)んだ。

〈お前は知らぬだろうが、我はすでに一度、照魔少年が戦場(いくさば)へ向かう手助けをしている〉

「ええっ!?」

まだマザリィが人間界に降り立つ前の話なので無理もないが、エクストリーム＝メサイアはアロガディスと戦う照魔の露払いをしたことがあるのだ。

「だ、だからといって二度していいとは……」

マザリィはなおも気遣いの言葉をかける。エクストリーム＝メサイアをエルヴィナのお目付役に任命して人間界に送ったのは自分だけに、罪悪感もあるのだろう。

〈我も天界の意思に忠誠を誓い、数百万年にわたり勤め上げた……しかし我が離れた途端に天界の神秘を守る嘆きの門の価値は失われ、この通り無法が罷り通っている〉

エクストリーム＝メサイアは今一度、決意表明のように六枚の翼を羽撃(はばた)かせ、モブメガをさらに数体吹き飛ばした。

〈お役御免というならば、天界から退職金をもらわねば割に合わん……二度や三度の我が侭、貫かせてもらう!!〉

それを見て、マザリィは痛快そうに苦笑した。

「すっかり企業人(びと)ですわね」

〈女神会社デュアルライブスの受付嬢だからな〉

マザリィは厳(おごそ)かに頷(うなず)くと、錫杖(しゃくじょう)型のバリヤードエイジを高々と天に掲げた。そして群れなす邪悪女神(ゾディアクス)たちに、気高き宣戦布告をする。

「さあ来なさい、無法者ども！　わたくしの名はマザリィ！　エルヴィナを下し勝利した、天界の頂に立つ女神！　わたくしの言葉が聞けぬと言うのなら、このエクストリーム＝メサイアが相手です!!」

〈……お前はもう少し企業人の自覚を持つべきだな……〉

嬉しそうに皮肉りながら、エクストリーム＝メサイアは邪悪女神(ゾディアクス)たち目掛けて飛翔(ひしょう)。

マザリィとその近衛女神も、後へと続いた。

○●

ジェミニB(ブラック)とジェミニW(ホワイト)は突然向かい合ったかと思えば諸手を広げ、嚙(か)みつかんばかりの勢いで抱き締め合った。

〈!?〉

照魔の困惑を余所に、ジェミニは互いの身体が壊れることすら厭わずに強く、強く抱き合い続ける。そして、肉体を一つに融合させていく。

互いに絶対に離れたくないという恐怖にも似た愛がもたらす抱擁こそが、ジェミニの合体の本質だった。

正中線で左右それぞれに白黒の肉体を分かつのではなく、螺旋のように絡みついて形成された異形の全身。

魔獣の黒い翼と白い光輪を背に拡げ、ヴァルゴの奥の手である四本の腕を初めから備えている。

その異様は、暗黒に染まった聖騎士。聖邪兼ね備えた神の化身であった。

〈ディーギアス＝トランジェミニ〉

ディスティムの声が、厳かに響く。

双子であるからこその双子座は一つになったことで今、神話を超えた。

新たな星の輝きとして地上に降誕せし、究極のディーギアス。

ディーギアス＝トランジェミニが、大地を轟かせながらヴァルゴへと近づいてゆく。

〈運命芽と一つにならなければ、私だけではこの強さまで辿り着けなかっただろう〉

完全体として生を受ける女神は、極端な成長を見込めない。また、その必要もない。しかし外的要因と交じり合うことで新たな可能性が生まれ、女神は全く新しい力を手にすることができる。

照魔とエルヴィナが証明し続けてきた強さと同等のファクターを、ディスティムは運命芽との生命で獲得していたのだ。

ヴァルゴのエナジー・リングは残り二画。

消耗し始めた自分たちと、新たな生命の脈動に輝くトランジェミニ。残された女神力の差は歴然だった。

トランジェミニはゆっくりと一歩を踏みだし——地面を爆裂させてかき消えた。

〈速い——!!〉

エルヴィナは驚嘆しながらも、戦闘本能で反応。手にしていたラインバニッシュを咄嗟に持ち上げた。

真横から突き出されたトランジェミニの右腕の巨大剣が、ヴァルゴの頸の直前でラインバニッシュに阻まれていた。

しかし間一髪で防御が間に合ったのも束の間、すぐ様ヴァルゴの周囲を旋風が駆け巡る。

まずは左手のラインバニッシュが叩き落とされ、次にブレイバーマギアを握った右手首に白い刃が深々と突き刺さった。

〈ぐっ……あああああああああ……!!〉

照魔が激痛に喘ぎ、ヴァルゴがたたらを踏む。

ディーギアスの痛覚はそのまま照魔とエルヴィナに等分される。特に人間であり子供である照魔は痛みでブレイバーマギアを取り落とし、ヴァルゴは空手となってしまった。

〈これが英雄ってものなんだろう？ 何度倒れても、諦めずに立ち上がり、その度に強くなる……そして最後には、悪を倒す!!〉

皮肉めいた嘲りとともに、さらに速度を上げるディスティム。

〈とうとう私たちを悪呼ばわりまでするとはね〉

冷ややかに嘆息するエルヴィナ。ヴァルゴは残った下側の左右の腕にオーバージェネシスと一挺のルシハーデスを装備。迎撃を試みる。

だがオーバージェネシスの横薙ぎの一閃が捉えたのは、トランジェミニの加速移動で宙に刻まれた爆発的な衝撃波だけだった。

背中に蹴り込まれてよろめきながらも、振り返りざまにルシハーデスを連射するヴァルゴ。

紅の魔眩光弾が捉えたのは、またしてもトランジェミニが移動した後の大気の爆裂跡だけだった。

ヴァルゴの懐に飛び込むや、大きさの違う白黒四つの拳を猛烈なラッシュで叩き込んでくるトランジェミニ。

二体だった時よりも攻撃が激しい。ヴァルゴは防御しきれずに被弾していく。

腕、足、肩――トランジェミニの刃が、徐々にヴァルゴの肉体を切り刻んでいった。

このままでは一方的に嬲り殺しにされる。ヴァルゴは防御を捨て、肉を切らせて骨を断つ戦法でトランジェミニに摑みかかろうと覚悟を決めた。

しかしトランジェミニはその動きを察知したように大きく飛び退り、土砂を巻き上げて着地する。

静寂の中ヴァルゴのエナジー・リングがまた一つ消え、完全に追いつめられた形となった。

いつからだろう。照魔はヴァルゴの視覚を通し、周囲が妙に暗くなり始めているのを感じていた。

まだ日没には遠い。胸騒ぎがして空を仰ぐと、赤黒く変質した空とは別に、漆黒の帳が下り始めていた。

はっとして足元を見ると、地面が消え、黒い絨毯が地平線の彼方まで広がっていた。

〈宇宙……!? 神樹都に、宇宙が!?〉

愕然とする照魔。

局所的な尺度ながら、ディーギアス＝トランジェミニは一個の小宇宙を創りあげていた。

物質変換能力の極致。

まさに創造神に比肩しうる、度外れた権能だった。

〈守るべき世界から、お前を追放した。宇宙に一人取り残された気分はどうだ？〉

虚数宇宙は本来の宇宙と融合を始める。

トランジェミニとヴァルゴは僅かずつ、現実の宇宙空間へ向かって移動し始めていた。

地球が遥か眼下に輝いている。

踏みしめる大地もない孤独な宇宙の只中、水を得た魚のように速度を増幅させるトランジェミニ。

〈シェアメルトも罪なことをしたな。生死をかけた戦いに一度でも助けが入れば、その後も生存の選択肢の中に必ず『他者の助力』が刻まれる……〉

反対に神樹都を離れたヴァルゴは、先ほど以上にトランジェミニの猛攻に翻弄されていた。

〈ましてお前たちは異世界からの来訪者にも助けられた。二度も他者の介入で生命拾いした以上、窮地に立つとどうしても誰かの助けを期待してしまう〉

〈何を！〉

照魔は愛香の言葉を思い出していた。彼女が危惧していた「不用意に助けることで追いつめられた時の爆発的成長が阻害される」点を、ディスティムはそのまま指摘してきている。

照魔もエルヴィナも、他者の助力を事ここに至って期待などしていない。しかし為す術なく甚振られている今の状況では、ディスティムに言い返すことはできない。

〈私は独りで戦い続けた……誰の助けもなく、運命芽に勝利を捧げ続けたんだ!!〉

ディスティムは憎悪に震える叫びとともに、別のディーアムドを出そうとしたヴァルゴの手の平を左腕の白い刃で貫いた。

〈うぐあああっ……！〉

照魔は苦悶の声を上げながら、宇宙の只中でたたらを踏む。

〈終わりだ……創条照魔。お前は人間最後の英雄として、生命無き宇宙に消えてゆけ〉

トランジェミニは四つの掌に女神力を凝縮させ、白黒がマーブルに交ざり合う光球に変えて一気に解き放った。


〈凄殺……！　ターミネーションノヴァ――――!!〉


放たれた四つの光球はヴァルゴの眼前で混じり合い、色彩を持たぬ〝無〟の球と化した。

ヴァルゴの全身を呑み込み、そのシルエットを崩壊させてゆく。

〈うわああああああああああああああああああああああああっ!!〉

〈っ……あああああああああああああああああああああああああ!!〉

二人の悲鳴は、音量を絞るようにフェードアウトしていった。

壮絶な爆発もなく、輝く粒子となって弾けることもない。

生死を凝縮した概念の球が、照魔とエルヴィナの全てを奪い去った。

〈人間の心食らう魔物との戦いに敗れた――運命芽の無念が、この神技を完成させた〉

生と死を司り、あらゆる物質を力に変えるディスティムの神起源。

その力の行く先に何があるのか。生と死を等しく与えられ、奪われた存在はどうなるのか。

残酷な答えが、ディーギアス＝ヴァルゴにもたらされた。

星が一生を終え爆縮した、物質の最果てのように。

ディーギアスさえも分子分解せしめる、次元の違う女神力。

一片の粒子すら残さず、ヴァルゴは宇宙から消え去った。

〈生命も、心も、全てを奪う……ましてディーギアスの状態で絶命したお前たちに、魂の輪廻は訪れない……。死を超えた、完璧な無だ〉

女神の姿で消滅できたリィライザは、まだ幸福だった。

無と化した創条照魔と女神エルヴィナは、永久に転生することすら叶わない。

手にしたものは勝利か、虚無か。

全てが終わった宇宙の只中で、半神半魔の魔獣は声なき哭き声を上げた。

○　●

邪悪女神の居城。

ただ部屋として空けられているだけで一切の装飾も為されていない、無機質なスペース。

その中でファルシオラは女神力で宙にスクリーンを形成し、エルヴィナ・照魔とディスティムの戦いを見守っていた。

未来を可能性として視認することができる彼女の能力の応用。現場に出向かねばエルヴィナの戦いを見られない女神たちにとっては、喉から手が出るほど欲しい力だ。

実際シェアメルトに見つかってしまい、一緒に観戦することとなってしまったのだが……。

「手に汗握って観戦できたのも、ディーギアスになるまでか。圧倒的すぎるな……私のディーアムドも模倣しておきながら、ああも一方的な展開とは」

シェアメルトは諦めるように深く溜息をついた。

程なく、ヴァルゴはジェミニの必殺技によって跡形も無く消し飛んでしまった。

「……エルヴィナ……さらばだ」

シェアメルトにとってエルヴィナは（一方的な）友人ではあるが、戦いにおいて脱落した以上、そこに特別な感情が差し挟まる余地はない。

自分がディスティムと戦う時にはどうするか、対応策を備えておくだけだ。

「…………照魔少年……」

何の感慨もない、は過言だった。さすがのシェアメルトも、照魔が消えたのは悲しい。

自分たち女神が触れられる唯一の男性。（一方的な）愛人の少年。

気軽に人間界に行けるようになり、彼とこれからどんどん浮気ができるというところだったのに……。悲嘆に胸を締め付けられ、シェアメルトは唇を噛み締めた。

「……」

「どうしたファルシオラ、お前でもやはりエルヴィナの消滅は感慨深いか？」

芥子粒ほどの光が後ろで瞬いている以外、ただ漆黒を映すのみとなったスクリーンをいつまでも凝視し続けているファルシオラを見て、シェアメルトは思わず声をかけた。

「確度の低い脆弱な未来が、あの宇宙で奮戦している」

しかしファルシオラには、まだ何か気がかりなことがあるようだった。

「未来が未来に抗っている……未来が未来を食い止め、未来が未来を押し返している」

「何言ってるんだ？」

あまりに抽象的で難解すぎるファルシオラの呟きに、シェアメルトが怪訝な顔つきになる。

しかしもし他者の戦いを見て「手に汗握る」ことができるだけの感情がファルシオラに存在しているならば、それはまさに今発露しているのであろう。

「あの少年が、無限の可能性を束ねだしたということだ」

漆黒のスクリーンを凝視しながら、ファルシオラは初めて薄笑みを浮かべ始めていた。

「シェアメルト。あの少年と戦った君なら知っているだろう。彼の持つ剣の名は、何と言ったかな」

それまで言葉を交わすことすら稀であった同僚の昂揚を見て何か感じ入るものがあり、シェアメルトはその問いに厳かな声音で応えた。

「──オーバージェネシス……それが照魔少年の剣の名だ」

ファルシオラは噛み締めるように深く頷き、もはやとうにトランジェミニも去ったであろう漆黒へとあらためて視線を戻す。

「彼は対戦した女神の力を模倣できるのではない……もっと高次元の力を無意識に発露させていたのだ」

「……何、高次元の力だと……!?」

自身のディーアムド・ラインバニッシュを照魔が操るさまを確かに見届けたシェアメルトは、とかく大仰に振り返り、ファルシオラの言葉に聞き入った。

「創条照魔の真の力は、女神のあらゆる可能性をその手にすることだ。どれほど些細な可能性であろうと手にして力へと変え、未来を切り拓く……まさしく時空を超える刃」

「可能性を手にする力、だと……!? それではまさか……」

シェアメルトが黒の世界に振り返ると同時。

ファルシオラは、彼女の考えに同意するように頷いた。

「黒き破壊神の誕生。破滅の未来の確度が高まった本当の理由は、創条照魔自身にあったか。起こるかもしれんな……奇跡が」

○

●

創られた宇宙と現実の境界が薄れゆき、やがて本物の宇宙空間が現れる。

ディーギアス＝トランジェミニは、しばしヴァルゴの消えた虚空を見つめ続けていたが、もう二度とそこに変化が現れることはなかった。

宇宙空間から地球の直上、成層圏へ。そのまま真っ直ぐ神樹都の直上へと降下し、全身から女神力を噴射剤のように噴かして勢いを減衰。粛々と、地上に着地した。

殺しきれなかった大質量の落下圧が大地に激震を走らせ、石とアスファルトの土砂を噴き上げる。

トランジェミニの眼前には、セフィロト・シャフトが屹立している。あえてこの場所の間近へと降り立ったのだ。

マザリィたちとエクス鳥が奮戦しモブメガの侵攻を食い止めていることで、逆にセフィロト・シャフトの直近周囲は一切の障害なく静かなものだった。

ついに女神が……ディーギアスが、セフィロト・シャフトの前に到達してしまったのだ。

〈セフィロト・シャフト……。この世界を救ったヒトの心の結晶……〉

人類全てが女神に変わった以上、この巨塔はもはや無用の長物。いや、存在するだけで天界への侮辱に等しい。

怒りを刻みつけるように、一歩一歩ゆっくりと近づいていくトランジェミニ。

〈最期は直接この手で粉々に砕いてやろう〉

触れられるほどの距離で足を止めると、引き絞るように黒い巨腕を振り上げる。

躊躇いなく放たれた拳が、セフィロト・シャフトの外壁へ一直線に撃ち込まれる。

しかし、破壊音が響くことはなかった。

外壁の僅か数十センチ手前で、拳が止まっている。トランジェミニ……ディスティムは一瞬、事態を呑み込めずにいた。

〈――何ッ⁉〉

光が、トランジェミニの手首に絡みついて止めている。

いや、絡んでいるのではない。徐々に像を結び始めたその光は、巨大な手だ。

黒い手が、トランジェミニの豪腕を鷲摑みにしていた。

ヒトの形を取り輝く光の各所から、かさぶたのように粒子が弾け飛んでいく。

光の下から現れた黒い脚が、トランジェミニを真っ正面から蹴り飛ばした。

〈ぐあああああああああああああああっ‼〉

一〇〇メートルの巨体が一個の砲弾のごとく発射され、大地に着弾。瓦礫を巻き上げながらバウンドし、もう一度地面に叩きつけられる。

よろけながら起き上がるトランジェミニは見た。

セフィロト・シャフトを断固として護るべく背にし、敢然と立ちはだかる黒鉄の巨神を。

〈ヴァルゴ……まさか……!?〉

その背に輝く、光の翼を。

女神はディーギアスとなる際、自分たちの存在証明である翼を内側に取り込む。

それは全てをかなぐり捨てて戦う不退転の決意の表れであり、ディーギアスに翼があること自体がまずあり得ないことだ。

しかし本当に驚愕(きょうがく)すべきは、黒鉄の巨神の背に広がるその翼の数であった。

女神の国、天界にはとある伝説がある。

神々にとってはただの日常がすでに厳(おごそ)かな神話であり、そこに語り継ぐべき逸話は誕生し得ない。

けれどたった一つだけ、あらゆる女神が夢想の中でしか思い描くことの叶わない、まさしく伝説が存在するのだ。

頂点の女神である六枚翼(エクストリーム)が女神大戦に勝ち残り、創造神となった時。

その背に、さらに新たな二枚の翼が授けられると。

未だ誰も見たことのない、究極の存在。

それを女神たちは、八枚翼(エクセリオン)と呼んだ――。

〈ディスティム！　この塔は世界の希望だ……絶対に砕かせない!!〉

照魔の声が響くと同時、ディーギアス＝ヴァルゴの双眸が煌々と輝きを灯す。

その背には、異世界の象徴である極彩色に輝く、八枚の翼がはばたいていた。

それこそまさに現実に降臨した、神々の伝説。


ディーギアス＝ヴァルゴ・エクセリオン――――!!


いま照魔とエルヴィナは完全に一体となり、心さえも束ねて生み出した光の翼を拡げていた。

〈……八枚……!?　八つの翼だと!?　馬鹿な、それは――創造神にだけ許された……!!〉

ディスティムの驚愕の声を置き去りに、ヴァルゴはトランジェミニの眼前に急迫した。

光の尾を引いた鉄拳が、トランジェミニの顔面を打ち抜く。

それと同時に、トランジェミニの頭部のエナジー・リングの一画が砕け散った。

ヴァルゴは四つの拳を握り締め、天に雄叫びを上げる。

〈私の原子変換能力を逆に利用して、生命の融合を高め復活した……ほんの一瞬とはいえ、八枚翼の位にまで女神力を高めたというのか……!!〉

ヴァルゴが復活した理由を、ディスティムはそう推察した。

〈……どうして復活できたのか、俺にもよくわからない〉

〈死よりも確かな滅びが、感覚として身体に走ったわ。私たちは一度、間違いなく消滅した〉

しかし照魔とエルヴィナは、自分たちが再生した理由を理解していなかった。

本人が言うように、ディスティムの能力を逆に利用するなど、考えついてすらいない。

だが照魔は、理屈を理解することなく心で感じていた。

何故これまで自分は、戦った女神の武器を手にすることができたのか、と。

それは女神と自分との間の可能性を手にしていたのだ。

エルヴィナと生命を繋ぎ、自分に宿った神起源は進化。

進化とは、未来の可能性。無限のポテンシャル。

照魔は摑み取った。

エルヴィナが恐れていた破滅の未来を超え、自分が到達するかもしれない小さな可能性。

創造神、八枚翼となった自分の未来を――!!

〈この翼は俺の女神への想いだ――一番強い女神を……この世界を守る抜けるだけの力を持った女神を、強く強く空想した!!〉

〈私はその想いを受け止めた！　それが私と照魔の、新たな翼となったのよ!!〉

〈〈双神の本当の力、見せてやるぞ（あげるわ）!!〉〉

照魔とエルヴィナ、二人の魂の咆哮が、赤く染まった神樹都の空を震わせた瞬間。

ヴァルゴは光の帯と化し、幻惑的な軌道でトランジェミニに肉薄した。

〈くっ……この、力は……!!〉

防御を試みた四本の腕をもろとも弾き上げられ、ディスティムは驚嘆した。

〈うおおおおおおおおおおおおおおっ!!〉

照魔の叫びが超高速の動きに置き去りにされ、四方八方で反響する。

休むことなく撃ち込まれる拳と蹴りの度外れた破壊力に、トランジェミニは追いつめられてゆく。

〈……礼を言うぞ、照魔、エルヴィナ……！　よくぞその高みに到達してくれた……!!〉

しかしディスティムは喜色に彩られた叫びとともに、ヴァルゴへと飛び付く。

〈全ての神の頂点、八枚翼を倒せば！　私たちが最強の英雄だ!!〉

トランジェミニとヴァルゴ……組み付き揉み合った二機は高層ビルに突っ込み、瓦解し土石流のように降り注ぐ瓦礫と建材を浴びながら、殴り合いを始めた。

高層ビルが完全に崩れる頃には激しい土煙を突き破って出現し、相手を投げ飛ばし合って激震を引き起こす。

神々の崇高な聖戦は、もはやそこには存在せず。

ただ二つの破滅が生身をぶつけ合う、凄惨な肉弾戦が展開されていた。

拳を撃ち合う衝撃でビル群が礫も同然に舞い上がり、降り注いだ大地が押し潰される。

互いを蹴り込む余波で道路は砕け割れ、信号機や電柱が細糸のように断ち斬られてゆく。

ヴァルゴはセフィロト・シャフトを背にして奮戦し、照魔は街が破滅していく心の痛みに懸命に耐えた。

高空に浮かび上がったトランジェミニは再び四つの掌に女神力を凝縮させ、マーブルに交ざり合う光球を練り上げていった。

〈さあ、もう一度〝無〟に還れ！　二度と蘇ることなく、永遠に消えろ!!〉

ターミネーションノヴァが放たれ、回避する間もなくヴァルゴを直撃する。

いかにヴァルゴがパワーアップしていようと、女神という存在そのものを無に還すディスティムの絶技からは逃れられない。

——はずだった。

〈何ッ……!?〉

ディスティムが驚愕の声を上げる頃には、トランジェミニの顔面に黒い拳が迫っていた。

ヴァルゴの鉄拳が顔面に炸裂し、トランジェミニは錐揉みしながら吹き飛ぶ。

もはやヴァルゴは消滅することすらないというのか……ディスティムは愕然とする。

〈何故……消滅しない……!!〉

だがディスティムの物質変換能力が、その技が全く効いていないのではない。

女神を愛し、女神以外の何者でも在らないという、照魔の熱き思いが。

たとえ何に変貌しようと照魔とだけは決して離れないという、エルヴィナの強い想いが。

ディーギアス＝ヴァルゴ・エクセリオンの肉体を、分解されようとも瞬時に再生させている
だけだ。
これこそが八枚翼の位まで高まった女神の力。
自分の能力をして、創造神に最も近い女神だと豪語するディスティムとの決定的違い。
創造神に最も近づいた双神のエルヴィナと照魔は、自分自身さえも創造して世界を守るため
の戦いに臨む――!!
一方で、未来の可能性を強引に試用しているに等しい八枚翼の力は、照魔とエルヴィナへの
負担、消耗もまた甚大だった。
ディーギアス＝ヴァルゴ・エクセリオンの頭部のエナジー・リングは、通常の三画が一つず
つ消えてゆくカウントダウンではなく、消耗の度合いを逐一示すかのように少しずつ発光が薄
れていく仕様に変化していた。
そのヴァルゴのエナジー・リングの輝きが残り僅かなのを見て取り、ディスティムは息を荒
らげながら言った。
〈そんなにこの街が好きか……ならもう一度いずこかの宇宙へ連れ去ってやるぞ!!〉
トランジェミニは四つの手に女神力を練り上げ、現実と虚構の狭間に小宇宙を形成する。
この世界を守るという思いがヴァルゴを支えているなら、再びこの街を別宇宙へと創り変え
るだけだ。

〈宇宙は……もう飽きたわ――!!〉

エルヴィナが叫ぶと同時。ヴァルゴは振りかぶった四本の腕を一気に振り抜き、背の八枚の翼を伸長させ射出した。

まだ存在が確定していない、事象に過ぎない宇宙を、極彩色の翼が斬り裂く。

〈私が生み出した世界そのものを斬裂した――!?〉

そのまま翼をトランジェミニの全身に巻き付けて拘束(バインド)すると、ヴァルゴはディスティムのお株を奪う回し蹴りを浴びせた。

〈うぐあああああ!!〉

トランジェミニのエナジー・リングがさらにもう一画砕ける。

両機、女神力(めがみりょく)の残存量は後がなくなり、戦いは死力を尽くす最終局面に突入する。

〈駄目だ、私は負けない……もうこれ以上、あの子に敗北の哀(かな)しみを背負わせるものか!!〉

慟哭(どうこく)とともに、全身のブレードを展開するトランジェミニ。身体(からだ)そのものを剣と変えて、ヴァルゴへと突っ込んでいった。

〈お前の重ねた勝利こそが運命芽(さだめ)に哀しみを背負わせているんだって……どうして気がつかないんだあああああああああああ!!〉

照魔(しょうま)の咆哮(ほうこう)とともに、大地を蹴るヴァルゴ。二機のディーギアスは光となって絡み合い、天地を蹂躙(じゅうりん)しながら激突する。

トランジェミニの赤黒い刃がヴァルゴの肩に突き刺さり、ヴァルゴの手刀がトランジェミニの腹部を貫く。

ヴァルゴの頭部のエナジー・リングは、その激しい消耗の度合いをまざまざと示すかのように発光が薄れていった。

しかし残された女神力(めがみりよく)以上に、照魔とエルヴィナの心そのものが、ヴァルゴを遥(はる)かに力強く駆動させる。

〈勝つために戦うんじゃない！　この街を、この世界を守るために、俺は絶対に負けない!!〉

ヴァルゴの全身から、極彩色の女神力(めがみりよく)が天に向かって立ち昇る。

それはセフィロト・シャフトと並び、二つの塔が世界を支える形……女神会社デュアルライブスのビルを思わせるような、象徴的な光景となった。

〈いくぞエルヴィナ！　この一撃に、俺たちの――!!〉

〈上上上上上出来よ照魔……私たちの全てを込める――!!〉

合体したオーバージェネシスとルシハーデス……ディスティムとの戦いで見せた第四神化(フェイズフォー)のディーアムドを手に、ヴァルゴは舞い上がったトランジェミニを照準する。

〈〈超絶神断!!　エクセリオンジェネブレイダ――――――――ッ!!!〉〉

極彩色の光刃は宇宙にまで突き抜け、呑み込んだ巨神のシルエットを一片残さず消滅させていった──。

○　●

セフィロト・シャフトを間近に望む街中。

瓦礫に彩られた大地の上。

大の字に倒れる女神は、大人のディスティム一人だった。

「楽しかったー……。やっぱり私は、戦いが好きなんだなー……」

どこか、子供の姿のディスティムの間延びした口調が移っている。

照魔はへたり込みそうになるのを懸命に堪え、エルヴィナとともにディスティムのそばに立った。

距離を取っているのは警戒ではなく、敗者を見下ろす形にならないよう。

どちらも限界を超え、さらに遥か限界を超えての激突。その末の決着に、もはや一点の曇りも存在しない。

地球規模の大災害を引き起こした敵を前にしながら、照魔には不思議と怒りが湧いてこなかった。

　どちらが正しくてどちらが間違っているわけではない。信念を懸けて戦い、自分は勝利することができただけだ。

「……私の神略は解けた。これから世界中の女神は人間に戻っていくはずさ……。お前たちの、勝ちだ……」

　そして大望破れたディスティムの声音にも、無念さは滲んでいなかった。

「初めからもっとわかりやすく戦いを挑んでくればよかったのよ。天界の女神大戦で、私に喧嘩を売ってきた時のように」

「……そうだなー、運命芽を言い訳にしてしまった……」

　言いながら、ディスティムの全身から薄い紫電がほとばしり、輪郭が薄れ始めた。

「お前が羨ましいよ、エルヴィナ……」

　弱々しく自分の手を見つめ、残された時間が長くないことを悟ったディスティムは、エルヴィナに力なく向き直った。

「好きな人間と並んで歩くことができる、お前がさ……」

　人間と女神が互いを支え合って立つその光景は、ディスティムにとって二度と叶えることのできない夢。二人のディスティムになることでしか、実現できなかった幻。

　子供じみた憧れに過ぎないその言葉こそが、ディスティムの行動、そして半生の全てだったのかもしれない。

「——照魔。誰に何と言われようが、初恋を追いかけてみせろよ。その方がお前らしいよ」

ディスティムは照魔を見つめながら、友達のように気さくに語りかける。

「私と運命芽の代わりに、いっぱい恋してくれ。それが私のお願いだ……」

邪気のない笑みで発破をかけられ、照魔は深く頷いた。

「恋は誰かの代わりにするものじゃない。けど……約束するよ。俺はもう絶対に、女神との恋を諦めない」

そしてもう一つ、揺るぎなき決意を伝える。

ディスティムとの戦いの中で見つけた、創条照魔の真実を。

「この想いを力に……俺はこれからも戦い続ける。英雄としてじゃなく、一人の女神好きな人間として——」

それを聞いて満足げに破顔すると、ディスティムの身体は完全な光となり、弾けた。

リィライザと同じように、淡く、儚く、神樹都の空に消えていったのだった。

「戦うことでしか、好きな人間の心を守る術を持たなかったのね」

エルヴィナのか細い呟きが、ディスティムを追いかけるように空に溶けていく。

「心の力で世界を調和してきた私たち女神がその実、人間の心について何も知らない……思えば、哀しいものね」

自分自身をも嘲るように言い捨てるエルヴィナ。

それを否定するべく、照魔はゆっくりとかぶりを振った。

「……でも、お互いに知っていくことはできる。人間と女神は心を繫げるよ。だからすごい力を出せた」

そうして守り抜いた希望へと振り返る。

天を衝く巨塔は、曇りなき輝きを放っている。

自分たちは、第二の【アドベント＝ゴッデス】を防ぐことができたのだ。

残る六枚翼との戦いは、さらに過酷なものとなっていくだろう。

けれど必ず乗り越えてみせる。もう二度と、この世界に悲劇を起こさせはしない。

生命と、心を繫いだ女神とともに――。

○　●

女神は夢を見ない。

だからその光景は、消えゆく魂が見せた幻なのかもしれない。

大小さまざまな色の光が瞬く、幻想的な空間。

大人の姿のディスティムは、何故自分がそんな場所にいるかもわからずに彷徨っていた。

やがて歩みの先に、小さな人影があることに気がついた。

「……運命芽……」

「お疲れさま、ディスティム。ちゃんと見ていましたわよ！」

咲寺運命芽が、モデルのようにぴしりと整った立ち姿でディスティムを迎えた。

本物の運命芽も幼いながら高貴な雰囲気をまとっており、そしてその中にある無邪気さも変わらない。

太陽のような笑顔に照らされ、ディスティムは喜びと悲しみを等しく合わせた苦笑で項垂れた。

「……そうか、見てたか。ごめんな、お前の人間界に悪いことをしたよ……」

覚悟を決めて開始した神略だったとはいえ、ディスティムに負い目が無かったわけではない。どんな批難も受け止めるつもりでいた。

ところが運命芽は、ひどくさっぱりとした態度でディスティムの行動を肯定したのだった。

「わたくし別にあの世界に未練なんてありませんから。あなたが好きにやってくれて、いっそ痛快でしたわ!!」

運命芽と目線を合わせるため、ディスティムは膝立ちになる。

「……でも、照魔に好きになってもらうことはできなかったし……」

英雄めいた強さを天地に誇示することはできたと思っている。だから運命芽が生前にできなかった人間との恋を叶えるのが、ディスティムの望みだった。

けれどそれは善意のお節介というものだ。

「確かにあの少年はそこそこ魅力的な殿方でしたけど……こっちからフッてやったまでですわ!!」

腰に手を当て、えっへんと胸を張る運命芽。

「私が好きなのはディスティム、あなたですのよ！　どこぞの彼女持ちをあてがってもらう必要はありませんわ!!」

「……運命芽……」

「というか、照魔くんを気に入ったのはあなたでしょう！　気の多い人ですわねっ」

身体（からだ）はディスティムのものとはいえ、何なら自分の意志とは関係なく照魔とちゅーまでさせられそうになったのだから、運命芽には怒る権利がある。

ひとえに、恋愛経験値の皆無なディスティムが考えた「子供の恋愛」の限界だった。

「ち、ちが、私は……」

必死に弁明しようとするディスティムを見て、にっこりと笑う運命芽。彼女にも、ディスティムがどれだけ自分のことを思い、尽くしてくれたかは痛いほどわかっている。

二人の関係性が垣間（かいま）見える、微笑（ほほえ）ましい距離感だった。

「わかっていますわ。わたくしのために……感謝します。ちょっとだけ人間の恋が体験できて、楽しかったですわ。あなたと出逢（であ）う前は忙しくて、それどころじゃありませんでしたし……」

運命芽(さだめ)はディスティムを包み込むように抱き締め、優しい声で言った。

「ありがとう、ディスティム……わたくしと出逢(であ)ってくれて。わたくしを愛してくれて……」

まだ生命ある時に伝えられなかった、感謝の言葉を。

「これからも、ずっとずっと一緒ですわ。約束ですわよ——」

生命をともにする前に分かち合えなかった、本当の想いを。

「うん……うん……」

子供のように何度も頷(うなず)くディスティム。

完全体として生を受ける女神は、泣くことができない。

抱き締め返した手の震えが、ディスティムの流す涙だった。

幻想の輝きが、戦いに翻弄(ほんろう)された二人の少女を労る。


女神に悲恋は無い。

その結末がどうあれ……誰かに恋をすることそのものが、女神にとって奇跡のような幸福だからだ——。

EPILOGUE 次代(つぎ)の女神

邪悪女神(ゾディアクス)の居城、一二人の六枚翼(エクストリーム)が集(つど)うための天球型の会議場。中央付近には円柱形の椅子が上下左右不等間隔に一二脚浮かんでいる。

その中で一人座っていた女神ハツネは、また一つ椅子に描かれたシンボルマークが輝きを失う瞬間を見届けた。

「……ディスティムちゃん……」

双子座の輝きが消え、これで輝きを失った椅子は三つ。

仲間の消滅に心痛め、力なく項垂(うなだ)れるハツネ。

ややあって、その頭が静かに持ち上がった時。

「――ありがとう。また照魔(しょうま)くんを強くしてくれて」

そこには、凍(い)てつくような邪悪な笑みが浮かんでいた。

「これでやっと、私も……」

六枚翼唯一の常識人、優等生として他の女神から一目置かれていたハツネからは考えられない顔つきだった。

部屋に近づいてくる気配を感じ、ハツネは仲間を悼む沈痛な面持ちへと戻った。

怖々と扉を開けて入ってきた人影は、部屋にいるのがハツネだけだとわかると、小動物のように全身で喜びを表した。

蠍座の紋様が描かれた椅子に座り、両手で空気を掻くようにして椅子ごとハツネの傍に寄った。

「ハ、ハ、ハツネちゃん……！　消えたよね、ディスティム……!!」

「トランジェリン……。うん、そうだね、よかったね」

六枚翼の一人、トランジェリン。

その目は長い前髪に隠れて窺えないが、表情は歓喜に華やいでいるのがわかる。

髪の色と同じ碧のラインで彩られた、かなり小柄な全身をすっぽりと覆うマントのような女神装衣。

髪も、装いも、自分を隠したくて仕方がないという意思が見えるが、そんな彼女もハツネにだけは心を許しているようだった。

「や、約束だもんね、ディスティムがいなくなったら、って!!」

トランジェリンはそのおどおどした態度とは裏腹、すでに消滅した同僚に対しては妙に強気だった。そしてハツネも、そんな彼女の歪(いびつ)な態度を全肯定する。

「嬉しい。覚えててくれたんだね、約束」

ハツネが包み込むように両手を握ると、トランジェリンは多幸感で全身を震わせる。

「それじゃあ、私、動きだすよ。一緒に創造神になろうね、ハツネちゃん!!」

「うん、頑張ろうね。私たちで、天界を変えていこう!」

「私、何でもするから……み、みんな倒すんだから……!!」

同格の六枚翼(エクストリーム)同士でありながら、まるでハツネのためなら生命すら投げだしかねない心酔ぶりだった。

ハツネに向かって何度も見返って手を振りながら、部屋を出ていくトランジェリン。

再び部屋を静寂が包むと、ハツネは酷薄な笑みを浮かべた。

トランジェリンは面倒な気質だが、目的のために使える女神(おんな)だ。気に入られたのなら、仲良くなっておくに越したことはない。

そう……自分の権能の天敵であるディスティムさえいなくなれば、天界で座している必要などないのだ。

ディスティムが裏で暗躍しているのを察知していながら、何も知らぬふりをして六枚翼(エクストリーム)の中で優等生として振る舞い続けた。

会議に姿を見せない一部の六枚翼（エクストリーム）や、ディスティムはハツネの思惑（おもわく）に気づいていたようだったが、特に邪魔をしてくる様子もなかった。おかげで自分は様々な準備を秘密裏に進めることができた。

これより六枚翼（エクストリーム）のハツネは、真の目的のために動きだす。

残る六枚翼（エクストリーム）の勢力は入り乱れ、更なる混沌が人間界に降りかかろうとしていた。

「待っててね照魔（しょうま）くん……。女神（わたし）ともう一度、恋しよ……？」

○●

ディスティムを倒した照魔とエルヴィナは、しばらくの間言葉を交わし合っていたが……程なく無言となり、地面に座したまま静寂に身を任せていた。

色々なことを考えさせられた戦いだった。きっとこの先も事あるごとに思い出すであろう、自分たちの転換点となる凄絶な戦いが終わったのだ。

照魔は双肩に確かな重量を感じた。それは新たな責任なのか、託された思いなのか……。

いずれにしてもその重みを自覚した時、創条（そうじょう）照魔はまた一つ、少年の日々にピリオドを打った。

「……帰ろう、エルヴィナ」

立ち上がって相棒にかけたその声は、ほんの少しだけ大人になっていた。

郷愁のような後ろ髪を引く何かから視線を切り、照魔(しょうま)は歩きだす。

しかししばらく経(た)って振り返ると、エルヴィナは元いたところに立ち止まったままだ。立ち上がりはしたが、歩きだせずにいるようだった。

「エルヴィナ……?」

振り返って呼びかけても、動こうとしない。彼女の感慨が向かう先は、守り抜いたセフィロト・シャフトか、それとも宿敵の消えた大地か。

エルヴィナの気持ちを慮(おもんぱか)り、照魔はひとりで帰ろうと踵(きびす)を返そうとした。

すると、踵(かかと)だけで九〇度、一八〇度と直角に回転し、エルヴィナは照魔の方を向いた。

何故か目を閉じている。離れていてもわかる長く整った睫が、きれいに臥せられている。

精神統一でもしているのかと察する。邪魔するのも悪いので、やはり照魔は歩きだした。いずれ追いついてくるだろう。

そしてそのいずれは早かった。

どん、とした衝撃が肩を襲い、照魔はぎょっとして構える。

すぐそばにエルヴィナがいた。走って追いついてきたのか、彼女が照魔を小突いたようだ。

「……何?」

聞いても答えないので、首を傾げながら照魔は歩きだす。

エルヴィナは無言で横っ飛びし、照魔の肩を腕で小突いた。

「何だよ」

離れて助走距離を設け、さらに勢いを増してもう一度小突いた。

「何だよっ!?」

わけがわからず焦って聞き質す照魔だが、エルヴィナは答えない。気のせいか、拗ねているようにも見える。……基本ポーカーフェイスなのでわかりづらいが。

「駄目ね。私の考えていることが全然伝わっていない……心を究極まで同期させなければ、もう一度ディーギアス＝ヴァルゴ・エクセリオンになることは不可能よ」

「……ご、ごめん。そうだな、マジでわからない……」

エルヴィナの言葉が指しているのが、さっき照魔が言った「心を繋げばすごい力になる」ことなのまではわかるが……行動が理解不能だ。

エルヴィナはさっき目を閉じていたが、一緒に精神統一をしろ、という意味だろうか。

しかしようやく激闘が終わった今、そこまで気を張らなくても……。

「一日二四時間のうち——二二時間は私のことを考えて、もう少し心を繋ぐ訓練をしておきなさい」

「長くねえ!?　睡眠時間は!?」

「夢の中でも私のことをいつも思っていなさい」

まるでラブソングの歌詞のような滅茶苦茶な要求をしてくるエルヴィナ。

「えー」

「何がえーなの？」

「わかりました……」

とにかくエルヴィナの言い分に納得して、照魔は歩きだす。

すると今度は肩を力強く掴まれ、無理矢理振り向かせられた。

焦れたように唇を尖らせたエルヴィナが、不機嫌そうに睨んでいる。

やがて諦めを感じる大きな溜息をつき、顔つきを凛々しく引き締めた。

「――創条照魔。よく戦い抜きました。女神エルヴィナが、褒美を与えます」

言葉の端に仄かな照れを滲ませながら、エルヴィナは絵に描いたような「女神っぽい」ことを言いだした。

「急に何言ってんだ……？　似合わなっ……」

それが可笑しくて、可愛くて、照魔はつい茶化した。

もしかしてさっきまでの突拍子のない行動は、照魔を誉めようとして葛藤していたのだろうか。

でも、褒美って何だろう……と思案を巡らせるより先に。

瞳を閉じたエルヴィナが、顔を近づけてきていた。

歴史に残る彫像や絵画に喩えるのすら憚られるその美しい貌に魅せられ、身動ぎさえできなくなる照魔。

「ちゅー」

しかもエルヴィナの言葉としてはあり得ない、幻聴めいたキュートな声が聞こえた気がして、それがさらに照魔を硬化させた。

そのせいで両者位置を調整することは叶わず、ごちん、と額をぶつけ合った。

「〜〜〜〜間合いを見誤ったわ……!!」

痛みではなく失敗の羞恥で額を押さえ、悔しそうに項垂れるエルヴィナ。

褒美——どうやらエルヴィナは恥ずかしいのを我慢して、照魔の健闘を讃えようとしてくれているらしい。

照魔にもやっとのことで、エルヴィナが何をしようとしていたのか、何をしようとしてくれていたのかがわかった。

女神という超越存在でありながら、子供が背伸びするように無理をしているのが微笑ましい。

「……もういいわ」

強張らせた声で諦め、照魔から身を離し立ち上がろうとするエルヴィナ。

照魔はその華奢な肩を両手で掴み、優しく自分の元へと引き寄せた。

今度は硬質な音が響くことはなく。

柔らかな温もりが、二人の心を繋いだ。

ディーギアスに変身することなく……互いの息遣いを感じ、体温が交じり合う。

永遠に思える時間。永遠であって欲しい時間に区切りを打ち、照魔は顔を離した。

「ご褒美。ありがたくもらいます、女神さま」

自分でやっておいて何だが、こんな映画のワンシーンのようにバッチリ決まってしまうとは思わなかった。

さすがに恥ずかしすぎたが、上擦りそうな声で懸命に最後まで繕った。

年下だろうと、小学生だろうと。

女の子に格好をつけたい時はあるのだ。

何が起こったのか信じられないふうに自分の唇をそっと指で触れ、エルヴィナはよろけるようにして立ち上がった――。

照魔とエルヴィナがメガミタワーに戻ると、エントランス前の広場で大きく手を振る少女と青年の姿が見えた。

「お帰りなさい照魔さまー!!」

「……お疲れさまです、社長……!!」

詩亜と燐、従者二人が万感の思いで出迎える。が、すぐに照魔たちの様子がおかしなことに気づいた。

照魔は比較的普通なのだが、エルヴィナが猛烈にもじもじしているのだ。

「……何かありました？」

凱旋というより朝帰りを思わせるような雰囲気に、詩亜が怪訝な顔つきに変わる。

それは長年照魔を寄りつく女たちから守ってきた詩亜だからこそ体得した、第六感めいた勘だった。

誤魔化そうか悩んだ照魔だが、

「エルヴィナにキスされた」

従業員たちに素直に報告することにした。

「な～～～～～～～～ち、違うわ！　あなたからしてくれたでしょう、照魔っ!!」

先ほどとは比べ物にならない勢いでタックルされ、照魔は為す術なく地面を転がる。

地面に尻餅をつきながら、見上げたエルヴィナの表情に気づくと、照魔は肩を震わせて笑った。

「お前でも顔真っ赤にして照れること、あるんだな！」

「……あなたも女神をからかえるぐらい図太くなったのね」

胸の下で腕を組み、ふんっと顔を逸らすエルヴィナ。

そこには、鬼の形相と化した詩亜の顔があった。

「………やりやがったなテメェ……」

「別にあなたの許可を取る必要はないわよね。あと照魔からよ」

歌舞伎めいて頭を一回転させるのではないかという勢いで、髪を大きく掻き上げるエルヴィナ。

復活の女神マウントが詩亜を襲う。

軋む音が聞こえてきそうなほど歯噛みしながら、詩亜は宣言した。

「いいですよその先は詩亜がもらいますからー！　止めないでくださいよ燐くん!!」

照魔を丁重に助け起こしながら、燐は苦笑する。

「……止めませんが、社長の意思を第一にしてくださいね」

「もう我慢するのやめた！　詩亜もこれからは好きなようにやりますよーっ！　玉の輿のために!!」

拳を握り締めて夢を叫ぶ詩亜。照魔に聞こえても構うものか、という気迫を込めて。

「……そうですね、僕も自分の心のままに生きます」

詩亜の勇姿に満面の笑顔で頷き、燐も珍しく力強く拳を掲げた。

「おっ、燐くんもやる気だねえ!!」

自分へ向けられた熱く真摯な眼差しに気づくことなく、詩亜も嬉しそうに笑う。

　そこへ、ボロボロになったマザリィと部下の女神たちが帰還する。

　ボール状態のエクス鳥がいつもの落書き顔でぽーんぽーんと地面を跳ねながら、彼女たちの後からやって来た。

「ああ疲れました……身体中痛い……もう二度と戦いませんわよ!!」

〈……ほとんど我が倒したではないか……〉

　子供のように地団駄を踏むマザリィを見て、思わず苦笑するエクス鳥。

「決めましたわ！　天界の意思を……規律をわたくしが変えていきます！　わたくしに逆らったら即処罰！　女神大戦の勝者であるわたくしには、その権利があるはずです!!」

「「「「「さすがです、マザリィさま!!」」」」」

　マザリィが力強く物騒な宣言をし、近衛女神たちが賛同する。

　何があったのかと目を丸くする照魔だが、マザリィら神聖女神のボロボロ具合を見れば、彼女たちが自分たちの与り知らぬところでどれだけ奮戦してくれていたかがわかる。

　今日はデュアルライブス一丸となって、神樹都を、世界を守り抜いたのだ。

　だからこそ、この後まだやるべきことがある。

「……みんな、お疲れさま。疲れてると思うけど、とりあえず今日の戦いの事後処理が残ってる。頑張って仕事しよう!!」

　帰って早々業務命令が下り、ぎょっとするマザリィたち。

詩亜はサムズアップし、燐は笑顔で頷いた。

そしてエルヴィナはクールさを取り戻し、美しき微笑を湛える。

人間の心の輝きが力となり、再興した一つの世界。

その中に佇む都市――神樹都に、一陣の爽やかな風が吹いた。

街を護った者たちを。これからも街を歩んでいく二人の行く末を、祝福するように。


「それじゃ行こうか、エルヴィナ」

「ええ、照魔」

女神会社デュアルライブスの社長として。

創条照魔は女神エルヴィナとともに、力強い足取りで会社ビルへと入っていった。

ディーギアス＝ジェミニ

双子座のディーギアス。
二つの生命を二つの身体に共有する
女神ディスティムが真価を発揮し、
二体のディーギアスに同時に変身した。
光と影が葛藤する
彼女の内面をそのまま現すかのように、
白い騎士と黒い魔獣、全く別の見た目の二体が
変幻自在の闘法で襲いかかってくる。
便宜上W（ホワイト）、B（ブラック）と呼称されているがどちらもジェミニ。

Divine-GEARS
MEMORIA

BLACK
WHITE

ディーギアス＝トランジェミニ

双子座のディーギアス。
二体のディーギアス＝ジェミニW（ホワイト）とB（ブラック）が融合した
究極のディーギアス。
象形星座を超越する存在となった
その異形は凄まじい戦闘力を誇る。
彼女の権能である物質変換能力が
女神にまで及ぶようになったことで、
ディーギアスを完全消滅させる必殺技を放つ。
アンチ・ディーギアスというべき恐怖の魔神。

Divine-GEARS
MEMORIA

GAGAGA

ガガガ文庫

双神のエルヴィナ4

水沢 夢

発行　2023年10月23日　初版第1刷発行

発行人　鳥光 裕

編集人　星野博規

編集　濱田廣幸

発行所　株式会社小学館
〒101-8001 東京都千代田区一ツ橋2-3-1
[編集]03-3230-9343　[販売]03-5281-3556

カバー印刷　株式会社美松堂

印刷・製本　図書印刷株式会社

Printed in Japan　ISBN978-4-09-453153-4